U0815526

虚/构/推/理

[日] 城平京 著
警部殿 译

「虚構推理
[日] 城平京」

北京时代华文书局

千本樱文库

前言 Preface

文库，原本是指收纳书物的仓库和书库，也指收纳书与记事簿，以及不常用物品的小箱子。以前者为例，京浜急行线的“金泽文库站”就是以前镰仓时代北条氏用来收藏汉书用的，“金泽文库”的由来便是如此。东京都的世田谷区也存在着收集着珍贵汉书的“静嘉堂文库”。后者则更多地被称为“手文库”。

江户时代以来，可以放入袖袂的小开本书籍逐渐流行起来，被称为“袖珍本”。明治36年（1903年），富山房发行了小开本的丛书，起名《袖珍名著文库》。随后，明治44年（1911年），讲述战国时代的猿飞佐助和雾隐才藏系列故事的讲谈社“立川文库”发行出版。讲谈是日本民间艺术，以口语化的方式讲述历史故事的形式。而“立川文库”则是将讲谈收录成册集中出版的丛书，据统计当时刊行量为200册左右。从那时起，文库就脱离了原本的释意，逐渐演变成了现在的类书集丛。

文库说法借鉴了日本出版业界的传统说法。而千本樱源自日本奈良县吉野山樱花盛开的奇景，世人皆称“一目千本樱”来形容樱花美景。千本樱文库的纳入作品皆为日系作品，题材包括推理，悬疑，幻想，青春，文化等类型，正如千本樱满山盛开的绝景。

现代日本，以“文库”命名刊行的丛书系列有200种以上，所谓“文库本”只不过是统称而已。日本传统的“文库本”常用的是A6尺寸的148mm×105mm，也叫“A6判”。千本樱文库的所有书籍将在“文库本”的基础上提升，达到148mm×210mm的开本标准。追求还原的前提下，力图带给读者更清晰的阅读体验。

2013年，早在文库创立之前，千本樱文库的前身便已经出版发行过若干部日系书籍。2016年，“千本樱文库”正式创立。现在，由北京时代华文书局出版发行的《虚构推理》是“千本樱文库”的第一部作品。接下来，还有更多日系精彩作品等待您的阅读。

千本樱文库编辑部

目录
Contents

第一章　单眼单足　7

第二章　钢人的传闻　40

第三章　偶像死于钢筋　80

第四章　想象力的怪物　122

第五章　钢人攻略战准备　170

第六章　虚构争夺战　219

第七章　守护秩序之人　311

第一章

单眼单足

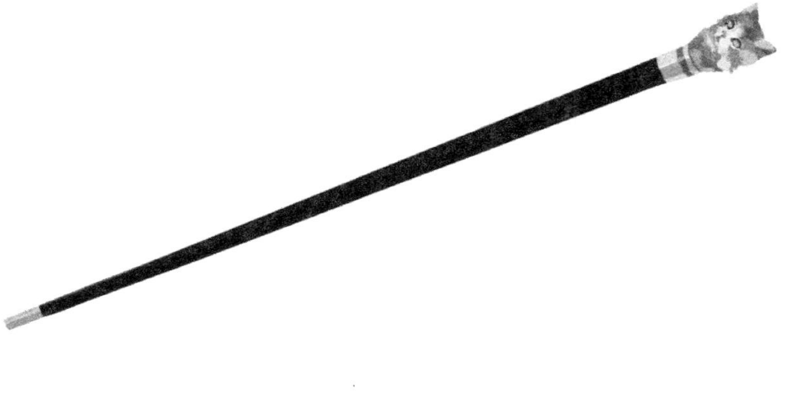

虽然自古以来就有谚语“爱睡觉的孩子长得快”、“有福不用忙，好事梦中来”，但这些话究竟有几分真假，谁也不清楚。

对岩永琴子来说，听着雨声，在外面迷迷糊糊地睡着是一件很开心的事情。

套用她父母的话，当她还是个婴儿的时候，在下雨的日子里也不会半夜啼哭，相反还会心情愉悦似的摇晃身体。

不过，其实在家睡觉也不会有什么问题。但自从懂事以来，在雨声没有受到建筑遮蔽的屋外睡觉，便是最令她心情愉快的事情。

只要是下雨的日子，不管是在有顶棚的公园长椅，抑或是在公交车站，她都喜欢迷迷糊糊地睡着。但凡是天气预报里出现了降雨的标志，她便会从一大早就考虑起“今天要去哪里睡觉”。

即使到了如今，她长成了一名十七岁的高中生之后，这个习惯依然没有改变。高中里结识的友人会一边笑着，一边略显惊讶地对她说“身为一个女孩子，你可得小心安全哦。不过的确很有琴子的风格。”

而小学生时期就了解琴子的人，则会用“适可而止就得了，毕竟发生过那种事”这样含糊其辞的话来为她打掩护。

这样说的那些人，其实是对于经历了那种事情，却依然一成不变地坚持自己习惯的琴子的行动与性格，感到害怕而又无可奈何。

虽然琴子在周围人们的劝说下，做了一点妥协，以后绝不在人烟太过稀少的地方睡觉，但在她的心中，还是依然不觉得那样有什么危险可言。

“不是有老话讲嘛——爱睡觉的孩子长得快，有福不用忙，好事梦中来。”

她一直这么回答着。下雨的日子里也一直在外面迷迷糊糊地睡着。

但是这些话放在琴子身上，反倒显得毫无说服力。这令她相当困扰。

这一天，岩永琴子也迷迷糊糊地睡着了。五月十七日，周六的下午四点多，她在街上买完东西，乘上巴士前往 H 大学附属医院。在后院休息区的木制长椅上睡着了。

这一天自打中午过后，便一直下着淅淅沥沥的小雨。深感幸运的琴子便比预约时间提前一小时来到医院，听着雨声睡了过去。

既没有搬运患者的吵闹声，就连来医院拜访的人们的声音和脚步声都显得那么轻——在环境幽雅的休息区闭着眼睛稍微打了个盹后，她感到那件长度及膝的蕾丝裙子的下摆被什么东西拽了拽，便睁开了眼睛。

“嗯……啊，已经到时间了呀。”

睁着惺忪的睡眼看了看手表，此时距离预约的时间正好还剩十分钟。在她脚下那团小狗一般大小的椭圆形的影子，仿佛是对她行礼一般，快速地消失在了庭院的绿荫之中。

“嗯，谢谢了。”

岩永琴子对着那个方向说道。她坐着伸了个懒腰，便将放在膝盖上的奶白色贝雷帽戴在了头上。接着，她把毛衣前面的纽扣扣好，拄着红色的手杖站起身来。

虽然无需借助手杖也可以正常的走路，五十米的赛跑也有九秒多的成绩，但如果她不带着手杖的话，父母就会非常担心。因此，即使与女子高中生的身份并不相符，她也一直拄着手杖走路。

只不过，握柄的部分被别出心裁地换上了团成圆形的可爱小猫造型。虽然她也想过，换上像反派老大握的那种骷髅头的造型，但最终还是碍于形象没有去做。至少，普通的常识还是要注意遵守的。

她从十一岁起每周都会拜访一次的这座大学医院，虽说地处郊外，但也有外科、内科、小儿科、眼科、耳鼻喉科、泌尿科以及妇产科，总之几乎包含了所有的医科，是支撑着当地医疗的重要机构。

院内的绿地非常多，在正门前栽种着不久之前还绽放着桃白色花瓣的染井吉野樱树，旁边还有棕榈树。后院的空间里，则是点缀了四照花和杜鹃花的庭院风格。设施内配备了便利商店、理发店、咖啡馆里的餐厅，最近还新开张了一家书店。

在这个没有什么特色值得夸耀的县里，作为中心城市的医疗机构，这座大学医院不管从硬件配备、环境还是亲民的条件，都可以称得上是顶尖的了。

由于岩永父亲的友人在此工作，而且这里也能集中地接受不同科目的诊查的缘故，这七年来，这所医院就成了她常来光顾的地方。

“岩永小姐，我正想去叫醒你呢。真是一点没变，还是那么准时呀。”

轻快地前往诊察室的半途中，相熟的护士向她搭话。

“正如你所见，我非常可靠。”

“我倒是实在看不出来呢。”

她喜欢在雨天睡觉这个习惯，护士们全部都知道。不过她一次也没在预约的诊察中迟到过。不到一百五十公分的身高以及不足四十公斤体重的小小身体，再加上戴着贝雷帽拄着手杖的优雅步态，言谈举止仿佛不带有尘世烦恼一般的岩永琴子，看起来就像是一位不食人间烟火的有钱人家的大小姐一般，与“可靠”这样的词汇根本沾不上边。何况，就有钱人家的大小姐这一点上来说，原本就是事实。

“啊，对了。”

护士朝着岩永侧过脸来，压低了声音说道。

“九郎君他，果然是跟她分手了。”

岩永听了之后，虽说心里早有预想，但还是露出了震惊的表情。

“明明已经决定结婚了，还会……”

“具体的情况还不清楚，但是不会错的。女方要大一岁，今年春天先行大学毕业，并且在外县就职了。或许问题就出在那里吧！”

虽说因远距离的恋爱而分手是常有的事，但她却并不这么认为。而且，女方比男方大一岁以及女方大学毕业这些事情，男方应该早就知道了。只要不是不谙世事的人，这绝不可能成为让现实中的情侣在一两个月之内就分手的理由。事实上，在岩永看来，那位“九郎君”以及那个女孩都不像是不谙世事的人。

“总之啊，九郎君今天也来探望他的堂姐了。要是凑巧的话说不定能遇上，加油呐。”

护士满眼带笑地鼓励她，随后又带着微妙的表情压低了声音说。

“还有，他的那位堂姐啊，估计活不了太久了。以前就有各种各样的问题，要是不快点行动的话可就麻烦了。”

如果探望的对象不在医院的话，那么恐怕跟他就再也没机会见面了吧。这的确是件麻烦的事。

岩永望着回去继续工作的护士的背影，微微低着头思索着，拄着手杖顺着潮湿的走廊向着诊察室走去。

虽然护士跟自己说了加油，但自己也不清楚从何做起。只能先试着接近他。

岩永将贝雷帽的位置稍作调整，滴溜溜地一边转着手杖，一边重新朝着诊察室迈出了脚步。

岩永第一次邂逅名为“九郎君”的青年——樱川九郎是在两年前，她十五岁的时候。那是中学最后的暑假刚开始不久的事。那天岩永与今天一样，也在医院看病，似乎也像今天一样下过骤雨。诊断过后的她在走廊上徘徊，看见前方与她一同走着的青年，以一个难看到极点的样子向她后仰着倒了下来。

可能是因为转角处突然有几个孩子跑了过来，为了避让所以才失去了平衡。可就算是倒下也该选个更安全的方式来倒下吧。这么思考着，无法坐视不管的岩永往前快速地移动了几步，将他倒下的身体挡了下来。

虽说青年的身材属于细长的类型，但比起岩永来至少高了三十厘米，就算看起来比较瘦弱，体重也至少比她多出一倍左右。然而她利用两条腿和一根手杖组成的三点作为支撑，加上她每天拄着手杖不知不觉间锻炼出来的腕力，也比一般女孩子要强。她以右手抱住青年，成功地阻止了青年后脑撞击地面导致死亡的惨剧发生。

“您没事吧？”

“啊，这真是，太感谢了。”

青年本已经做好了倒下的觉悟，没想到突然有人从后面轻柔稳妥地接住了自己，而且对方居然还是一位如此年轻，或许该说是年幼更恰当的女孩子，此时的他露出了不知该如何是好的表情。并且这位女孩子还拄着手杖，作为男人可真是太丢脸了。青年慌张地离开了岩永的手，站直了身体面对着她。

“多亏你了……啊，十分抱歉。”

“如果这样的话，就请你把我当作救命恩人铭记一生吧。我会很荣幸的。”

“那就太夸张了吧！”

青年一边说着，一边低头望着她，露出了笑容。

“对啊，如果是正常情况下，有可能会摔死呢。嗯，我会记住你的。”

这便是二十岁时候的樱川九郎。

岩永那时就觉得，他是个像极了山羊的人。应该说是看透了他的本来面貌吧。

纤细的身体，无所事事地、嘎吱嘎吱地咀嚼着青草，虽然看上去会就那样无所事事地度过一生，但却奇妙地散发出了一股生命力。

的确，不能简单地只将山羊定义为一种食草动物。它的身体是如此敏捷，无论在山地抑或是荒野，都可以轻松地生活。另外，虽说种类不同，但山羊都拥有两根强韧的犄角，那仿佛厉鬼一般的犄角。青年的身上也同样散发着如此少见的锐利感。

所谓的一见钟情吗？岩永抬头看着面前这位连姓甚名谁都不曾知晓的青年暗自揣摩。正要打听他接下来有没有空的时候，身后突然出现了捣乱的家伙。

“你在做什么呢，九郎君。真是不像样啊。”

是一位比九郎还要稍微高一些，和他年龄相近的女性。穿着能够展示那双修长而有型的美腿的修身裤，利落的黑发自耳边自然地直垂而下，是一位拥有着仿佛狂风中也岿然不动的魄力的女性。

“纱季小姐，这位小姐，她刚才救了我。”

“我都看到了。还不是你心不在焉的缘故吗，真是的。”

叫做纱季的这位女性不大高兴地打断了九郎的话，仿佛很抱歉似的朝岩永弯腰道歉。

“抱歉，给你添麻烦了。多谢了。”

为什么要你来道歉——岩永刚要举起手来，女性已经按着九郎的头让他也道了歉，根本不给自己说话的机会，同时也给了周围人们丝毫不失礼貌的印象。就这样，她拉着九郎的手消失在了走廊转角。

那个女人是他的姐姐、亲属，又或者说是妹妹吗，虽说考虑过了诸多可能，然而一般情况下只可能是稍微大他一些的恋人吧。一见钟情的瞬间突然出现了阻碍，并且切断了未来的所有发展，宛如恶作剧一般的展开。迄今为止从未怨恨过命运安排的岩永，只有这一次让她真的恼火了。

她尝试着从因长期看病而变得亲近的护士那里，打听了青年的一切消息。却得到了意料之外的情报。

青年名叫樱川九郎，是这所医院所属的大学法学部的二年级生，经常来探望长期住院的堂姐。跟他在一起的女性果然如她所料，是他的女朋友，比他大一年级的学姐。两人从高中时期就开始交往，并紧随其后考进了同一所大学。

“虽然对小琴子你来说是个坏消息，但九郎君是没可能的啦。你看，他长得也挺英俊的，人也看起来很好相处的样子，所以我们这边的护士有好几个都试着跟他搭过话了，可他总是开心地说着关于那个叫纱季的女朋友的事情。”

“那可真是不怎么令人愉快呢。”

话虽如此，就算他再怎么喜欢那位叫做纱季的女性，纱季也不见得有那么喜欢他。

“而且啊，那位女朋友也一个样子，只要看到九郎君跟护士稍微亲密地聊天，就会笑嘻嘻地介入谈话，并且不会把气氛弄得尴尬，看准机会就把他拉去别处呢。以前她基本是不跟他一起来的，但自从发现自己男朋友被小护士们盯上之后，就经常过来了。”

“看起来像是很强势的女性呀。”

“占有欲肯定也很强吧。这样想来，应该是她更迷恋九郎君吧。”

“我毫无胜算吗？”

“九郎君如果喜欢那种类型的女性的话，的确不会把你当成恋爱对象呢。”

那个叫做纱季的女性看起来成熟稳重，个子又高，仿佛没有赘肉，看起来像经常运动的身体，是一位发型利落的美女。岩永的话，虽然同样身上没有什么赘肉，但属于除此以外都完全相反的少女体型。发质也是蓬松柔软带着自然卷，看起来也不像是头脑灵活的人。虽然对今后的成长可以稍作期待，但考虑到遗传基因，也不能抱有太大希望。

“不过，万事也有万一，也不必马上就放弃呀。”

与护士的说话内容相反，她的口气完全就是在催促她放弃一般，不断地提醒着岩永。而且自己周围偶尔会显现出身姿来的那些东西们也都在提醒着她。

“公主殿下，请放弃吧，那位并不适合您。那个人，那个人，太可怕了……”

总是这样直截了当地警告着她。

自那次邂逅以来大约过了两年。岩永虽然每个月都会在医院遇见并观察九郎两三次，但是再也没有跟他搭上过话（纱季基本上都跟在他的身边，即使不在一起也会立刻出现）。然而从护士的口中，却总能听到九郎的近况。两人已经决定大学毕业后就结婚，互相也都介绍给了双方的家长，甚至连订婚礼都准备好了……诸如此类让岩永听也不是不听也不是的消息，从去年年底的时候传入耳中，令她生气到几乎将贝雷帽砸向墙壁。

然而到了今年的四月份。她在医院的前厅中看见独自一人的九郎，失魂落魄地耷拉着肩膀，连背都蜷缩着。眼神甚至都染上了阴霾。这才拜托护士们找九郎先生套话，问他是不是跟女朋友分手了。

“说起来，从二月份开始就没有听他再说起过关于女朋友的话题了。咦，好像他跟谁都没有再怎么说过话了？”

护士皱着眉头回忆道。

就在今天，岩永终于了解到了自己的推测是真的。这到底是不是机会呢，很难判断。但如果再不跟九郎搭话的话，与他之间的联系很快就会消失。如果学业顺利的话，九郎今年就会大学毕业，再参加就职的话，来医院的次数想必会减少吧。要是搬去别的城市，就连见都见不到了。

而且正如护士的忠告所说，九郎很有可能不会再来探病了。事实上，他的堂姐一直在重复着自杀未遂的行为，一个月要被送往手术室两次。另一方面，他似乎是成为了派系斗争中的重要人物……诸如此类的留言也传入了岩永的耳朵里。不过是真是假还不甚明了。

这位堂姐，说不定，不知何时不知因为什么理由就会亡故了。护士既然这样特地提醒了她，肯定是相当危险的情况了。

这样的话，现在就是绝不能错过的机会了。岩永决定在得知自己的诊断结果跟以前一样之后，马上就展开行动，她现在思索的是在哪里能和九郎见上一面。

岩永的诊断结束以后，雨依然淅淅沥沥地下个不停。若是平时，直到返程的巴士到来之前，她会在外面的长椅上小憩，然而今天却不能那样做了。没怎么花工夫，岩永便发现了九郎。他正呆呆地坐在半小时前岩永所坐着的休息区长椅上，一边眺望着樱花季后依然盛开着的被雨水打湿的四照花，一边蜷缩着双腿，吸吸溜溜地喝着纸杯里的饮料。

这两年来，岩永没有迎来期望中的那般成长，身高几乎没有什么变化，赘肉也没有多长一丁点，更没有变得像大人模样。不过九郎也跟初次见到他时一样，没有什么变化。

虽然头发已经长到遮住了耳朵，但那不会让人觉得是障碍的修长身材，以及那副身体里散发出来的感觉却依然如昔。今天他穿的是深蓝色的牛仔裤和白色的 T 恤，外面套着枯草色的薄夹克衫。简直就是毫不起眼有些弱不禁风的青年，到了人多的地方一定会被人潮带走的那种感觉。

然而仔细观察的话，他的五官端正，身体比例也恰到好处，给人一种穿什么衣服都会很合适的感觉。虽然在学校或是公司里不会成为最受欢迎的人，却有种最适合交往，在女孩子的谈话中被当成是理想男友的人选。

在高中时期牢牢俘获他的，那位叫做纱季的女性，虽然不想承认，但的确是颇有眼光的人。但是既然分手了，那他就是我的人了。

岩永尽量让自己不发出一点声音，蹑手蹑脚地来到长椅跟前。

“您好，好久不见了。”

这样从一旁打招呼。九郎转过头抬起来望向她，丝毫没被突然来到自己眼前的人吓到一般，脸上露出了疑惑的表情。

“嗯……你是哪位啊？”

“你连救命恩人的长相都不记得了吗？”

“不巧的是，我这十年左右都没有感受过生命危险了。”

“大概两年以前，在这个医院里。”

九郎皱起了眉，似乎终于想起什么似的。

“啊，你是那个说撞到后脑可能会死掉的人。可是我记得那时候的女孩子没有戴什么贝雷帽呀。”

“你这个人，用帽子来识别女性吗？”

别说长相，就连拄着手杖的少女这个明显特征都能忘记，究竟是怎样的记忆力。明明说了自己会记得的，男人这种生物果然就是这样。

九郎在稍窄的长椅上稍稍坐直了身子，往左边让了让。

“抱歉，我不太擅长记忆女性的长相。而且如果记得太清楚的话，纱季会不高兴的。”

那个女人的占有欲果然很强。稍感气愤的岩永将帽子自头上取下，坐在九郎的身旁。左手握着手杖，抬起头来望着九郎。

“那么请你重新记住我。我的名字叫岩永琴子，岩石的岩，永远的永，乐器的琴以及孩子的子。我今年十七岁了，活得很好。”

“嗯，这下不会再忘了。”

“说的是呢，因为你好像已经和纱季小姐分手了。”

九郎正要送到嘴边的杯子停在了半空中。

“你怎么会知道这件事？”

“我已经在这个医院看了七年的病了，跟护士们也都熟络了，当然也卖了不少人情，因此多少能问出来不少情报。你叫樱川九郎，今年二十二岁，为了探望你的堂姐，来这个医院已经三年多了吧。”

雨势变得强了起来。庭院的景色突然变得模糊，而后又变得清晰。仿佛是云端的雨在水桶里，时而被弄倒了倾泻而出一般。

九郎苦笑着，将纸杯送到嘴边。

“这个医院的个人情报管理究竟是怎么做的啊。”

“说是没必要连前来探病的人的情报都予以保护。”

“是这样的吗？”

“疑问真多啊。不过，有关九郎先生的堂姐的名字以及科目、病房以及入院原因这些，她们都不愿意告诉我呢。”

即便是很感兴趣，可有些事情也是别人不愿意让他人知道的，因此也不必勉强去追根究底。

九郎露出了稍显复杂的神色。

“不知道比较好哦。长期住院的理由，一般也不是什么有趣的事情。”

岩永自己也如此，长期住院的理由这些，虽说被问及的话也不会有什么抵抗情绪，但也实在不是什么有趣的事情。

“说起来，我听说了你的堂姐可能不久于人世的传闻。”

“唉，因为当事人自己不想活得长久。”

再就此话题挖掘下去，似乎对话也不会变得顺畅。况且，岩永本来的目的也不是那位所谓的堂姐。

“话说，听说你和纱季小姐今年初春就分手了。”

“我的个人情报还真是完全不被保护呢。”

“还不是因为你不加考虑地和年轻的护士们聊了毫无必要的话题。”

话虽如此，其实岩永直到现在也不知道那位名叫纱季的女性的姓和汉字的写法。其背景也不甚清楚。完全只是从医院里听到的小道消息的程度。恐怕，九郎就算聊到自己的事情，对于涉及到自己无法承担责任的友人和熟人的事情，也有留有尺寸吧。他绝不是那种做事不加考虑的人。

不过和那些既年轻又有魅力的护士们和和气气聊天的样子，从个人方面来说还是无法想象的。

“总而言之，你已经正式单身了。要不要试着借新的邂逅来转换心情呢？”

“能不能直接说重点？”

“能不能和我以结婚为前提交往看看呢？我从两年前就喜欢上你，一直在等待着这个时机。”

机会近在眼前而止步不前，这实在不符合岩永的性格。于是她依照九郎所希望的那样，凝视着他的眼睛直截了当地说了出来。

九郎好像终于对坐在自己身边的少女有了些许兴趣。明明可以对她加强警戒心，可是他却并没有保持一定距离，而是坐直了身子，将岩永从头到脚地打量了一遍。

“你跟看起来不一样，说话够直接啊。而且足足等了两年，也实在是够黏人的。”

“因为我可以耐心地等待命中注定的人。”

“但是和初中生交往的话，是违法的吧。”

“都说了，我今年十七岁，是高中生，明年准备去参加你所在的大学的入学考试呢。你是金鱼的记忆吗！”

虽说自初中起身体的发育好像就停止了一般，而且被错认为是初中生也不新鲜，可是眼前的这个男人到底有多不认真。

“你好像很容易就生气呢。”

“你这话可真失礼，我只是偶尔这样。”

就算是鱿鱼或者章鱼这种平时软趴趴的动物，在特殊情况下也会通过改变自己的身体来进行自保或者攻击。何况人类在某些情况下更是会性情大变。虽然这两种变化稍有不同。

九郎把空了的纸杯放到长椅上，掩着嘴巴吃吃地笑了。多么愉快的笑容啊。就算是正在气头上的岩永也忍不住看呆了。回想一下，自己都已经暗恋了他两年时间，但如此靠近在如此长的时间里，呼吸着同一处的空气，这还是头一次。

这并非是性格所致，而是心跳一再加速而已。岩永把玩着右眼前方垂下的发梢，努力地想让自己冷静下来。

身边的九郎依然微笑着，把视线投向了远方变得昏暗的天空。

“跟你开玩笑而已，别不高兴嘛。竟然被女高中生告白，看来我也不算是彻底被抛弃了呢。真是久违的好心情。”

完全就是开朗青年的语气，实际上说出的却是阴郁的话语。岩永在一旁思忖着。

“看来你是被纱季小姐相当无情地甩了吧。”

“这件事并不是纱季小姐的错。”

“但是抛弃你的是纱季小姐吧。”

虽然不愿意承认，但是看来九郎对于纱季依然余情未了。

虽说分手已经两个月了，但到底是性格上不擅长接受环境变化，还是有什么难以接受的理由呢？岩永正准备发问，九郎已经开始主动讲述起来。

“从高中就开始交往，也曾有过远距离恋爱的时期，一切也都熬过来了，去年秋天还去见了她的父母，甚至明年下订婚礼这些事都谈妥了。没想到这个关头却像雪崩效应一般，一下子就分手了。”

跟几乎算是初次见面的对象说这样的话，到底合不合适呢。他这样做说不定是想要对于抱着诚意告白的岩永，表明自己拒绝的态度。也说不定，他从未跟其他人说过自己分手的原因，想要找人稍微吐吐苦水来整理自己的心情。

对他来说，像孩子一样的岩永或许是最适合倾诉的对象，毕竟除了医院之外没有其他的交叉点，不会给自己以后造成什么麻烦。

九郎右手扶额。

“我对此束手无策。虽然心里明白，内心却总是不可置信。所以也暂时没办法开始新的恋情吧。”

“具体来说是怎么样的？”

“哎？”

岩永举起手中的手杖，指向九郎的鼻尖。

“具体来说，是什么原因导致了在订婚礼之前，突然变成这种无法挽回的悲惨局面？”

关于具体的原因，九郎明显是在闪烁其词，因此有必要对此进行追问。

虽然这样做会令对方不高兴，但是九郎却饶有兴趣地摸着自己的下巴。同样的态度，岩永在记忆中已经不知看过多少次了。复健的时候、体育课的时候，虽然只是单纯且无恶意的好奇，但是那种带有优越感的视线——想要看看这位小个子的大小姐究竟能够做到什么地步，要到什么程度才能逃走——那种教师以及医生所不该露出的表情。

对于九郎来说，具体原因大概是担心年幼的小姑娘无法承受吧。

也不知道是不是败给了她的好奇心。九郎意外爽快地，以轻快的语气地述说起来。

“去年年底，我和纱季小姐一起去京都旅行了。计划在除夕的夜晚在古都闲逛迎接新年，并且参加新年的参拜。”

“竟然在婚前旅行，真是不检点。”

“你是什么时代的人啊。”

既然已经得到对方父母的认可，不管做了什么其实都没关系。九郎重新交叉双腿，往长椅的靠背上靠得更深了些，从斜上方继续望着岩永。

“那天晚上月光很亮，我们沿着鸭川，走在响着除夕钟声的夜路上。就在这时，眼前突然出现了一只河童。”

非常唐突地，从九郎嘴里说出了日常对话中不会提及的名词。按照上下文的承接关系来看，应该不会是雨衣*的别称吧。

“你说的是那种出现在水边的妖怪吗？”

“对，就是那个河童。”

“既不是河太郎，又不是水虎，也不是兵主部吗？”

这些都算是水边会出现的，经常会被误认为是“河童”的妖怪。

“你知道的真清楚啊。挺让人意外的。全身都是潮湿的，用两只脚站立，后背上背着好像甲鱼一样的甲盖，嘴巴边缘是尖锐的，与人类大小相仿，肤色却与人类完全不同，的确是应该被称为河童的‘东西’呢。”

无论是再开发、高层建筑，还是便利店或是快餐店的话题都无法自由开展的传统城市，那说的肯定就是京都。

按照一般情况考虑的话，那可能是看到了在除夕夜里醉酒掉进了河里，又挣扎着爬出水面的可怜的中年男性，而把他误认为河童的笑话而已。

然而，九郎虽然脸上带着浅笑，然而漆黑的眼眸里却毫无笑意。他仿佛看到岩永不为所动的反应，想要推进话题一般，再度开口。

“可以确定的是，那绝非人类。也并非生物学上已知的任何动物。然而却是活着的并且会动的某种生命体。在承认这一事实的瞬间，我们自己生活的世界规则，仿佛顷刻都龟裂崩塌掉。就是具有如此存在感的可怕东西。”

只是在那里露了个面而已，河童君也真是无辜。

---

* 日语中雨衣的发音与河童相近。下文的河太郎、水虎、兵主部都是与河童相关的妖怪。

岩永决定为了这个有名的妖怪进行辩解。

“河童并不是邪恶的妖怪。最近还给我推荐了虾片和寿司，还算是挺时髦的家伙呢。”

“可那时候我们见到的，却是带着泥土的气息，仿佛会把我们拖到河底吸干血液一般的妖怪。第二天那一带还发现了溺毙在水中的尸体。虽然最后作为事故处理了，但听说真正的死因尚未明了。”

这可真让人头疼。或许只是单纯遇到意外溺死的人，却因为时间上的巧合而对河童造成了不利的影响。

本来，水边妖怪的生态就给人一种危险的感觉，实际上也确实是那么回事。你看，就算是河童，也要依靠摄取营养才能生存下去吧。即便用这样的证词为妖怪辩护，也几乎没有什么说服力。

“别说是妖怪，就连幽灵和灵异照片都不信，而且性格上大大咧咧的纱季小姐，仅仅看了一眼，便害怕得浑身发抖，紧紧地抱住了我。明明在床上的时候，也从来没有那样抱过我。话虽如此，我喜欢的正是她那种值得依靠的性格。”

“秀恩爱就不必了，一点意思都没有。那之后怎么样了？”

九郎好似自卑地摊开了双手。

“结果我连看都没敢看吓成那样的纱季小姐，害怕得连声音都发抖了，把她晾在一边，好像受惊的兔子一样逃走了。”

在午夜零点刚过，刚到新年的深夜里，沿着鸭川步行的人究竟有多少尚未可知，因此没有造成很大的骚动也在情在理。虽然在旁人听来这或许是件丢脸的事，不过对于当事人来说，的确是符合实际的反应。

“毕竟是河童嘛。毕竟是河童嘛。”

岩永为了表示内心的同情，又重复地说了一遍。

“但是逃跑了也的确是事实。之后我就被她说——没想到你是这样的人，自那之后，两人间的气氛也变得尴尬了起来，纱季小姐也趁着三月份离校参加工作的机会跟我提出了分手。不过这也是顺理成章的事。”

九郎从牛仔裤的口袋里取出手机，看了看屏幕上电子时钟的时间。

“现在纱季小姐应该在警察学校实习吧。但愿她今后不要看到溺死的尸体就想着会不会是河童搞的鬼，别留下心理阴影才好。”

“薄情寡义的女人的下场怎么样都无所谓吧。”

“她只不过是一位人生被河童糟蹋了的女子而已，并非薄情寡义的人。”

九郎将手机塞回口袋，拿起空纸杯站起身来。

“你信也好，不信也罢。要是不信的话，就把我当成一个把被甩的原因归咎于河童身上的，脑子有病的大学生好了。不，因为被甩的打击而变成傻子的大学生更恰当。不管怎么样，我都不适合做你的男朋友。”

他如此平静地说着，又仿佛自卑地耸了耸肩，对着岩永笑了笑。

“我差不多要上巴士了，接你的车子也快到了吧。”

他的言谈举止仿佛在说如果她有需要的话，就会搀着她的手，将她一直送到有车子来接她的地方。然而，岩永却表示拒绝一般，将自已的右手手掌向前伸了出来。

“不，我也是乘巴士的。从时间上来说跟你是一样的吧。但是我们的谈话还没有结束。”

或许是感受到了她责备的语气，九郎略带怀疑地停下了脚步。

“请清楚地说出主语。把纱季小姐扔在一边逃跑的人到底是哪位？”

九郎省略了主语。究竟是谁，逃离了谁呢？

如果按照讲述内容来看，很自然地就会认为逃跑了的是九郎。然而即使不是他，整句话依然能说得通。虽然他并未说谎，但是他却故意用了这种不说出真相的表现方式。

雨一直在下着。水泥地面上有蜗牛爬过。天上落下的雨滴在地面上汇聚流淌，被排水口缓缓吸入。

“逃走了的并不是你，而是河童吧。河童看到了在纱季小姐身边的你，因为害怕而逃走了。只要稍有智慧的生物，就会懂得害怕。对于河童来说更是一场灾难吧。居然在夜里无意间遇上了你，真的很同情它。然后，对于纱季小姐来说，如此可怕的妖怪居然一看到你就害怕得发抖，甚至到了要逃跑的地步，于是她也开始害怕你到底是什么人，因此才说出没想到你是这种人。是这样没错吧？”

九郎直直地盯着岩永膝盖上的贝雷帽边缘，沉思了好一会儿，然后挠了挠头。

“你搞错了最基本的问题。”

“哪里？”

“在这世上是不可能存在河童的吧？”

“不存在吗？”

“当然。”

“可你刚刚不是才说过它存在吗？”

“那是骗人的。怎么可能对女孩子老实说出自己失恋的原因呢。如果你认为河童真的存在的话，劝你先去看看这里的精神科吧。”

“真可惜，我已经每个月都在看精神科了。”

与其说是看病，其实只不过是持续五年跟主治医生聊天而已。虽说医生已经笑着跟她说过好几次不需要再看病了，然而她还是选择了这种方式来让父母安心。

“是吗。那我劝你继续接受治疗。”

其实九郎只要摆出一副感觉被神经兮兮的小女孩缠上了的困扰的表情就可以了，然而正好相反，他似乎是认为这个小姑娘说的话周围的人想必也不会信，于是露出了安心的表情。

“那么，请多保重。”

就这样，如同小丑逃离的姿态一般，九郎道了再见后拔腿就准备离去。

然而，岩永将手杖的尖端用力地朝地面戳去，发出了很大的声响。地上的蜗牛被吓了一大跳，把身体从外壳中伸出，转头探向了她。

“继续刚才的话题吧。我跟河童只见过一次面，但是经常见到与它类似的那些东西。在这座城市里，即便是这个医院里，妖怪、妖魔、怪物、魔物——被我们这样称呼的‘东西’的确潜伏在我们四周。虽然不像河童那么出名，但是在这个庭院的杜鹃花丛的阴影中，四照花的枝头，都有那些东西正悄悄地窥视着我们。虽然它们中的大多数是无害的，然而确实地存在着。”

岩永利落地从长椅上站起身来，顺了顺连衣裙上的皱褶，把贝雷帽戴在了自己的头上，将手杖顶端的小猫握在手中，挺直身子。

“那些‘东西’见到了你，都在我耳边轻声说，‘那个家伙不寻常。那个人，那个人，太可怕了。’”

名叫樱川九郎的青年眯起了双眼，后退了一步与岩永面对面地站好。终于，他的脸上浮现出了警戒的神情。

“你是什么人？为什么如此确信那些东西的存在？”

看样子，九郎没有察觉到那些理所当然地潜伏在身边的东西。不过那也是没办法的事，因为它们一发现九郎就立刻逃走了。首先来说，九郎平时生活中就没机会遇上它们。与河童的遭遇，只能说是双方的厄运罢了。

岩永嘴角翘起，笑着回答了他。

“我在十一岁的时候，曾经被那些东西们拐走了大约两周。那些东西把我带去深山里，请求我——‘无论如何，请您做我们的智慧之神。’”

“智慧之神？”

面对九郎的疑问，岩永点了点头。

“是的。因为那些东西们大多数智慧不高，因此才想要借用我们的智慧和力量，来平息和调解它们之间的纠纷，它们所寻求的就是这样的角色。十一岁的我是这么回答的——‘好的，我答应你们’。自那之后，当它们出现争执或者问题的时候，都会从全国各地赶来，找我帮忙仲裁、咨询或寻求解决方案。它们有时也会与人类产生麻烦，这些事经常让我头疼不已。”

伴随着轻快的脚步声，岩永向着九郎前进了一步。

“相对地，它们也会帮我一些忙。像是如果我在长椅上睡着的时候，它们总是会在诊察前叫醒我，像是医院里有什么东西丢失了，或者弄错了吊瓶导致哪位患者的病情突然恶化了，它们都会通知我。这些情报也让我卖了不少人情给护士。”

屏住呼吸低头望着岩永的九郎，突然松下了紧绷的肩膀，摇了摇头。

“真是难以置信啊。”

“这是理所当然的。”

但是，这些话题多少也引发了九郎的兴趣。虽然他不相信岩永的话，但是自己‘不寻常’这点，九郎是最清楚不过的。

“那么，请调查一下六年前，七月左右的新闻。本市名为岩永琴子，小学五年级的女学生在失踪一周之后，警方展开了公开搜查。脸部照片也一并公开过。”

当初以为是被绑架，父母犹豫着没有立即报案，但是经过三天后依然没有绑匪联系，所以就认为可能是遭遇了其他事情，才终于联系了警方。四天以后，得到了公开搜查的许可。

“自此以后又过了一周，在黎明时分，有人发现女孩在公园的长椅上悠闲地打瞌睡。虽然考虑到个人隐私而掩盖了详细情况，也没有炒作成大新闻，但是在一部分的地方报纸上，还是清楚地报道了详情——”

岩永滴将右手中的手杖转了个圈，轻轻地撩起了挡住右眼的头发，似乎很期待九郎的反应似的说道。

“当女孩子被发现时，左腿膝盖以下都被切断，右眼也遭到挖除。”

事到如今，九郎才意识到岩永身上装的是义足和义眼。也许就算这么说了，光用肉眼也很难分辨出来。特别是她还穿着一条到连衣裙裙的长袜，光从外形上，也完全看不出与另一条腿的区别。近年来医疗器具的进步实在是令人目瞪口呆。

岩永没有理会哑口无言的九郎，径自说道。

“当然，犯人至今也没有被抓住。从那以来，我就成了那些东西的智慧之神。”

她看了眼时间，巴士已经要来了。

“已经到时间了。剩下的我们改日再聊吧。”

九郎一动不动，仿佛连赶巴士都忘记了。岩永也没去管他，拄着手杖一步步地朝着医院的大门走了出去。

可谓日本最古老的文献《古事记》中记载了名为“久延昆古”的神祇。虽然其只有一条腿，无法走路，然而对世界上所有的事都了如指掌，被称为智慧之神。只剩一条腿，据说也是为了和“案山子”相互连接。现如今供奉了久延昆古的神社也作为能够实现学业及教育上的愿望的宝地，而依然进行着祭祀活动。

此外，“单眼”之人，有时会被奉为神明，抑或是被当做与其相近的东西。作为献给神明的祭品而与普通人相区别，为了“圣别”的进行而自毁一目，供奉给神明来作为神与人之间的连接之物。另外，作为锻造之神的特征，将一只眼睛和一条腿奉献出去的例子，在世界范围内也有很多，原本在文献或作品中，以此作为成为神明的条件的描写也不少。单眼单足的这类神明，在很多文化中都被提到过。作为妖怪而广为人所知的“独眼小僧”，实际上是山神落魄之后的样子——也曾有这种说法。

将岩永绑架走的那些东西们夺去她的右眼与左腿，也是为了让她成为神明。岩永也接受了这种说法。

虽说习惯这种状态需要时间，但是也因此可以得到或接触到从未见过也不知道的东西的能力，也算是个不错的交易。

十一岁的岩永在长椅上被发现的时候，身上的衣服虽然没有一丝凌乱，但裙子下面却只有右腿不自然地垂下，眼睛虽然是闭着的，右眼却塌陷着，流血的痕迹依然清晰可见。而且她在长椅上一动也不动，让人不禁怀疑是不是已经死了。

然而仔细听的话，就会发现她还在有规律地呼吸着。被送往医院检查后，身体也没有任何异常。左腿虽然被粗暴地砍断，断面十分粗糙，但伤口在流血过多前用类似于酸的东西融化固定，完全处理好并不需要医院再进行外科治疗。

被挖除的右眼也同样，眼窝虽然受伤，里面也被完全挖空了，但并未发现有化脓或肿胀，基本算是已经治愈的状态了。虽然不知道这些妖怪拥有多少医学知识，而且所作所为也十分野蛮，然而对伤口的处理却是十分细心且慎重的。

岩永自己，对于被拐走的期间身体被做了这些处理则毫无印象。虽然她依然记得那些东西跟她说的话，请求她的事情，而她又是如何回答它们的，但身体却完全没有之后的痛苦记忆。虽然失去了一条腿和一只眼睛，但却不像是周围的人们所认为的那样夸张。她只觉得自己成为神明的过程实在是缺乏紧张感。

当被参与搜查的相关人士婉转地询问起，被拐的两周内所发生的事情时，要是按照普通十一岁小孩的智力，即便说了“被类似于妖怪的一群人带走并被奉为神明”的话，也会给搜查添大麻烦。因此她回答说“我都不记得了”，之后也没再被询问过案件的有关情况。

警察大概也没有指望从她那里得到什么有用的情报，父母也觉得她不记得被拐走的期间发生过什么事，反而是一种幸运。除了身体少了两个部位以外，其他地方都没有任何外伤，也就是说这两个部位一定发生了什么可怕的事，即便是没有关系的人也会这样那样胡思乱想的吧。

既然不记得发生过什么，而且岩永的生活也和以前没有变化，于是警察也就不勉强继续追究下去了。搜查几乎是以惊人的速度陷入死局，然而岩永也不希望警察继续纠缠不休。

事件发生过后，岩永一直维持着每周至少一次的眼睛和腿部的检查，义眼义足的维护，并且为了应对她回想起事件的经过，也同时接受着心理辅导。在她中学期间，前往医院或者学校时都有专车接送，但由于太过限制自由，于是经过她对双亲反复认真地劝说后，如今终于可以自由地外出了。

在下雨的日子里，不准随便找个地方就睡。只有这点，父母不管怎样都不愿松口。但也在情在理。事实上，她就是这样睡着了之后，才被那些东西拐走了。

“——正如我预料的那样。”

与九郎成功接触后的第二天周日。岩永在市立图书馆前站着，抬头望着眼前的建筑物说道。跟昨天的天气完全不同，从早上起就是个大晴天。现在是下午两点多，天已经变得有些热了。

“你好。查完资料了吗？”

朝着走出自动门，穿着与昨天几乎一样的衣服的九郎，岩永依然戴着昨天的贝雷帽，头微微低下示意。九郎也发现了显然是早早就等在外面的岩永，停下脚步，右手扶额，无可奈何地垂下肩膀。

“亏你能知道我在这里呢。”

“这只不过是初步性的推理。为了确认我说的话是否属实，一般都会先上网搜索有关信息吧。但毕竟这是六年前的事情，被害者未成年且并未死亡，事件也尚未解决，因此肯定没有查找到充足的情报吧。况且网络上的记载是无法确认其真伪的。因此性格慎重的人应该会实际去确认新闻的内容。事件的日期可以从网络上查到大致的范围，因此要在图书馆里找到相关的新闻肯定不是什么费劲的事情。从时间上来说，这时你应该差不多查完资料，打算要离开了。”

事实上，岩永拜托了那些非人类的东西，九郎只要进了图书馆就来通知我。因此她是接到通报才赶过来的。不过，有时候虚张声势也是有必要的。

“所以，确认之后有何感想？”

“六年前，名叫岩永琴子的女孩身上发生了惨剧的确是事实。被公开的脸部照片也跟你很像。”

“不好意思，虽然我右眼被挖掉了，但我的长相从小学开始就没什么变化。”

右边的义眼做得十分精致，如果不仔细看的话，只会觉得是眼睛动得比较呆板而已。右侧的头发也故意垂下，在黑色的眼睛前面摇动着，因此注意到义眼是十分困难的事情。在失去右眼后，对她的外貌没有任何影响。

此时，九郎露出了严厉的表情。

“但也只是这样而已。这样还是无法证明你成了那些所谓的妖怪或怪物们的神明。”

“是啊，那些事情可能只是我的妄想。但如果是那样的话，那我就是遭到精神异常者绑架，身体被肆意玩弄而发疯的女孩子而已。”

所以岩永在跟别人说起那些东西的时候，一直都很注意自己的遣词用句。她虽然并不在乎别人怎么看待自己，但是却不想给父母增添多余的烦恼。

“至于信不信，是你的自由。但在这个世界上，能够理解你的人或许只有我一个。”

也许九郎根本就不奢求别人理解自己。妖魔和鬼怪都害怕九郎，避之不及。那位叫做纱季的女性虽然不走运，但九郎和岩永不同，也不是不能像正常人一样生活。

但相对地，九郎也经常会被如同上次分手一样的不安所纠缠，也无法对身边的人倾诉，抑或是说了也无法得到理解，因此不得不怀揣着秘密活下去。想到这样的情形，内心也不知不觉会遭到侵蚀吧。

而对岩永来说，如果将来有九郎在身边的话，在恋爱方面自不必说，对于妖怪、怪物们问题争端的解决也会帮上大忙吧。令那些东西恐惧的九郎如果可以帮助她的话，无论是交涉还是仲裁一定都会变得简单。这就是所谓的一石二鸟。

九郎仿佛听天由命般叹了一口气，从上到下地看了看岩永，又再次叹了口气。

“拥有单眼单足姿态的人，据说有时会被当成献给神明的活祭品，对吧。”

“是的，这种人会被视为连接神与人之间的祭品，或是被当成倾听神明声音的巫女。”

“那只是你自作主张的解释吧。”

“反正我已经被自作主张地拐走，身体也被弄成这样了。要怎么说都行。”

岩永用手杖敲了两下陶瓷与钛钢所制成的义足，微微笑了一下。

被拐走自然没有经过她的同意。虽然她同意成为智慧之神，但也并没有说连眼睛和腿都要献上。虽说对于这些，她并没有感到后悔或遗憾，但至少还是想自己帅气地主动提出。

九郎往前迈了两步，走到她的面前。

“午饭吃过了吗？没吃的话我请你吧。”

“我刚刚才饱餐过京都的蔬菜怀石料理呢。”

“真不懂你的这种语气，究竟算是有教养还是没有教养。”

“我住在那种大得假如失踪了，家人首先会怀疑是不是被绑架了的大房子里面。跟我结婚的话你也能得到那块土地和房屋。在就业方面也能给你不少关照。”

“不……我才不想为了利益而谈恋爱。”

“你以为你是什么黄花闺女吗！要是跟并非自己喜爱类型的我交往的话，如果没有这点好处给你，肯定是进行不下去的吧。”

“你不觉得自己说了些不该说的话吗？”

“那你愿意承认我是你喜欢的类型吗？”

“我才不要承认。”

九郎虽然提出了吃饭的邀请，但依然以对方不跟着也没关系的速度快步走开。而岩永在后面紧紧跟着他。

“对了，话说九郎先生，妖魔鬼怪如此害怕的你，究竟是什么人呢？”

“那些向你寻求智慧的东西们没有告诉过你吗？”

以为岩永一定早就察觉的九郎回过头来，很意外地提高了声音。岩永点了点头。

“对于自己打心底恐惧的事物，任何人都会避免提及的吧。”

岩永虽然也找过那些东西之中看起来聪明一点的问过好几次，但总是只能获得一些让人不得要领的回答。那些东西其实也无法确定九郎究竟是什么人，然而只要一靠近，就会觉得很害怕，只有这点可以肯定。

九郎有点不服气地摸了摸鼻头。被拐走小孩子，还夺走其眼睛和腿的家伙们恐惧厌恶。还真是不讲理呢。

于是九郎一脸不耐烦地坦白了。

“这个嘛……按照你的说法来讲，我在十一岁时，曾饱餐过那些妖魔鬼怪的其中两种。”

即便是对于见多识广的岩永来说，也不得不承认这是一个如此诡谲的故事。

第二章

钢人的传闻

即使不知道这些妖魔鬼怪的名字，也不是什么不可思议的事。女性就更不足为奇。

对弓原纱季来说，河童和人鱼她是知道的。然而“件”这种妖怪则是樱川九郎告诉她的。

汉字写作“件”，它是头部像人类，而身体像牛的妖怪。能够口吐人言，会在预测未来之后立刻死去。虽说曾经也预言过土地丰收或家族兴旺，但更多的预言却是有关灾荒、瘟疫、自然灾害的祸事，而且一定会实现。据说在第二次世界大战中诞生的“件”，曾经预言过日本的战败。

用生命作为交换而可以预知未来的“件”，在统称为“预言之兽”的妖怪中算是最有名的，也曾被知名文学家作为题材写进小说，然而纱季并不知道这些。本来就没想过现实的人生中会与这些莫名其妙的东西有所牵连。

怎样跟能预测未来的妖怪交往，对她来说更是无法想象。

与九郎分手，参加工作以来明明已过去了两年半，纱季依然无法忘记件、人鱼和河童这些妖怪的事情。虽然自己身为警察，做的是没有梦想也不浪漫，只是扎根于现实的工作。

这一日，纱季正在警署的食堂里吃着推迟的午饭，刑事科的寺田端着茶杯，板着长脸坐到了她正对面。

“嗨，弓原。之前约你去吃烤肉，你却说什么‘吃牛肉会让我想起那个用很糟糕的方式分手的前男友，觉得很不舒服’这样拒绝了我吧？”

“是啊，的确是有这回事呢。”

纱季手也不停地吃着牛肉套餐，直视着留着寸头的寺田道。寺田现在的职位是巡查部长，三十四岁，在纱季所属的真仓坂市真仓坂警署工作了十年以上。身怀柔道五段的他，在警署之间的对抗赛里，也是出了名的强者。

仿佛是岩壁一般宽广高大的后背，因为柔道而受伤变形的耳朵，平时总是冷淡地抿着嘴。那种老练的刑警范儿，就算是道上混的人，只要看他一眼也都会惊慌的。警署的人都认为他只要在为人处世方面稍加注意，一定能够很快升职；如果眼神再温柔一点的话，找对象也不是难事。

因为纱季穿着交通科的制服执勤，主要负责处理交通事故的原因，跟寺田平时很少见面。然而就算如此，自就职以来就不断被他搭话，或是邀请吃饭、喝酒。由于给自己带来了困扰，因此也跟组长婉转地提出过这件事。

“没办法啊，寺田就喜欢弓原君你这样的姑娘嘛。不如就好好相处呗。”

得到的却是对纱季来说毫无道理的回答。就是因为不想跟他好好相处才要想解决方法的，然而警署里的人好像都很支持寺田。

“虽然长得有点吓人，但人很好。”

"他开窍得晚，却很努力地跟你搭话呢。"

仿佛寺田的援护弹幕一般向纱季袭来。无论她怎么拒绝，他还是一如既往的亲切，也不会做出一些讨嫌的行为。与外表和评价如出一辙，是个货真价实的绅士。从警署所有人都支持他这点上，也能看出他是多么受人信赖。

但是在好恶的问题上，任谁也毫无办法。纱季喜欢的是与一派尚武精神的寺田正相反的，像以前的男友樱川九郎那样的人。虽然两人以糟糕的方式分手了，但她的喜好也没有任何改变。如同九郎一般纤瘦，身高和年纪都比纱季小的，仿佛山羊一般质朴的青年。

明明是自己主动提出的分手，可纱季至今仍时不时地想起他的身影。分手是在自己大学毕业那年的三月初，今天已经是两年半后的九月二日星期四。她已经二十五岁了。

虽然要准备警校的研修，还要忙着适应分配单位的工作，没能交上男朋友。但自己隔三差五地就想起九郎，还真是够没出息的。她从心底对自己发火。

前阵子听到流言，说他长期住院的堂姐过世的时候，她甚至还想过，如果他的堂姐在两人去京都前过世的话就好了，这样旅行就会泡汤，也不会遇上那种事——然后因为自己过于自私的想法，直到半夜她还在生气地捶着枕头。

真是太没出息了！

"……那么，弓原，为什么你又在吃牛肉套餐呢？"

寺田接着问道。纱季看着那双眼睛，筷子的动作依然没有停，口中回应答道。

“是啊，我觉得不可以让自己一直被过去所束缚，正积极努力地克服着。”

“那么我可以再次邀请你去吃烤肉吗？”

“可以的话，我不想连自己的私人时间都拿来去修炼。”

“那么寿司怎么样？我发现了一家不错的店。”

“鱼类也会让我想起以前的男朋友，所以我也很少吃那个。”

“你跟那个男朋友到底是怎么分手的啊？”

说是生气，倒不如说是一脸无奈表情的寺田在椅子上坐正。从纱季的角度看来，被自己用带有谎言性质的借口拒绝后，就算对方朝自己发火也不打算抱怨一句，然而寺田真的非常绅士，所以还蛮好相处的。

“虽说现在是用餐时间，但在警署内让女性后辈跟你说明失恋的原因，不管是作为男性还是前辈来说，都不太好吧？”

纱季再次端起餐具，机械地吃着烤肉，同时拒绝做进一步的解释。在审问嫌疑犯上，五年未尝一败的寺田此时却被她的高论呛得说不出话，只好晃着手里的茶杯。

“但是，居然会甩了你这样的好女孩，对方肯定不是什么好男人吧？”

即便如此，寺田依然不死心地打探着。

对于自己是不是好女孩，纱季并没有什么自信。无论是仪容还是性格，自己都不够女性化。出生以来也只交往过九郎一个男性，对于女性来说身材过高、过于强势都是减分项目，纱季对此还是有自知之明的。和九郎分手后，原本长及肩膀的头发也打理成了露出后颈的短发，只看背影的话，身着便服的她甚至曾被误认为是男性。

以前，总部的某人见到身穿制服的纱季，还以为她是来当一日署长的女模特。似乎还有过这样的传闻，简直是在挖苦身高毫不逊色于警署里男性的纱季一般。

寺田有着自己的喜好，好女孩的赞赏自然得诚恳接受，然而，纱季对于应当纠正的地方，还是进行了纠正。

“不。是我甩了他。我个人觉得很对不起他。”

“但……你是因为他不是什么好男人才甩了他吧。”

“我们都已经互相介绍给彼此父母认识，也都谈及婚嫁了。双方家长也都是赞成两人大学毕业就结婚的。按照原本的计划，我们应该已经结婚了。如果当初没有分手的话，肯定已经结婚了。但是分手也是无可奈何的事情。”

“被你一本正经地直视着说这种事，我真不知道该怎么接受。”

“请你温柔地接受吧。不过是事实罢了。”

话至如此，寺田也明白还是不要去追问纱季的过去。于是他不得不选择了让步。

到目前为止，纱季没有对任何人说过跟九郎分手的理由。即使被双方都认识的朋友满脸惊讶疑惑地追问，也一直都是找借口蒙混过去的。

如果可以的话，纱季还是希望能够说出来。如果说出来的话，既能够整理自己的心情，而且说不定能够忘记九郎。然而即使说出口，也不会有人相信，是那种对于到底该不该跟别人说，难以下判断的内容。

竟然是因为河童分的手，怎么说得出口。

信不信尚且搁一边，被人嘲笑是毫无疑问的。如果是那种稍微小众的妖怪，还多少有些真实感。但河童在世人眼中可是颇为讨喜的妖怪，越解释越被认为是在开玩笑吧。

如果接着再说出什么件或者人鱼的话，一定会尴尬得让人却步吧。

在京都旅行的那一晚，在鸭川岸边遇见的河童。纱季现在只要一想起来，仍然会全身起鸡皮疙瘩。一般情况下，肯定会认为是自己看错了而不会大惊小怪，但那种异世界的存在感却十分强烈，无法忽视。

纱季感到前所未有的恐惧，紧紧地抓着九郎不放。如果那时，九郎也一样的害怕或是紧紧地抱住她的肩膀的话，两人的关系就会继续下去吧。

但就在九郎有所动作之前，河童却明显地看向了九郎，尖锐的面部拉长，连身体也向后弓着呻吟道。

“啊，人类真是可怕。你们什么都能咽得下去，跟什么都能混合交媾。想不到居然会诞生出你这样的怪物！啊啊啊，太可怕了！”

接着河童连滚带爬地逃跑了。纱季出于本能全力抗拒的妖怪，却在看见她身边那个有点靠不住的男子后，便一溜烟地逃命去了。

就算是不情愿，也会忍不住去想被那种浑身湿漉漉的、绿色的，叫做河童的奇怪生物所称为怪物的男朋友究竟是什么？

寺田放下了茶杯。

“哦，对了，我不是来邀请你吃饭的。也不是来挖苦你的。三天前，X 河边的事故处理是你负责的吧？”

"也不只我一个人。怎么了？"

三天前，晚上十点多，发生了一起私家车撞破护栏落入市外河里的事故，纱季也是赶去现场的其中一人。

光这么听的确像很严重的事故，但其实护栏已经老化得相当厉害，马路与河的落差也只有两米左右，并且通向河边的路是一条斜坡，而那辆私家车也在限制车速内，只是方向盘的操作有误，所以才开下了那条斜坡，并且撞破护栏冲入了河里而已。

当时河水的深度也不足三十厘米，因此并无溺水的危险。虽然车子进了水，也似乎不会因此而报废。开车的那名二十一岁的大学生也只是受了轻伤。

当时车中没有其他乘客，也没有任何其他车辆或行人卷入事故，大学生也承认自己是事故责任人，于是就依照惯例对事故进行了处理。因为那条马路的右侧是山，左侧是河流，同行的车辆很少的缘故，也没有引起交通堵塞。

对于平日经常处理伤人以及杀人这种暴力刑事案件的刑警来说，这不是什么值得注意的事故。即便是有兴趣，但没去询问事故的责任人，而是跑来找纱季，倒也有点奇怪。

"事故原因是司机好像在车子前方看到了一条狗，所以慌乱之下才打了方向盘，因此才会撞破护栏冲进河里——虽然报告是这么写的，但一开始他不是这么说的吧？"

寺田压低声音询问道。纱季冷漠地端起套餐中盛满味增汤的碗送到嘴边说道。

“那些话是他被从泡水的车子里救出来之后，处于兴奋状态下所说的。之后当事人也进行了否定，说是自己记错了。”

“那么就是事实了？”

“什么事实？”

“那个大学生开始说的是‘看到一个拿着大约两米长的细长钢筋，穿着有明显花边的红黑色连衣裙，头上戴着很大的蝴蝶结，没有面孔的女子突然出现在车子前方，于是才慌张地向河的方向打了方向盘’吧？”

纱季放下了碗。她的视线并未离开寺田。

“虽然不像你总结的那样条理清晰，但大致是这样没错。而且他还追加说那个女子的特征‘胸部很大’。”

冷静下来的大学生好像是觉得自己的证词缺乏真实性，甚至还可能会被认为是曾经饮酒或使用药物而变得麻烦，就改口说是看到了狗。这样一来就没有什么疑问了，于是纱季也就这样做了处理。

然而纱季并不想否定司机所说的话。因为她知道这种东西是真实存在的。在她的直觉中，那名大学生所害怕的东西，跟那个时候的自己所害怕的情形类似。于是才会不加追问，以不产生麻烦的形式记下对方的证词。

为什么寺田要重新提到这起事故呢？

“寺田先生，你是在寻找‘钢人七濑’吗？”

纱季不苟言笑地提到了近期以真仓坂市为中心引发热议的名字。

寺田也不苟言笑地拿起了茶杯道。

“如果能够抓住‘都市传说’里的怪人，总部长会亲自颁奖状给我吧？”

到底“钢人七濑”该不该归为都市传说的范畴之内，纱季也不是很确定。本来都市传说的定义就很模糊，倒不如说已经接近类似“怪谈”的存在。

今年年初，有一位偶像死在了真仓坂市。艺名叫做七濑花凛，本名叫七濑春子的女性。当时十九岁。虽说纱季是在她死后才得知此人的姓名与长相，但听说她作为平面模特兼任综艺节目的常客，作为偶像相当有人气。胸部也确实非常丰满。

而后，因为一些不好的传闻而在媒体上引起轩然大波，为了躲开大众视野，就从日本的大城市跑到了距离相当遥远的真仓坂市的酒店。然而，一月三十日星期六的这一天，在酒店旁边的工地上发现了她的尸体。被发现时，她被工地上的无数钢筋压着，死状极其惨烈。

虽说是在市内，但却不在纱季隶属的警署辖区，因此详细的搜查经过她并不清楚。在一个拥有五十万人口的城市里面，突然涌来了无数的记者和媒体，交通管理和突然暴增的事故处理让警察手忙脚乱，纱季是因为这些才对七濑花凛的名字留有印象。

结果，七濑花凛的死，始于媒体的逼迫，又受到世间的诽谤中伤，因此自杀的可能性非常高，可最终仍以事故结案了。那之后不到一周的时间里，她的名字就消失在大众的视野中。不管这起事件有多么意外或者离奇，也不管她死前是怎样有名的偶像也罢，只要不再进入大众的视野之内，很快就会被绝大多数人所遗忘。纱季也是绝大多数人中的一员。

然而，跟七濑花凛相关的传闻大概是在两个月前开始从市内传播开来的。据说她的亡灵，穿着她偶像时期的服装，单手握着那条将她身体压碎的钢筋，在夜晚出现并袭击路人。就好像要报复这个把她逼上死路的社会一般。

顺带一说，七濑花凛的尸体被发现时，面部被钢筋砸得血肉模糊，无法辨认。因此，当她的亡灵出现时，面孔也是如同被损毁一般，完全不见五官。

开始之初，传闻只在中学生之间流传。不知几时，便有人给取了“钢人七濑”的名讳。这充满违和感的名字还被人在网上大肆介绍，成为了全国性的话题。

生于钢筋之下，挥舞着与纤细女子的体型所不相符的巨大钢筋。从上述特征来看，倒也挺符合“钢人”的名号。

虽说是全国性的话题，其实也仅限于网络世界，无论是杂志还是电视节目上都没有介绍过其姓名和相貌，可知其知名度其实并不高。喜欢多管闲事的年轻人会在周末聚会上聊几句，到她死亡的现场去参观，充其量也只是这种程度。就算在本市，年龄层较高的市民，大多数人也都不知道她的存在。

纱季自己也是如此，对于“钢人七濑”之名，也仅仅是听说过的程度而已。因为在三天前的那个事故现场取证的时候，听说了犯人的特征，模模糊糊想起来而已。

迫于不好的流言，逃避媒体记者的偶像死在了隐居地，如今变身亡灵。而且还是个手持着钢筋袭击人类的怨灵，作为故事来说还是挺有趣的。虽然不知道是谁起的名字，但“钢人七濑”的称号不知何时就传入到自己的耳中。并非“铁人”而是“钢人”这种平常不太能见到的名字，的确可以刺激人们的记忆。七濑花凛也因为被取了如此称号，可说是成为了与都市传说相媲美的怪人角色了吧。

话虽如此，传闻毕竟只是传闻。裂口女与人面狗、消失的出租车乘客，以及引发隧道入口事故的少女，这类在都市中诞生的传说，也都不过是怪谈而已。

若追溯起这件事的源头，无非是从朋友那里听说，或是朋友的朋友见到，亦或是前辈恋人的朋友亲眼所见，以及亲戚叔叔的后辈遇见过——这类模糊的说法，全是一些没有可靠证据的故事。根本没有可以证明那些传闻为真的证据。

无非是诞生于都市的阴暗面，并间接地传达现实中潜藏着的危险的幻想故事。有一定的真实性，让人不由得想去相信，但如果追问下去的话会发现不过是谎言而已。

“抓捕亡灵或怪人可不是警察的工作，估计得不到本部长颁发的奖状吧。”

纱季将牛肉塞进口中，冷冷地回答寺田。但无法否认的是，本来就很差的食欲因为这个话题而变得更差了。

“你怎么看？”

“都说了呀，得不到奖状的。”

“我没说奖状的事。你觉得那个不知道是亡灵还是怪人的‘钢人七濑’，会在这一带到处徘徊吗？”

虽说是无关痛痒的话题，纱季还是端正了身姿，将筷子放了下来。

“三天前开车肇事的大学生，虽然知道‘钢人七濑’的传闻，但似乎是在向我说明情况的时候，才发现跟传闻的描述一致。当他察觉到了以后，就否认了之前的证词，改口说出了较正常的肇事原因。”

“那人当时的样子不像是在说谎吧。”

“因为不管在眼前出现的是亡灵或是野狗，都没有什么差别，因此我也没有再仔细询问。若是以亡灵、怪人根本不存在的常识作为前提，当事人毫无疑问是在说谎。我认为不该把鬼怪的事情写在报告里。”

原先负责询问当事人事故情况的是其他搜查员，也不知道是不是因为“穿着怪异的女子”的证词处理起来相当麻烦，问到一半就把任务转交给了纱季。虽然不知道寺田为什么会对“钢人七濑”产生兴趣，但他从那位搜查员口中得知了事故的情况，就跑来纱季这里继续追查了。

“我不是在责怪你啦。你觉得那个当事人是否真的看到手持钢筋的女人了？”

虽说寺田对于此事颇感兴趣，但也不是抱着玩的心态去打听的。纱季也就立即回答了。

“我觉得他看到了。正因为他看见了常识中不可能出现的东西，才会误操作方向盘引发事故的。”

那个大学生恐惧的眼神，紧急刹车的轮胎痕迹，被撞断的护栏，以及最重要的是当时残留在现场的异样气氛，不断刺激着纱季的感官。

她感受到，有种跟自己不同世界的东西曾经出现过。

在鸭川遭遇过河童以后，纱季便对那些东西的气息异常敏感。虽然没有被直接搭过话，或是生活里被威胁过，但她仍感觉到这个世界的颜色与以前不同。虽说如此，也不是说她觉醒了什么特殊能力，更没有什么好的应对方法，说到变化也只不过是性格比起以前更加阴沉，无法再以单纯的眼光看待事物了。

“虽然没有引起过什么重大事件，也没有接到过正式的被害申请，但是市内有几个派出所都反映过有市民目击到疑似‘钢人七濑’的可疑人物，或是差点遭到袭击。”

“直接去派出所报案的吗？”

传闻一旦扩散，有时会对社会产生实际影响。袭击小孩和女性的怪人出现了——这样的传闻扩散出去以后，夜间的外出也会被禁止，学校也会要求学生集体上下学。

然而，亡灵的传闻波及到警方，可谓是十分少见。更神奇的是，这次的传闻并非是从友人或熟人所见，而是亲身所见，或是遭受袭击了。

“虽然警方多数情况下会当成误认或是臆想、恶作剧之类，随便听听就敷衍了事，但大概从上个月中旬开始，警方就陆续接到好几起有关市内的故意伤害未遂、袭击路人的报告。这些事件中的被害人受到的伤，都是在逃跑时摔倒或是擦伤，没有什么重大损害。其中说不定也有像三天前的事故一样，作证自己被手持钢筋的大胸女袭击，然而报告书上却敷衍了事的被害者。”

在某些情况下，被某些东西袭击的时候，人类就算眼睛看到了袭击者，大脑中也是无法进行运转的。在深夜里，如果眼前突然出现身穿醒目的花边连衣裙的女性手持钢筋的话，想必谁都无法冷静地思考吧。

“寺田先生，难道你认为‘钢人七濑’真的存在，而且正在袭击人类吗？”

如果眼前这位老练的刑警如此判断的话，的确是一件恐怖的事情。纱季的后背渗出了冷汗。想到自己的人生已经跟莫名其妙的妖怪扯上了关系，胃部就像剧烈收缩一般涌起了不快感。

面对纱季不自然的追问，寺田稍稍睁开眼睛，苦笑起来。

“喂喂，别说得我好像脑子坏了一样。我才不相信有什么亡灵呢，就算是有也轮不到我们警察出场。”

那么，为什么要收集相关情报呢。纱季没能解开疑虑。

“即使亡灵不存在，有人目击到了，有人遭到袭击，仍是事实。如果只是传闻中被袭击或是被杀的话，倒不是什么大问题，但是有人报警就说明事态并不寻常。那就绝非亡灵搞的鬼，肯定是活生生的人类所犯下的罪行。”

纱季听闻寺田的解释后，长舒了一口气。自己是因为见过这些似人非人的东西，而且人生也因此而变得扭曲。然而对此毫无经验的寺田将一切解释为人为倒也是合情合理的。

于是这次，纱季也露出了苦笑来。

“所以说，你的意思就是有某人在夜里出现在某处，打扮成死去偶像的样子，隐藏自己的面孔，穿着连衣裙，单手拿着钢筋在市内徘徊吗？”

"为了让胸部看起来大一些，可能在衣服里面塞了填充物吧。因为据说死去的七濑花凛的胸围超过了一百公分呢。"

"真是惊人的胸围呢。"

"是很大啊。变身成为'钢人七濑'的样子也是够麻烦的呀。虽然大胸并不是我的喜好。"

"你这是在挖苦说我的胸围很小吗？"

"才不是。"

把胸部大小放在一边不谈，仅仅模仿"钢人七濑"的样子，就已经是一件不可能的事情了。如果相信传闻与目击的情报，那么"钢人七濑"手持的钢筋，长度比其身高还要长三十厘米，在一百八十厘米至两米之间。如果是真正的钢筋的话，应该至少有二三十公斤的重量。就算是强壮的男性，一只手也挥舞不起来吧。

就算是用木头或者是泡沫板造出形似钢筋的东西能够举起来挥舞，但特地花费时间制造这样的道具实在荒唐。携带这种明显过大的道具到处移动，即使有车子也不轻松吧。有些过于显眼了。

而且，穿着红黑色的短连衣裙和头戴巨大的蝴蝶结的不同寻常装扮。如果按照目击者的情报所说，犯人穿着这种服装在市内来回移动的话，神经也够大条的。更何况又像是幽灵一般随时随地出现后又突然消失，这种事情人类也无法做到吧。

"就恶作剧或是娱乐犯来说，也实在是太过麻烦了吧。"

因此，亡灵的说法才被认为是更加合理的解释。或者只是单纯的添油加醋毫无根据的传闻罢了。"钢人七濑"的存在就是这么奇特。

但不管怎样，都不值得警察去认真对待。

但寺田的见解却似乎有所不同。

“我觉得不太对劲。既然有必要花费如此大的工夫，做到这种地步，那就表示背后应该潜藏着相当重要的理由和动机吧？那就肯定不是恶作剧的程度了，而是明显的犯罪行为。”

对于“钢人七濑”的出现，寺田感受到了重大犯罪的线索。找他商量此事的派出所的警察估计也看出紧张的气氛，跟他全盘托出了吧。

原来如此，这就是所谓刑警的直觉吗。这与他在警署内所拥有的人望不同，如此犀利。

“‘钢人七濑’的传闻大约是在两个月前开始传播开来的。她似乎也是在那个时候开始被人如此称呼的。而警方开始接到有关的被害报告和证词，则是在最近两周之内。网络上博客与有关情报也是最近才急剧增加。从传闻发生到事件发生，有充足的时间去准备衣服和形似钢筋的道具。然后最近终于开始付诸行动了。”

“那么，你推测出犯人扮演成巨乳亡灵的理由了吗？”

“还没有。毕竟是这种说大不大说小不小的事件，收集情报的时候也得相当小心。要是把传闻照单全收，对刑警的名声也不太好。但是，这其中一定有大问题。近来越偏僻的小城市就越容易成为组织性犯罪的温床。就算是这种小城市，未成年人因违禁药品而被逮捕的事件可是连年递增的啊。所以正因为是小孩子的传闻，才更能够反映出某些事实。所以要趁现在设下情报的收集网才行。”

寺田说着，一口气喝干了茶杯里的水。

“如果你也能帮忙的话，我会很感激的。这也不是让你进行什么特别的工作，只要帮我暗中收集城市里的传闻和网络上的情报就可以了。我正在用地图整理‘钢人七濑’在市内出现过的地点。我猜想她的行动或许有着某种规律。”

优秀的定义即是，能够看到普通人无法看到的事物，能够肩负得了普通人无法忍受的辛苦。作为刑警，只要在事件发生后再行动即可，况且这件事本身都没有被警局重视过，就算这样，寺田仍然没有放松警惕。

对纱季来说，虽然没打算袖手旁观，但另一方面，她了解寺田所不知道的真相。

“寺田先生，有件事还请您谨记在心。这世上的确可能有幽灵和妖怪存在。那种东西出没的时候会让人感觉到不吉利或是危险气息，仿佛有什么事情要发生了一般。”

“嗯？”

纱季有种预感，这次的“钢人七濑”正是幽灵所为。不是犯罪、阴谋这些由人为所策划的，而是真真正正的幽灵。无论之后会发生什么，警察也是无法做出应对措施的。

“如果被目击到的、袭击路人的家伙，就是死于今年一月的七濑花凛的幽灵的话，那就只能请专家来驱邪了。太过追根究底怕也只能徒劳无功。”

像是对于纱季满脸正经说出的言论感到意外似的，刚从座位上起身的寺田停下了动作，直直地盯着她的双眼。

“怎么？弓原你相信那种事情吗？”

“虽然没见过幽灵，但我见到过妖怪。”

“这话什么意思？不想帮忙的话就直说呗？毕竟是我强人所难。我是因为你在处理那起交通事故的时候，应对当事人的态度非常认真，所以才觉得你比较好沟通……”

“不，我会帮忙的。我只是想让你有心理准备，这个世界上是有那些东西存在的。”

即使说了也没用吧。如此深信的世界规则有一天突然扭曲崩坏，一边担心着同样的事情什么时候会再次发生，一边提心吊胆地生活着，如果没有这些体验的话，也根本感觉不到那些东西存在的迹象吧。

纱季闭上了眼睛，把手指放在眉间稍作思考后，再次将视线投向了寺田那孔武有力的面孔上。

“总之，请多加小心。这世界上存在着超乎我们想象的对手存在，如果不小心一定会吃大亏的。”

想要让自己的话多一点说服力，纱季继续说了下去。

“我就是因为之前没这么想，才会沦落到跟前男友分手的下场。”

这句话多少有了些效果。

“……你的前男友是妖怪或者幽灵吗？”

曾经吃过被称为妖怪的东西，被妖怪河童如此恐惧的九郎，究竟该如何分类呢？

自己也不知道问题的答案，纱季考虑着如何说明，然而却毫无头绪。在此之前，胃部就已经出现了激烈的反应。

纱季刚打算向寺田致歉，就捂住了嘴巴冲向厕所，将刚刚吃下去的牛肉套餐的大部分一口气吐了出来。刚才吃牛肉的时候就不该去想九郎的事。虽然不是九郎的错，但是内心之中还是无法接受。

从厕所中出来时，大个子的寺田正在门口小心地等待着。虽然因为担心她跟着跑了过来，毕竟不能进女厕所，却又在意纱季的情况而不愿返回食堂，只得在原地等着。况且在女厕所门口等人从哪方面来说都很别扭。

“原来吃肉真的会让你不舒服啊。我去拿点喝的给你吧？”

“不，不用了。我不能给你添麻烦。只是稍微大意了而已。”

刚刚呕吐过后，从胸口到胃部都还沉甸甸的纱季毅然挺直腰板，伸出手来制止了寺田。要是接受了寺田的好意，警署内估计就要流传什么风言风语了。恐怕，看向自己的眼光都要变得暧昧起来。

“总之寺田先生，超乎常理的东西的确存在着。要是因为牵扯到那种东西，影响了你的事业就不好了。请你务必要多加小心。”

对于纱季越来越夸张的劝告，寺田不知是无奈还是服气，露出了一副理解的笑容。

“好啦，我知道了。你那个复杂的恋爱已经是充分的证据了。”

“嗯，只是就结果而言，的确是变得很复杂了。”

要做到相互理解是很困难的。即使对纱季来说，维持了五年以上恋爱关系的九郎，也无法做到相互理解。每当想到此处，纱季对此都有深切的体会。

最后，纱季跟寺田约好进行协助，就在食堂与其道别。她又点了一份非肉食的套餐，吃完后回归到交通科的工作中。

寺田要求她协助，只是纯粹的工作上的请求，还是为了增加二人说话的机会，从而提高亲密度的手段，虽然目的尚不明确，但如果不答应的话心里会很过意不去。无论是与寺田变得亲密也好，还是与妖怪扯上关系也罢，都是令她提心吊胆的事。但是对她来说，也不忍心看到自己身边的人和她一样，深陷于那些东西而对世界产生不信任感。因此必须让他在适当的时机抽手。

当天没有发生重大事故或事件，纱季在晚上九点就完成了勤务，准备收拾东西回家。因为无法在工作中查询有关“钢人七濑”的情报，她想要早点回家着手了解此事。在三天前的事故发生过后，虽然稍微在意地总结了事件的概要，但怀揣一知半解的知识只会偏离真相越来越远，于是她立刻反应过来，并努力不去思考这些。

挎上与灰色西服同样颜色的提包，纱季离开了警署。她居住在距离警署步行十五分左右的地势高处的单身公寓，房龄只有十五年，因此配有较为先进的自动锁。本来单身且不与家人同住的警察需要入住警察宿舍，但不知是由于宿舍房屋老化还是住户超过定额，纱季决定一个人住。虽然生活没什么不便，房租也不算高，但唯一的问题就是从警署到公寓的这段长长的上坡路。

下坡的话骑着自行车自然是很轻松，然而下班归来的路程就很辛苦了。而且在走完这段上坡之前，连一户像样的住房都没有，路的一边是墙壁，另一边是护栏。越过护栏虽然可以俯瞰到整个城镇的景象，但每天都见到的景色早就看腻了。夜晚的路上更是凄寂，即便在警署不远处，对于女性来说也会感到不安。

纱季一成不变地踏着脚下的沥青马路，借着每隔一段就会出现的路灯，走在回家的上坡路上。即便对身为警察的纱季来说，也会对这条夜路感到不安。特别是知道了那些东西是确实存在的以后，或许会比一般人更加害怕也说不定。

但是，这又是往返的唯一道路。如果每天都走这条路的话，说不定可以一点点克服恐惧。因此纱季快速地迈着修长的腿，仿佛是自行人偶或是机器人一样在昏暗的道路上走着。不知是不是步伐过于机械化，曾经还吓到过一起爬坡的公寓住户。

自己还会恐惧黑暗，恐惧异世界的东西多久呢。如果能忘记九郎的话，是不是就感受不到妖怪的真实存在了呢。纱季沐浴在尚且温暖的九月夜风中，如此思考着心事。

正在这时，斜坡的上方传来了声音。

“唔……哇！”

虽然中间有所间隔，但刚才听到的是人的悲鸣吧。下一秒钟，仿佛躲避球一般的什么东西向着纱季的方向滚了过来。即使是昏暗的路灯下，也能分辨得出来，那是一个人。而且是个子不高的少女。

纱季赶忙用身体挡住了眼前的人。像是在斜坡上走路太过不小心，失去了平衡狠狠地滚了下去似的。但是这位被害者，纱季可是第一次见到。

“你没事吧？”

“哎哟……跟初夜的痛比起来，这根本不算什么。”

“都这个时候了，为什么要举那么过于现实的例子！”

“没办法啊，因为这是我目前人生中最痛的经验嘛。”

即便如此，一个年纪轻轻的小姑娘说出这种话来，也不大合适吧。不过既然能说出这种话，看来身心都没有受什么伤。

“虽然不知道你是哪位，但是感谢你刚才的帮助。”

少女的手伸向了滚下来的时候也没掉下，紧紧地扣在头上的白色贝雷帽，稍稍整理了下仪容。对着想要扶起自己的纱季递过来的手，少女冷静地表示了拒绝，拄着红色的手杖站了起来。左腿的动作略微有些僵硬，是因为滚下来的时候伤着了，还是原本就有问题呢。

站起身来的少女个子非常小，与纱季有将近三十公分的差距。从旁边望向少女的面孔，仿佛陶瓷制品的娃娃一般端正而年幼的五官，一副惹人怜爱的深闺大小姐的模样。但是眼睛却炯炯有神，露出毫不动摇的坚决神情，给人饱经风霜的感觉。因此无法推测出她的年龄。说是中学生也可以，说是比纱季年纪还要大一些的话也能接受，如此不可思议的女孩子。

“虽然不清楚你是哪位。”

身穿绿色与白色为基调的柔软的毛线上衣和裙子的少女，稍稍掸了掸身上的灰尘，一边摆弄着垂在右眼前面的刘海，一边看着纱季重复着自己的话。

“请相信我不会骗你，请尽快逃走。”

“为什么要逃？”

女孩子的视线瞄向了斜坡上方。还有一个人影伫立在远方。纱季不由得倒吸一口气。人影的头上戴着巨大的蝴蝶结。从身影也能看清的大腿线条，身上穿着仿佛是用钢丝定型的短短的连衣裙。裙子由红和黑两种颜色组成，裙子的腰部也设计成为了突显女性线条的纤细式样。

除此之外，右手还握着一条长长的物体横在身后，物体的前端自然地往下垂着。不仔细看的话，还以为是手持着薙刀的姿势。但毫无疑问，那是一根钢筋。宽度大概有十厘米，长度有两米左右的H型钢。仿佛是轻轻一挥就能将人的头盖骨如同西红柿一般砸碎的，看上去十分有分量的钢制建筑材料。

人影将钢筋的一端垂在沥青地面，手里抓住另一端往坡下走来。钢筋在地面上发出了刺耳的摩擦声。低胸连衣裙里那对丰满的胸部随着步伐而微微摇动着。

“钢人……七濑！”

迫于世间的流言，被建筑钢筋残忍砸死的偶像的亡灵。

当纱季嘶哑地吐出这个名字以后，少女稍显惊讶地问道：

“你也知道这个名字吗？”

“虽然我并不想知道。”

与传闻如出一辙的姿态。而且那张面孔也无法辨认，即便夜里也有微弱的光线。这张脸既不是用面具故意遮掩，也不是涂上浓厚的装扮，而是仿佛被砸得稀巴烂似的，漆黑一片的面孔。

不是人类，而是来自异世界的有两条腿的什么东西。没想到自己会比寺田更早遭遇。这也是因为自己跟九郎有过牵连的缘故吗？

“请你快逃吧。这不是眼睛的错觉，也不是人为的恶作剧。它就是那样的存在，被称为亡灵、妖怪、怪物的东西。”

少女看着慢慢逼近的都市传说中的怪人淡淡说道。

“我知道，那种感觉是货真价实的。”

“那对大胸部也是货真价实的呢！”

“那不是重点吧！”

钢人七濑，比起河童更加不祥的存在。纱季感到自己的双腿在颤抖，心跳也加快了速度。这种东西突然出现在车灯下的话，任谁都会把持不住方向盘的吧。

“开什么玩笑！我受够了。”

纱季低声说道。少女惊讶地回了下头，发现纱季仿佛要把钢人七濑烙印在视网膜上一般，狠狠地盯着对方。

夜晚和妖怪同样令人恐惧，如果能够逃走的话，一定会二话不说地逃走吧。同时，被这种东西搅乱了自己的人生，纱季对此也无比愤怒。逃避河童，逃避九郎的结果，居然是如此郁闷的日子。

纱季几乎是不假思索地，将搭在肩上的挎包往旁边一扔，对着面前的钢人七濑飞奔过去。作为警察，她从来没有懈怠，持续进行着锻炼。衣服和鞋子，也都是为了能在非常情况下可以立即应对，而选择了便于行动的类型。即便是手持凶器的杀人犯站在眼前，纱季也丝毫不会退缩。

这是个好机会。她如此想道。跟这个怪物正面对抗吧。把钢人七濑揍飞，将自己的一切恐惧和迷茫，在今晚统统斩断吧！

眼前的钢人七濑缓缓停住了脚步，接着几乎以毫无准备的动作挥舞起了右手中的钢筋。纱季立刻压低身体，躲开了迎面而来的钝器。但头上仿佛还留有无法视觉化的阴冷气息。

纱季稍稍吸气，在钢筋反手拍回来之前，对着钢人七濑紧绷的腹部猛地挥出了拳头。不管对方是人类还是亡灵，纱季都不打算有一丝留手。

然而，信心满满的一拳却落空了。并非被躲开，而是仿佛穿过了立体影像一般，纱季的拳头直接穿透了钢人七濑的腹部。她突然想起来，钢人七濑是亡灵。亡灵，自然是无法直接接触，是连墙壁和天花板都可以自由穿过的存在。

刚刚躲过的钢筋猛然抽打回来。尽管身体立刻做出了反应，勉强躲过了这致命的一击，然而擦着身体挥过的钢筋却勾住了外套的腰部，纱季立刻失去了平衡，倒在了沥青地面上。再加上地面的倾斜，脚下也没法稳住，一时间竟站不起来。钢人七濑趁机向着她挥起了钢筋。

岂有此理。凭什么人类摸不到亡灵，亡灵却能碰得到人类！

“所以我才叫你快逃啊！”

就在钢筋即将落在头顶，纱季也已经闭眼等死的时候，刚才那个小个子的少女从旁边撞向了钢人七濑的肩膀，将其撞飞开来。钢人七濑摇晃着那巨大的胸部，摔在地上。少女也无法保持站姿，失去平衡摔倒在地。她连忙拄着手杖，努力站起身来。

钢人七濑也如橡胶人一般站起身来，重新拿起了钢筋。仿佛仅仅袭击了二人就已经满足了似的，突然消失得无影无踪。既非跑开也非飞走，而是犹如迷雾散开一般地消失了。简直就像真的亡灵那样。

“撤退了吗。但是那种东西，不是用蛮力就可以打倒的？”

少女坐在道路上，一边说着一边思考着什么。纱季站起身来，拾起了刚才少女冲撞时掉下的贝雷帽，走向了她。

“明明我连碰都碰不到，为什么你却可以？难道你也是妖魔鬼怪吗？”

虽然少女浑身上下散发着不可思议的气场，然而却没有显露出可怕或不祥的气息。虽然是浑身都是谜的少女，但看上去的确是人类。纱季一边保持着警戒的距离，一边把贝雷帽递了过去。少女稍稍有些不好意思地接过帽子。

“嗯嗯，不对，好像还要往中间位置来一点。”

话音未落，少女以手杖为支撑，她的左腿“咚”的一声落在了地面上。地上的左腿大概是从膝盖往上一点断开的，然而一滴血都没有流出来。

被眼前的情景所吓住的纱季连声音都无法发出。果然这个少女也不是人类吗！

“请放心，那是义足。如果负荷过于沉重，就会自动脱落。如果没有这种装置的话，身体反而可能会受伤。”

少女单腿站立，将手中的贝雷帽戴在长度及肩的波浪短发上。对哑然的纱季说出自己身体的情况，又弯下腰去拾起义足，仅凭着单足便熟练地跳到护栏处，将身体靠在了护栏上，又把套着长袜，远远看上去跟真的腿部毫无区别的义足装回了身上。

莫名其妙。年龄不详，装着义足，还能够碰到幽灵的少女。从她的举止和服装上来看，像是个家庭环境优越的大小姐。然而这种受过良好教育的大小姐会半夜里独自在这种道路上散步吗？怎么想都不可能。这个小姑娘或许也是妖怪，这么解释才合情合理。

“虽然不知道你是哪位，但是勇敢的陌生人，今天的事情就请你忘记吧。钢人七濑的问题我会在近期设法处理的。我今天来这里就是为了解决此事的。请千万别去报案，有关我的事情也请你保密。”

少女很有礼貌地低头行礼，正要离开。纱季强忍着胆怯，抓住了她的手，接着打开了警察手册表明了自己的身份。

“详细情况请跟我去警署里说吧。就在这个斜坡下面。”

“什么？！”

今晚最不走运的到底是少女还是自己呢。虽然没办法立刻将寺田叫过来，但绝不能就这么任由少女离开。对于纱季自己来说，也不想放过这次机会。如果就这么让其溜走，之后还要心怀芥蒂地生活多久，纱季自己也不知道。

“姑且不说你的腿，你全身都是淤青和擦伤吧。去警署我帮你做一下简单的处理吧。放心，我不打算将此事写成报告，也不会随便联系你的家人的。既然已经知道了可能是钢人七濑引起的事件，那么警察就不能对这种事视而不管。”

“交通科巡查，弓原纱季……难道你就是那位纱季小姐吗！”

少女最初被警察手册吓到了，然而在看到警察手册里所写的纱季的官职与姓名后，更是露出了吃惊的表情。

“嗯……我不太明白你在说什么。”

弓原纱季竟然就是那个“纱季小姐”。少女盯着纱季的脸，目瞪口呆。

“头发剪短了吧，人也稍微瘦了一点。啊啊！难怪我之前一直没认出来是你。啊啊啊！早知道是你，我就不去救了啦。啊啊，不对，我是不至于见死不救的啦！”

被少女弄得有些生气的纱季，揍了少女的脑袋一下。虽然用的是开玩笑一般的力度。

“麻烦给我说清楚。你认识我吗？虽然我对你完全没有印象。”

少女虽然被打疼了似的摸着脑袋，然而却立刻做出一副胜利者的姿态，挺胸说道：

“虽然只见过一面，但是自我介绍还是头一回。我叫做岩永琴子。是樱川九郎学长现在的女朋友。”

“现在”这个词被明显强调了。纱季顾不得其他，对着少女又是一拳揍了过去。这次的力度可能就不是开玩笑的了吧。

虽然纱季犹豫再三，但还是没有将岩永琴子带去警署，而是带到了位于公寓五楼的自己的房间。她并不想在警署内提起前男友的名字，而且从私人角度，想问岩永的问题也堆积如山。

岩永也同意跟着去纱季的公寓，用仿佛看不出一只脚是义足的速度走上了斜坡。问过了年龄后才得知，岩永琴子今年十九岁，和纱季与九郎在同一所大学念书。虽然曾经与纱季在医院见过面，但是纱季对她还是毫无印象。

“你说你是他的女朋友，是骗人的吧？”

“他都跟你已经分手两年半了，对于二十四岁的年轻男子来说，找个新女友很正常吧？”

“你又不是他喜欢的那种类型。”

“多亏了他喜欢的类型狠狠地甩了他，才导致他的喜好发生了翻天覆地的变化。”

岩永一边喝着纱季倒给她的速溶咖啡，一边幸灾乐祸地看着她。虽然外表看上去像个深宅大院的大小姐，但是这话说得让人不由得火冒三丈。

说起来，正是在九郎的堂姐去世后不久的事。可能是九郎因此自暴自弃，而这个从前敬而远之的小姑娘趁此机会死缠烂打，被逼无奈才同意与其交往的。这种情况很有可能发生。

不喜欢装饰房间的纱季，她的房间里只有维持生活最低限度的家具和日用品。而且分配到真仓坂市警署还不到一年，工作以外也没有闲暇去购物。岩永刚进这个房间的时候，还一边惊叹于房屋缺乏生活气息，一边睁大眼睛到处打量房间。然而纱季自己也只是将这个房间作为临时住所的感觉。虽有电视，但是已经几个星期没有开过。冰箱运作的低沉电流声在空荡荡的屋子里也显得特别嘈杂。

纱季让岩永坐到她平时吃饭和用电脑查资料的桌子前的椅子上，自己则在厨房里，手拿着马克杯，腰部自然地靠在橱柜上。

“不信的话，可以给你看一看我和学长的亲密合照！”

岩永一边说着，一边拿出手机来递给纱季。画面上的确是岩永用非常亲密的姿势挎着九郎的胳膊。这张照片是谁拍的呢?

“虽然是九郎君本人，但你没看到他一直板着脸，一脸不情愿的样子吗？”

“因为学长是个害羞的人。”

“对和他交往超过五年的前女友来说，这种谎言是不管用的。”

虽然无法判断两人的真正关系，但是从照片上来看岩永和九郎至少不会毫无关系。岩永死缠烂打粘着九郎的猜想果然是对的。

岩永把手机放到桌上后，纱季询问道：

“那九郎君，他现在在做什么？”

“他还在大学就读呢。因为考上研究生了。不用跟纱季小姐结婚的话，就没必要急着找工作了——他是这么说的哦。我猜他一定是想尽可能多地和我共度大学时光吧！”

“他从以前就打算考研了。我们结婚的计划里也包括了这件事呢。”

“但是你们并没有结婚呢。因为你从九郎学长的身边逃离了。”

哼！果然在跟我炫耀。纱季有些恼怒，手里紧紧捏着马克杯的握把。这个小姑娘到底知道多少事情呢?

“这有什么办法！我根本没想到他居然不是人类啊！”

虽然自己是想让岩永多透露一些有关妖怪的事情才说的，然而这种话听起来倒像是战败者的借口一样。

“抱歉，我说得太过分了。”

虽然想继续话题，但是纱季也不知该向谁道歉。至少她一点也不想向岩永道歉。岩永仿佛是察觉到似的，小小的手掌包裹着咖啡杯，静静地看着杯中的咖啡，仿佛安慰似的说道：

“不，虽不中，亦不远矣。九郎学长虽然有着人类的性格和特征，可已经不属于人类的范畴。话虽如此，那些妖魔鬼怪也很怕他，所以也难以成为它们的一份子。”

对于九郎的事情，岩永几乎是无所不知。不如说正因如此才能看出她的价值。这个小姑娘究竟是何方神圣?

“不过，我也是类似的存在。所以我和他会是不错的一对。所以你没有对我们的关系指手画脚的立场，我就当你接受了。”

类似的存在，就算是轻描淡写地如此说道，但自己也完全掌握不到什么实质性的内容。她说自己是为了解决钢人七濑的问题而来。而且她能够触摸我们人类无法触摸的事物。

“那你究竟是什么？”

“人们口中所谓的妖魔鬼怪、幽灵、魔物。而我就是那些东西的智慧之神。你就当我是负责帮忙那些东西仲裁、解决纠纷的巫女就行。”

“巫女不是不能失去处女之身的吗？”

“那是……那是九郎学长对我来硬的……”

“九郎君才没有那种强硬的特质呢。”

他对待一切都很淡然，只有在想要留住某些事物的时候，即使排除万难也要做到的人。如果像是岩永所说，有那么强硬的话，就会把分手的事情拖得久一点了。

说到哪了？对了，岩永琴子。应该说她是妖怪专门的调停者、交涉人吗。同样属于超出常识的事物呢。但就算如此，也没有证据可以否认此类事物的存在。何况一般常识根本靠不住，这是纱季的切身所感。

“话说，目前最大的问题是钢人七濑。你们警方已经开始进行搜查了吗？”

岩永话锋一转，认真地询问起来。很有可能是因为，要是再往下谈论九郎的事情，她和九郎并非情侣的事实就会暴露，因此才想着转换话题的吧。

但毫无疑问的是，岩永是冲着钢人七濑来到真仓坂市的。以寻常大小姐的身手，可没办法跟挥舞着 H 型钢筋的幽灵硬碰硬。

如果她真有办法解决钢人七濑的问题，那真是再好不过了。对纱季来说，怎么样让寺田收手的确是大难题。自己也没有什么能够隐瞒的情报。

纱季把马克杯放在桌子上，双手交叉放在小腹部。

“有一位刑警，察觉到市内发生的异常，因此开始进行调查。因为那个人不相信钢人七濑是真正的幽灵，所以放着不管任其调查的话，很可能会演化成大规模的搜查行动。”

“受害申请之类的呢。”

“目前还没有正式的申请。但可能也只是早晚的问题。从刚才的情况来看的话，钢人七濑比传闻中更加凶暴，若是继续放任不管的话，毫无疑问会发生杀人事件。”

“对，我也是在担心这个。必须尽快做出对策。”

这位看起来软硬不吃的义足少女，脸上露出了忧虑的表情，让纱季不得不在意起来。

“但无论是妖怪还是都市传说，真的有那种惊动警察的重大案件的前例吗？像是幽灵引起的意外事故，或者是让人溺死的河童，或者是咒人死亡的七人美咲———那些都能当成是普通意外事故或是巧合，也能以当事人精神错乱或是产生错觉为借口结案，不是吗？”

就算有被害人出现，就算感受到了鬼怪作祟，然而是非依旧难辨。一般会被认为是头脑有问题的人类所犯下的罪行，或是突然发了疯之类的。因此才会留下谜团，也会在人们的口口相传中，长久而广泛地流传下来。正因为模糊不清，才会被认为是幽灵或妖怪。无法公开说明，也不会出现在阳光之下，因此才会被人所恐惧。

纱季所遭遇的河童，与其相关的溺死的人，即便死因不明，也被当作城市罕见的事故处理，草草地归入日常事故之中。正因为原因不明，身边的人才会难以释怀吧。但是，那个溺死的人是否真的与河童有关，谁也没有证据，警察也不会因此而进行调查，跟任何人商量也不会被当真吧。

因此，无法解释的事情在内心产生芥蒂，心中也会残留着不祥的色彩。

但是，钢人七濑却不同。如果发生了凶器为钢筋的连续杀人事件的话，警方便无法简单地处理。警方会进行大规模的行动，这件事也不会轻易地被人们所忘记。虽然还未发展到这种程度的惨剧，但已经有亲眼见到钢人七濑的证词汇报到警方了。如果结合事件的话，整件事情会变得更加离奇古怪。

这种自我主张如此强烈的妖魔鬼怪真的可能存在于世界上吗？在这样的现代社会，真的有人觉得那种过于招摇的东西会是妖怪或者亡灵吗？

“这个着眼点很好。正常的妖怪在行动上会更加小心谨慎，而且恪守本分。那个东西并不寻常。从前栖息在此地的正统的妖怪和幽灵们，因为她的出现而影响到了正常生活，伤透脑筋。所以才不惜长途跋涉好几百公里来请我帮忙。”

“妖怪之间的问题，不能让妖怪们自己解决吗？”

“所以说，钢人七濑并不是正常的东西啊。无论是她的存在，还是她的怪力。”

真是件麻烦事。而且已经麻烦到需要这些东西的智慧之神出马才能解决了。至少，这个叫做岩永琴子的小姑娘，在妖怪之间，被认可是领导者的身份。

岩永紧皱眉头，露出了一脸不情愿的表情。

“要不然我才不会特地跑来这种城市不算城市、乡村不算乡村的偏僻地方来呢。”

“偏僻……我们的大学不也在外地城市吗？”

“但那是政府指定的城市哦。”

真仓坂市属于半吊子的城市，这一点纱季也无法否定。但就算如此，那个政府指定的城市，不也因为财政赤字而叫苦连天吗？

纱季叹了口气，又提出了一个疑问。

“还有，你怎么没跟九郎君一起行动？他既可以让妖怪们害怕，又是那种似人非人的存在。既然要降服妖怪，带他过来不是最好的选择吗？你若是他的恋人的话，他一定会跟着你过来吧。”

即使并非恋人，九郎也不会眼睁睁地看着亲近的人遭受危险。即便是眼前这位比钢铁还强韧、神情看起来也很大条的岩永琴子，九郎也不会放任这位拄着手杖、一条腿是义足的大学学妹单独行动吧。

“我原本是想快点解决当天来回的，所以就没有喊他跟我一块……”

“以你的性格的话应该会抱着旅行的心态约他来吧？说什么顺便去观光之类的借口。”

“九郎学长他……对了，他染上了法庭传染病……”

“为什么你的视线正在飘忽不定？”

“请再来一杯咖啡——”

“别想蒙混过关！”

原本装疯卖傻的岩永此时看向了换气扇，抱怨着说道。

“其实是九郎学长，从上个星期开始就下落不明，音信全无。给他手机留言也完全没有回应。然后，这是他发给我的最后一封邮件。”

岩永摆弄起手机，打开了其中一封邮件的记录，放在纱季眼前。邮件的收信时间是八月二十四日的十七点十八分。发件人是“九郎学长”，没有标题，内容也只有短短一行——“我有事情要做。别来找我。”

“所以我才说九郎学长不善于表达情感嘛。”

“所以说这种谎言对我不管用。”

岩永也看出自己所说的没什么说服力，垂头丧气地伏在桌上。纱季也无法平静下来。九郎的性格属于那种不分好坏，待人温厚，也从不会惹人讨厌或对别人苛刻。然而他对于岩永，却能毫不客气，不隐藏情感地对待。这也许是因为他打心底讨厌岩永，也有可能是打心底接受了岩永也说不定。

无法平静。明明是很多年前自己甩掉的前男友，但是他竟然跟和自己完全不同的小姑娘顺利交往这种事情，绝对无法忍受。

“你在担心吗？”

“担心什么？”

“联系不上九郎君。又不像是失踪的样子。”

“是啊，虽然我也不是完全没有头绪啦。对啊，已经没有任何关系的前女友就不需要担心啦。”

虽然像是一句胡编乱造的谎话，但仿佛故意惹纱季生气似的，在最后加上一句多余的话。岩永就把脸埋在桌子下面，双手漫无目的地垂下摇晃着。接着忽地抬起头来。

“而且学长是个怎么样都杀不死的人啦。相反想要杀死他的人恐怕会倒大霉吧。只要不是特别严重的事情，很快就会活蹦乱跳地回来啦。”

通过这句话，纱季察觉到眼前这个少女也清楚九郎的特殊体质。曾经吃过件与人鱼的——九郎的特殊能力。在知道九郎体质的情况下，还主动和他接触。以完全不介意的姿态，事实上独自承担着烦恼和痛苦，虽然对靠不住的九郎感到生气，但依然对其不离不弃。

这个女孩肯定是真心喜欢九郎的吧。纱季感到内心正波涛汹涌。

对于纱季曾经无法做到的事情，岩永很自然地就做到了。岩永所拥有的非人类的经历，让她没有逃走。

纱季松开了交叉在小腹部的双手。

“是啊……我不该再插手九郎的事情了，毕竟我自己也有工作在身。”

自从分手以后连贺年卡都没有寄过，自己该用什么样的姿态去面对九郎也无法想象。

“而且，钢人七濑的问题并非警方该负责的工作。这也不是纱季小姐该插手的事情。即使积极地跟非人的东西有所接触，也绝不是什么令人开心的体验。虽然这话我来说不大合适。”

将手机放回口袋，从椅子旁站起身的岩永将原本放在她膝盖上的贝雷帽重新戴好，稍微调整了发型，让刘海稍稍盖住了右眼。

“我会尽快把事情解决，但如果你下次再遇上钢人七濑，请立刻逃走。她现在应该还没有凶恶到会追杀逃跑的目标到天涯海角的程度。”

对纱季来说，再次遇到自己连碰都碰不到的对手的话，也绝不会有勇无谋地再次冲上前去的。

那么，这么说来，岩永会怎么做呢?

“你才要注意。就凭你那副身体，奈何得了那种怪物吗？不仅仅是左腿，连右眼也是人工的吧？”

虽然自己在说这句话的时候，有些虚张声势，但没想到岩永却轻轻地敲打着额头说道。

“哎呀，被你发现了吗？”

其实这只是因为，纱季经常看的外国电视剧中，有一位戴着义眼的男演员。他的动作和身体的行动方式与岩永很像，没想到真的猜对了。

“单眼单足。这就是神明和妖怪肯接近我的理由。因为我有这些特质，所以不要紧的。”

岩永用着一种想要消除纱季悬念的口气说道。但这么解释的话，反而让纱季担心起来。

这个女孩过去究竟发生过什么？究竟是什么原因使得这位外表看上去依然年幼的少女如此老练？

带着仿佛不想让纱季提出更多疑问似的笑容。她低下了那颗小小的脑袋。

“那么，谢谢你的咖啡。如果可以的话，在我跟九郎学长的婚礼前，我会给你寄去请帖……”

“不需要！”

眼见纱季斩钉截铁的拒绝之后，岩永似乎满足地点点头，拿起立在玄关的手杖，从纱季的房门走了出去。

纱季仿佛等待着岩永的体温和香气从屋内消失似的，靠在壁橱上一动也不动。终于，她身体离开了壁橱，将桌上的咖啡杯拿了起来。

钢人七濑是亡灵，怪人，所谓的妖怪。警察是无法抓住这些东西的。

“但是我也不会再逃避了。”

即使没办法抓住，但是作为了解妖怪的人，我也该采取一些对策。更何况，要是乖乖地听那个女孩的话，就此退场，我会非常不爽。

仔细地清洗完咖啡杯，把它放到控水台后，纱季打开了电脑。

首先需要收集一下准确的情报。以前的那些目击情报，连是否可信都尚未确认过。

说到底，钢人七濑诞生、偶像七濑花凛的死究竟是何原因？她为了躲避媒体与记者而逃到真仓坂市的时候，死在了酒店旁边的工地。如果没有被世间所责难逼迫的话，她可能就不会死吧。

偶像被媒体追逐报道的事情，无非与恋爱相关，但是七濑花凛不是这个原因。从网上了解到的情报来看，七濑花凛的情况相当特殊。

七濑花凛，本名七濑春子，被怀疑曾杀害了自己的亲生父亲。

第三章

偶像死于钢筋

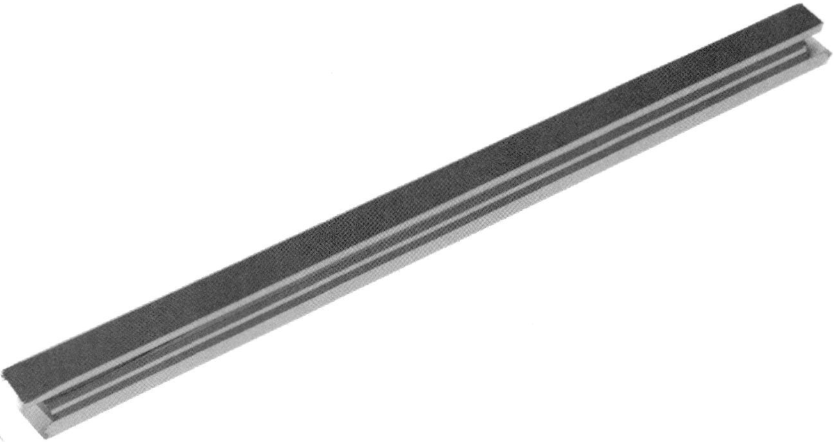

遇到岩永琴子的次日中午，弓原纱季独自一人来到了真仓坂警署的食堂，吃着炸鸡块套餐。短时间内是不想再碰牛肉和鱼肉了，只是为了养精蓄锐的话，鸡肉无疑是很好的选择。

光是考虑如何对付钢人七濑就已经令她头痛不已。还要分心去担惊受怕胃液逆流的风险。睡眠时间也大幅度缩减，更重要的是每当想起那个叫做岩永的小姑娘，纱季总是升起一股无名火。

正在这时，寺田走了过来。他将手中装有咖喱的托盘放在桌上，与纱季相对而坐。

“等很久了吗？”

“没有。”

纱季一大早就已经把要讨论的事情和自己的午餐时间都发邮件给了寺田。虽然寺田也有可能因为工作太忙而无法出现，谁知纱季还没吃到五分钟，那如同以前的冰箱一般厚实的身体就出现了。

“抱歉啊。工作有点繁忙。吃完饭还要外出。”

他说话的期间看向了纱季正在吃的饭菜。

“今天吃的是炸鸡块吗。鸡肉可以吃得下去吗？”

“是的，我跟鸟类的妖怪没什么缘分。”

对于纱季平平淡淡的态度，寺田也一时哑然。然而立刻就当成什么也没有听到的样子。

“你拜托我的资料，傍晚的时候会给你送过去。因为是管辖外地区的资料，所以也不能完整地借出来啦。”

“让你费心了，不好意思。”

“没关系啦，弓原愿意帮助我，我也比较有把握。”

寺田孔武有力的脸庞上浮现出笨拙的笑容，手里拿起了身旁的勺子。纱季自己也有不能说的苦衷。昨晚遭遇钢人七濑的事情也好，那位击退钢人七濑的小个子少女的事也好，这些话都是无法当面说出口的。

“话说，昨天也有人报案说自己遭到钢人七濑的袭击了呢。”

寺田一边用勺子搅拌着咖喱和米饭，趁着周围人声嘈杂的时候，以正常音调说道。

“在哪里发生的？”

自己就是昨天被钢人七濑袭击的其中一员，这让纱季有些心虚。

“凌晨一点多吧，有个喝了点酒的中年男子跑去西真仓坂的派出所报警，声称‘自己被一个拿着钢筋的奇怪女人袭击了’。报警的男人当时面无血色，十分慌张。当然，接到报警的警察随后就去男子遭到袭击的地点进行了勘察，但并没有发现当事人所描述的女人在那里。警察就认定他是喝醉了产生的幻觉，放他回家了。但事实上当事人并没有喝到烂醉，脚步也走得很稳，那位警察也有些担心自己的处理不够妥善。”

西真仓坂属于纱季所在的警署的管辖范围以外，从地理上也有二十公里左右的距离。

“于是那个警察想起了市内流传出的传闻，与当事人的描述颇为相似，于是我这边也得到了情报。刚才我在网上和博客上确认过了，虽然真假尚不明确，但说自己昨晚被袭击的情报足足有四件之多。不管是被袭击的地点还是时间都是相互分散的，如果全部属实的话，那么假扮成钢人七濑的样子，在一个晚上袭击多个地方，只凭一个人是绝对不可能的。”

因为钢人七濑是真正的怪物，所以才会像文字描述的那样神出鬼没，不管是多远的距离，都可以无视空间的出现、消失、移动吧。昨晚，纱季也亲眼目击到了钢人七濑以那种方式消失。实在是让人提不起食欲来的话题。

寺田没有注意到纱季的脸色，依然把勺子搅动得叮叮作响，大口地嚼着咖喱。

“如果不是单独作案的话，那么组织型犯罪的可能性就越来越大了。目击情报也增加了，网上就连收集钢人七濑相关留言的网站都出现了。”

那个网站，昨晚纱季查资料的时候也看到了。汇集在数个留言板上的帖子，并贴上了与钢人七濑有关的博客和主页，并且还将很多让人不得要领的传闻都整合起来，进行分类整理。网站主页也可以进行留言，那里的留言评论，以及提供的话题在网站里也属于相当活跃的了。

换个视角的话，那个网站看似为了防止过于散乱的情报过早消失，而将情报整理分类，实际上也可以认为是用暧昧不清的情报来加深，引导事态发展的意思。

网站的名字既无个性也没有对词语的斟酌，直接就叫《钢人七濑综合情报》。

“收集情报倒是很便利，但也证明了钢人七濑的存在感有多强。亡灵存在的情报越来越明确，可信度越来越高，这绝对不是什么好兆头。发展到现在的程度，应该正中了那些在背后搞鬼的家伙的下怀。”

“有可能呢。”

虽说还没引出什么乱子，但绝不是什么好兆头。纱季用筷子不断地翻弄着切丝的卷心菜，如此想到。接着又回想起昨天查到的偶像七濑花凛的经历。

七濑花凛是偶像，本名七濑春子。原先并不是那么出名。即便因为惨烈的死法而声名大噪，但仍然有很多人没听过她的名字。

从网上找到的七濑花凛生前的照片来看，她不仅脸蛋可爱，同时身体还保留着女性特有的柔软，她会受到男性的欢迎也是可以理解的。杂志封面也经常刊登她穿着暴露的泳衣和接近全裸的写真照片，据说个人写真集的销量也不错。即便如此，在偶像的世界里，最多也就算是“中等偏上”的水平，与她处于相同地位的女孩子，可谓数不胜数。

她是在十七岁的那年六月出道的。当时的她还在念高中，据说是被演艺经纪公司的社长直接点名发掘出来的。住在首都圈内的女孩们，比起乡下女孩的容貌自然有各方面的优势，但她的容貌自从中学生时代起便是鹤立鸡群，出道成为艺人也在意料之内。

据说，发掘她出道的社长，刚开始时还这么说过。

“那个胸部，一定可以走红的！如果红不起来，简直天理不容！”

对当时还是女高中生的她，毫不避讳地直言。七濑春子面对如此阵势，在短暂的胆怯之后说道：“居然觉得我只有靠胸部才能走红，真没眼光！”

从她反驳的话语来看，七濑春子不只是容貌端庄的女孩。据社长事后回忆，在听到女孩的回答之后，更是觉得有如此胆识的女孩子肯定可以走红。

然而，果然偶像世界的竞争无比激烈，本来在出道当初就鲜为人知，随着时间的推移，人气甚至还有下降的趋势。理由竟然是虽然脸蛋和身材都没话说，但是那种聪颖的眼神让人讨厌，似乎很有心机的样子——诸如此类的评价。

事实上，被发掘时的机智回答还不算什么。她在学校的成绩很好，能够游刃有余地考上志愿学校，因此出道当初还遭到过校方的猛烈反对。

然而，她却亲自前往校长室。

“好的，那我就做给您看看吧。我会把握好学业与演艺工作的平衡，让这所高中变得更加有名的！”

她当时曾如此伶牙俐齿地反驳校长。接下来她还反问对方：

“那么，我究竟要考上哪所大学，您才能满意呢？”

如此堂堂正正地质问起校长。她可是相当沉着冷静，聪明伶俐的姑娘。

但是，此类轶事对于她的形象，不仅没有加分，还因此被人评价为“长得可爱性格却很差”、“说话太苛刻了”，反而对她的形象造成了不好的影响。一般来说，偶像的粉丝们所追求的，其实并非七濑花凛所拥有的容貌、身姿、智力与行动力。

最初，七濑花凛没有什么人气。但在她出道一年后的十八岁那年的七月，她却抓住了机会。她担任了低成本的深夜电视剧《青春！喷火女孩》的主角，该剧获得了一部分观众的好评，因此她的知名度也就跟着大幅度上升了。

“那部电视剧之所以能受欢迎，七濑花凛有一半的功劳啊。”

那部电视剧的导演也曾遗憾地对她进行了评价。

“那样认真聪明的女孩子，能来出演这样的白痴角色，我根本没有想到。而且她也不惜穿着暴露的衣服进行表演。”

在剧中，七濑花凛饰演的就是“没什么人气的写真偶像七濑花凛”这个角色，因此名字也很容易记。虽然作为写真偶像，但演技却十分精湛，原本的减分要素“看起来很精明的眼神”也在故事中成为了角色个性的表现。结果，七濑花凛作为演员受到了广泛的好评。

更难得的是，七濑花凛像是开玩笑似的演唱了插曲《我和火焰喷射器》，这首歌曲竟然是她自己作词作曲的，也一度成为了话题。

按理来说，初次参演的写真偶像在剧中负责作词编曲的情况是不可能的。然而由于电视剧成本较低，因此工作人员也不齐整。导演与工作人员商量插曲的时候。

“反正没有既定人选，那干脆让我来作词作曲如何？”

七濑花凛主动提出了自己作词作曲的想法。

导演抱着姑且一试的心态，同意了她的提案，拿到她制作的样曲之后说道：

“哦哦，这是只有节奏的曲子呢。”

“听起来傻乎乎的，但是完成度还不错。很有‘七濑花凛’的风格。”

“有种不可思议的余韵啊。这不是正好吗？”

于是，就这么轻易地被采用了。

而且，相当中意这首曲子的导演在电视剧开头和下回预告中也曾多次使用，甚至在网络投稿的动画网站也引发了热潮。自那以后，更是推出了CD和网络下载，作为卡拉OK的曲目更是推广了传唱度，即便没看过电视剧，甚至不知道该剧名字的人都逐渐注意到了七濑花凛。

导演后来如此说道：

“现在想来，这些都是七濑花凛计划好的吧。那种歌曲，不管是经纪公司和电视台都没想到会火，于是就把歌曲的所有权完全交给七濑花凛个人了。但实际上，七濑花凛恐怕已经从时代流行的演变中看出那首歌的值钱之处了吧。”

是的，因为那首歌是七濑花凛自己作词作曲，因此能够赚到不菲的版税，让她赚了一大笔钱。对于出道仅仅一年的写真偶像来说，可是无法想象的收入。

顺便一提，不管是在剧中演唱歌曲的时候，还是CD的封面照片上，七濑花凛穿着的正是钢人七濑的那身红黑色连衣裙。那同样也是七濑花凛最令人印象深刻的一套服装了。

自歌曲成功之后，七濑花凛在电视和广播节目的出场率就大幅度提高，灵活的头脑和反应极快的话术也颇受好评。虽然写真集没有大卖，但因为她有着固定的粉丝团体，因此书店的橱窗里也会整齐地摆放着。大学考试也是，一次就考上了有名的国立大学，也一度引发了话题。

只看她的人生轨迹，也许会觉得她是成功艺人的典范，但最终还是摆脱不了小众人气偶像的局限。如果她没有死在真仓坂市，纱季可能依然不会知道有这么一个偶像曾经存在过。因此才会得到“中等偏上”的评价。

况且，虽说是中等偏上，但那些处于下等或者中等水平的偶像，对于一夜走红超越她们的新人偶像——七濑花凛，一定是既羡慕又嫉妒的吧。据网络上的分析来看，七濑花凛之后的丑闻，就是从对她的嫉妒演变而来的。

“寺田先生，你难道没考虑过，钢人七濑或许是真的亡灵吗？”

“嗯？还在说那个话题啊？”

纱季一边回忆着她所调查的情报，又旁敲侧击地补充说明自己的“亡灵说”。寺田虽是意志坚定的男人，但却不固执死板。如果解释合乎逻辑的话，他应该也会承认那个是真正的亡灵吧。

“虽然我是在七濑花凛死后，才得知这位偶像的。但据我粗略的调查，她可不是普通胸大无脑的小姑娘。我可以感受到她想要爬上巅峰的魄力。如果这样的女孩子，遭遇事故横死的话，留下什么怨念也不奇怪。”

望着早早吃完大部分咖喱的碟子，寺田像是依然没吃饱一般，叹了口气。

于是，纱季又想起了七濑花凛在亡故之前的事。

在七濑花凛的偶像事业如日中天的十九岁那年的六月，她的父亲过世了。从自己家公寓的楼梯上摔下，撞到了头部死亡。当时以意外死亡结案，没有任何人怀疑是谋杀。死状固然奇怪，但也没有进行司法解剖。这并不是什么稀奇的事情。理论上只要没有他杀的嫌疑，一般就不会进行司法解剖，毕竟既花时间又要花钱，因此这种处理方法反而比较普遍。

虽然有部分媒体就人气偶像父亲死亡进行了报道，但是没有造成话题性的新闻。七濑花凛也照常出演电视节目。

“为了过世的父亲，我也要更加努力。”

她在媒体前只做出了这样平凡的回应。

然而，在同一年的十一月月底，世人却突然对她父亲的死亡产生怀疑。在女儿当上偶像走红之后，那个靠女儿吃白饭，不再工作的父亲，开始被七濑花凛厌恶。也有人说她是为了父亲的保险金，才会杀害父亲伪装成意外事故的。

还有人说在她父亲死前一个月左右，曾经跟朋友抱怨过女儿。

“现在的春子看不起我啦。那家伙从以前就是这样，仗着自己聪明小看别人。”

据说那位父亲是这么说的。

“春子对我产生杀意了。如果有人看到这篇文章的时候，我一定已经被春子杀死了。一定没错。”

写有上述内容的——那位父亲亲笔写的手记，在他死后五个月被人发现。

消息很快就在网络上不胫而走，而周刊杂志和体育报纸也开始争相报道此事。

现役偶像杀人嫌疑。虽然仅仅处于嫌疑的阶段，并没有做出什么大规模的报道，也没有直接写她“杀人”的字眼，但是，七濑花凛的形象已然一落千丈。

“明明跟我们没什么差别，只是运气比较好走红了。”

据说嫉妒七濑花凛的人也竞相在网上留下中伤她的留言。

到了十二月中旬，即使临近新年，话题还依然持续升温。有传闻说来年春季档期的几部备受观众期待的电视剧和电影，本来已经决定邀请七濑花凛饰演角色。可是，同行的经纪公司为了使这些角色落入他们的演员之手，才策划出这起丑闻。

七濑花凛所属的经纪公司虽然主张要以诽谤罪将这些周刊杂志与体育新闻告上法庭，然而因为自身的原因，错过了上诉机会，只能默不作声地等待时间沉淀下去。

“七濑虽然有个比她大两岁的姐姐，但好像跟那个姐姐相处得也不好。”

这样的事实又引发出了新的传言。

“听说七濑花凛出生仅仅几天她母亲就过世了，因此她们姐妹才会失和的。”

复杂的家庭情况也被人挖出，谣言和事实都被不断添油加醋，越传越广。

于是，七濑花凛宣布暂时停止工作。

“我还会回来的，浑蛋们。”

她在事务所的官方网站上发表了那段看起来自暴自弃的留言后，便辗转于各个城市的酒店里，以躲避新闻媒体的追踪。

接着，在一月底的时候，她住进了本来毫无因缘的真仓坂市的酒店。

那时她完全不知道，几天之后自己将死于酒店旁边的工地里——

纱季甄选了网络上的情报，从较为可信的内容中归纳出了直到七濑花凛亡故为止的来龙去脉。但偶像毕竟都有虚假的一面。

无论是让她一炮走红的，还是逼着她不停躲避的，都是那些无法确认真伪的传闻和世间的评论。想要在其中寻求真相，或许只是在缘木求鱼吧。

寺田吃完了最后一点咖喱，拿起了盛有水的杯子。

“她杀害自己父亲的嫌疑最后也不了了之，那些在网上到处煽动的人，以及刊载那些报道的周刊杂志与报纸也不用承担任何责任。七濑花凛不仅仅是靠运气，而是凭借自身的努力才能走红，现在如果变成了怨灵，一定会无差别地袭击路人吧。”

“是的，作为警察的立场，很难相信幽灵的存在，但也不见得就不存在。”

虽说是在用餐时间，但自己这种吞吞吐吐的说法算什么？纱季不由得郁闷不已。

寺田倒是没有流露出一丝嫌烦的神情，也没有转变话题，而是直接回答道。

“我也不是否定幽灵的存在。我每年也会去扫墓，纪念哀思，这不正是相信灵魂的表现吗？如果这次事件发生在七濑花凛的死亡现场，而她又是满脸模糊流血的形象，那我倒是愿意相信是怨灵作祟。然而钢人七濑并非如此吧？”

稍作考虑地将勺子在空中挥舞一阵，寺田一边敲着碟子，一边有条不紊地说道：

“我认为钢人七濑是被制造出来的东西。不管是身上穿着的短连衣裙、被砸得血肉模糊的脸、还有挥舞钢筋的特征，那些都是将七濑花凛逼上绝路的世人喜闻乐见的。怨恨着世间化作厉鬼的女孩子，怎么可能以那种娱乐大众的姿态出现呢？因此这起事件的背后，一定隐藏着有别于七濑花凛个人意愿的某种恶意吧。”

纱季被寺田的话语震惊了。原来如此，正如他所说的那样。

照理来说，如果钢人七濑是怨灵，那身打扮也未免太过于迎合大众口味，这可以说是她并非怨灵的最好反证。寺田的这番话，不仅没有否定幽灵的存在，又巧妙地否定了钢人七濑作为怨灵的说法。若是在法庭的论战中，法官一定已经宣判寺田胜利了。

然而事实要远比理论来得玄妙，钢人七濑以幽灵的形态出现是事实。既然寺田已经装备上了如此完美的武装，那么要说服他就几乎是不可能的事了。

“我说弓原，该不会是你那个前男友，死后变成幽灵出现了吧？然后还为自己过去所作所为道歉什么的？”

寺田似乎很在意昨天纱季说的事情。对于有过诡异经历的她，不能随便说出幽灵不存在的言论。与寺田厚实的肩膀和背部相比，他的心思相当纤细。

“不，他没有死，也没变成幽灵。”

九郎是几乎不可能死的。因为，他曾经吃过人鱼的肉。

自古以来，就有吃过人鱼的肉变得不老不死的传说。很早以前的日本，就流传过吃过人鱼肉变得不老不死，活了数百年的八百比丘尼、千年比丘尼的传说，可谓非常出名。而在西方国家，吃人鱼而不老不死的传说却十分罕见，可能是因为西方没有生吃鱼肉的习俗吧。日本传承下来的吃人鱼肉的传说，基本上都是生吃的。

从高中起就和九郎交往的纱季也观察过他，他的相貌也在随着年龄增长发生变化，因此她也知道九郎没有不老的能力。根据九郎的说法，是因为和人鱼肉一起吃下去的肉抵消了其中的部分作用，因此才失去了不老的能力。但到了某个年纪，也许不会再变老也说不定。当时的九郎曾经满脸寂寞地说道。

“他现在交到了新的女朋友，别提有多幸福了。就算变成幽灵，大概也不会跑来找我吧。”

不知不觉就用了挖苦讽刺的口吻，心头也一阵无名火起。要是新的女朋友稍微跟自己相似一些，也不至于如此生气吧。

“抱歉，是我多嘴了。”

看到纱季仿佛要把手里的筷子捏断一般，表情也变得十分恐怖，寺田赶紧坐直了身子道歉。

“哪里哪里，是我太感情用事了。”

让眼前这位拥有柔道段位的男子汉跟自己道歉，真是太不应该了。纱季连忙放下了筷子低头道歉。

“寺田先生，还有其他对钢人七濑抱有疑惑的警察相关人士协助你吗？她在市内的动向，你好像都能第一时间掌握。”

“有那么几个人在行动吧，但也只是稍有怀疑的程度罢了。像是通过一些细微琐事隐约察觉到了事件，从而自发行动的也比较少。我经历过几次相似的事件，所以他们有什么消息都会提前报告给我。”

这就是无关书面报告或者职位高低，而是长时间战斗在第一线取得的辉煌战果吗？

“所以我才能够弄到七濑花凛死亡的搜查资料。对方也曾欠我人情呢。如果是组织型犯罪的话，那么利用谁的幽灵来作恶都可以，就算看了她的相关报告应该也不会有什么线索。但是，如果她的死亡实际上是杀人事件，而且导致了最近数起事件的发生，那就不能放过任何可以参考的情报。”

寺田将杯子里的水一饮而尽，端起托盘站起身来。

“那份资料，我傍晚会给你送过去。那就麻烦你帮我看看然后整理出关键信息、顺便补充说明。比起坐在桌子前看文件，我更擅长问询搜查。”

“好的，这点小事我随时愿意帮忙。”

优秀的刑警不仅需要外出调查，办公桌上的工作也要做好，这大概是寺田自谦的话吧。寺田得到了纱季干脆的回答，回以笑容。本该回到工作岗位上了，但他还是停下脚步追问：

“弓原，我知道一家不错的串店。下次一起去吧？”

平常都是装作无所谓的样子，然而涉及到这种私人话题，寺田整个语气都变了。究竟是因为他文雅有教养，还是单纯的笨拙呢。纱季也不自觉地笑了。寺田不明白她笑容里的含义，不安地紧紧抿着嘴唇。

纱季赶紧收起了笑容，稍稍敬礼之后回答道：

“好啊，一起去吧。毕竟我也想跟你好好聊一下关于钢人七濑的事情。”

这句话隐含着不是任何时候，只是在调查钢人七濑的限定期间，可以一起去吃饭的意思，也表达了寺田可以在最近几天邀请她的意思。发出邀请的人却是一副深感意外的表情，仿佛入定的僧人一般保持着站姿一动不动。随后像是突然反应过来似的回道：

“那么，把后天晚上的时间空出来吧。”

接着满脸高兴地端着托盘走向了回收处。

纱季叹了口气，想着自己是不是选错了回答。又看着眼前还没吃掉一半的套餐，又暗自思索起来——差不多该和从前一刀两断了。

就算是九郎也开始跟其他类型的女孩子交往了。自己也该试着改掉没吃过就讨厌的毛病，寻找新的天地也说不定是个更好的选择。这次的钢人七濑事件就是一次不错的契机。如果不这么想的话，就会被困在过去无法前行。

傍晚时分，纱季处理了国道发生的追尾事故后回到警署，七濑花凛相关事件的资料已经放在了她的办公桌上。手机也接收到了“已经送过去了”的内容简洁的邮件。

该怎么办呢。

岩永琴子一边用大拇指不停地摩挲手杖柄处的小猫配饰，一边盯着眼前的电脑显示屏陷入思考。

她在昨天入住的酒店后面找到了一家网络咖啡厅，坐了一个多小时。现在已经是晚上七点了。九月初的这个时候，天空还是亮的，但也已经快到那些非人的东西出现的时间了。

网咖店员时不时地向岩永投去疑惑的眼光，大概是怀疑她还未成年吧。虽然还没到成年的二十岁，但也已经到了不被限制夜间行动的年纪。而且她拿着大学的学生证，想要证明年龄的话非常简单，但是思考被打断的话会很不爽。

以前岩永为了妖怪、魔物的事出远门的时候，也曾因几乎停止生长的体型和面孔吃了不少苦头，打算独自住宿的时候被迫接受了很多次的未成年辅导。

自从跟九郎交往之后，虽有诸多抱怨，但他还是会帮自己解决妖怪的争端，因此不用再担心重蹈覆辙。可是这次九郎不在身边。而且与那位弓原纱季的相遇，更是在自己的意料之外。

虽然听说她在某处的警署上班。还以为她已经忘记九郎，正过着幸福的生活。然而从她的房间来看，不仅没有交到新的男朋友，似乎还没能忘记九郎。

最让岩永困扰的是纱季现今的状态正是九郎喜欢的类型。那种稍显病态的，偶尔流露出不安感的女性，九郎可是最喜欢的了。

以前的纱季虽然也很苗条，可还有一定肌肉的线条，摆出女强人的姿态。但现在的纱季显得更加瘦削，身体摇摇欲坠。她变成现在这样的原因一定也是因为九郎吧。所以，岩永现在无论如何都要避免让九郎见到现在的纱季。

不仅如此，现在最紧要的问题是钢人七濑也很伤脑筋。妖怪们两天前来与自己商量，从妖怪们的描述中所做出的大致推测，如今也都应验了。

原本不管是妖怪还是幽灵，无论智能的高低，都是可以进行对话的。即便是没有嘴巴、没有面孔，也是可以沟通的。特别是有足以杀死人类的强大力量的那些妖怪，更应该具备了相应程度的智力才对。

然而，钢人七濑却完全不同。她无法听懂本应是同类的话，对于岩永的声音也毫无回应，仿佛是没有意志和思考能力一般地出现、行动、挥舞着钢筋。明明是亡灵，却感受不到任何灵力。在岩永看来，她甚至没有怨念、执念、邪念等构成其内在的力量。虽然她的行为像是反社会的，以怨恨作为行动力的模式，但却像是个空壳，如同被谁所操控着的傀儡一般。

如果是真正的妖怪的话，让其用尽力量以后也能够打倒，还可以通过交涉谈判解决。解决他们的方法非常多。虽是妖怪，但只要拥有生命力，就一定有治退他们的办法。

千万不要搞错了。自古以来那种厉害到可以随心所欲，以各种猎奇方式杀人的妖怪，几乎是不存在的。只要知道应对方式，即使是人类也能治退他们。因此，那些生物反而害怕自己太过吸引人类的注意。所以，那些妖怪会时不时地害人或帮助人类，以此来主张自己的存在，但都会注意分寸，不会让人类决心消灭自己。

但是钢人七濑却跳出了这些法则。她变成了这些栖息在真仓坂市的妖怪都不愿靠近，甚至破坏了妖怪间原有规则的存在。

该怎么办呢。虽然自己还没确认是不是真的不能用武力解决，但也要事先做好无法治退时候的对策才行。

“所以我才想要一些准确的情报啊。”

岩永一边小声咕哝着，一边点击着鼠标。

自从进入网络咖啡厅以来，她就一直在浏览《钢人七濑综合情报》的网站。首页上是根据描述所绘出的钢人七濑假想图，同时网站内也整理了或真或假的各种情报。就在浏览网页的时候，留言板上也不断更新着新的留言，钢人七濑的传闻也在不断地扩散。

首页上传的假想图跟昨天晚上见到的钢人七濑一模一样。无论是从钢筋的长度、头上蝴蝶结的角度、连衣裙的波浪的形状、腰部的曲线、甚至是大腿的露出程度，都与岩永见到的钢人七濑如出一辙。

虽然根据大量的目击情报，参考七濑花凛生前的装扮，也能画出接近的形象，但是真有可能画得如此相似，简直和实物一模一样？

也没听说有人拍摄到钢人七濑的照片四处扩散。网站里也没有类似的消息。虽然假想图的种类繁多，但每个人对她形象的描述，或多或少都该有一定的差异才对。而这张图似乎精细过头了。就仿佛是瞄着钢人七濑画出来的。

“不对！难道说正好相反吗！”

岩永自言自语，手指又在手杖的小猫配饰上抚摸着。

要是这样的话，想要治退她可就麻烦了。

岩永深思熟虑。

首先来说，情报是必需的。自己需要的是七濑花凛死亡时间的准确情报。网络上的情报，虚实难断，真假难分。死亡时间、第一目击者的相关证词，这些情报都没有人统计归类。如果网上的情报中，有那些把臆想当做事实，并把谣言继续扩大的传闻的话，那么其中一定也包含了真实的现场目击证词。

即便再怎么对网络上的情报进行筛选，想要拼凑出没有矛盾和破绽的整个事件的概况也是相当困难的事情。正因如此，可以信赖的基础资料就显得尤为重要了。

“那就只能去找警察了。”

岩永的脑海中浮现出纱季的面孔。如果是纱季的话，那么要取得钢人七濑相关的搜查资料应该不难。关键是昨天已经对她放下狠话，现在再去低头拜托她实在不爽。而且要是随便靠近纱季，有可能会让她和九郎重归于好。

特别是这一次，必须依靠九郎的能力才能办到。

“现在也顾不得那么多了。”

岩永关闭了综合网站的页面，回到了网咖的主页面，将手杖支撑在地上，站起身来。如果有人被害就迟了。不尽全力的话可是会后悔的。

从纱季那里取得资料，到手之后再把九郎喊来，这样就能避免两人接触了。应该行得通吧。

岩永立刻做出了把纱季叫出来“跑腿”的决定。

虽然现在九郎没有任何的回信，但他的手机并未对她设置拒绝来电。只要这边提供情报的话，他就能马上赶过来吧。如果不用那些情报来进行交换的话，估计九郎根本不会有所行动。岩永察觉到了自己的悲哀，不过事情紧迫，也没别的办法了。

只不过令她不安的是如果九郎在自己联络他之前就主动跑来这里，而且在自己毫不知情的情况下与纱季见面的话，那就太糟糕了。

七濑花凛的尸体是在一月三十日周六被发现的。发现地点就在她入住酒店附近的工地上。工地预定要建一栋公寓楼，十五层的公寓楼正在建设当中，然而因为总公司资金周转不灵等原因，导致所有工程在基础工程完工后的十二月底停止。虽然起重机等机械已经撤走，但仍放置有部分建筑材料，直到第二年都没有人继续使用。

为了防止无关人员擅自进入，工地周围设置有栅栏和墙壁，但由于工程进行到一半就停止，因此周围的防护栏之间依然有许多缝隙可以进出。附近居民都担心小孩或年轻人会进里面，发生危险事故，因此从一月中旬开始，此问题也渐渐被重视起来。

现场的第一目击者，正是在附近居住的一名七十岁的男性，他居住在与现场相隔一条马路的独栋房屋中。

那位老人在发现尸体的前一天较晚的时分，听见了工地内有建材倒下的声音。那天晚上雨势很强，因此老人怀疑原本就摆放的很危险的建材可能是因为降雨而倒了。

第二天早上八点左右，老人出门散步的时候，顺便想要看一下昨晚的情况，透过栏杆往里观察，发现有很多根钢筋倒下，旁边好像还躺着一个人。于是便通知了警察。

被视为凶器的钢筋长度大约有三到五米，在以前就以五根一组地随便堆放在简易房的旁边，随时都有倒下的危险。仰面朝天倒下的尸体，面部和头部都被钢筋完全压碎。死因是由倒下的钢筋造成的脑骨粉碎。几乎是当场死亡。由于面部正面被钢筋砸中，因此颈部以上几乎都遭到粉碎，连面部和齿型的对照都无法进行。

虽说如此，但从死者穿着的外套可以判断死者是在外出，又从死者身上发现了钱包和手机。警方通过从钱包里找到的大学学生证上暂时判断死者为大学生七濑春子。又从距离现场十米开外的酒店里得到死者从三天前就住进酒店的证词。虽然入住时使用的是假名，但酒店工作人员记得死者所穿的衣服，而且其中还有人怀疑死者正是隐居中的七濑花凛，因此身份确认并未花费过多时间。

随后，从酒店房间和私人物品上提取出的指纹也与死者的一致，因此警方断定死者正是七濑花凛（本名七濑春子）。推测的死亡时间是三十日的凌晨零点到一点之间。第一目击证人虽未记得那个响声的具体时间，但他的证词基本是在推测时间范围之内。

于是警察便从事故、他杀、自杀等多种可能性着手侦察此案。

最终，警方的正式结论是事故死亡。但媒体则认为也有自杀的可能性。

“搜查得还蛮认真的嘛。”

纱季合上寺田交给他的搜查资料，发出感叹。

她在当日晚间八点前处理完了勤务，回到公寓。连衣服都没来得及更换，吃着便利店买的三明治就着速溶咖啡当做晚餐，读完了七濑花凛死亡与时间搜查的全部资料。

虽然多少有些不合规矩，但七濑花凛的死亡从搜查开始就认定为事故。正常情况下，警方应该更早做出结论。但该案件是被新闻媒体追踪的偶像死于非命的事件，如果不认真搜查就给出结论的话，倘若日后出现了与警方不同的见解、证词或是证据，不仅警方会颜面无光，可能还会演变为丑闻。因此警方才会耗费如此多的精力和时间进行搜查。

从有计划杀人的可能性开始，死者无意间遭遇潜入工地偷盗的人所发生的突发性杀人的可能性，乃至以恶作剧为乐的年轻人半夜进入工地弄倒钢筋，偶然路过的死者不幸被卷入，而肇事者由于害怕而逃跑的可能性。警方对这些假设都进行了验证，全都遭到了否定。才得出事故这一结论。

纱季根据现场的状况，也曾找到过几个值得怀疑的地方，然而都在之后的查证中被一一排除。的确，除了用“可能是自杀的事故”来解释之外，再也无法得出其他的结论。

她重新端起了咖啡杯，又翻看了一遍资料。

只有一点让人十分在意。有一位事件的相关人士对警方的结论表示怀疑。

七濑初实。七濑花凛的亲生姐姐。在一般的情况下，对于亲属自杀抱有怀疑的态度是很正常的，但从她的立场来看是有些奇怪的。

她最后虽然选择了沉默，但在这一点上还是值得怀疑。

“也就是说，关于七濑花凛的死，还有仍然未解决的谜团吗？”

纱季把咖啡杯放在桌上，自然地靠在椅背上。

这也同样是寺田对于亡灵不屑一顾，仍然深究其他线索的原因所在吗。钢人七濑出现的原因可能是因为七濑花凛的死被警方当成事故，而想要挖掘真相的某个人所自导自演的事件——这便是寺田所考虑的可能性之一。即便这种可能性也不是不存在。

放在厨房的数字型时钟上显示着此刻是十点三分。寺田在做什么呢。纱季在拿到他送来的搜查资料时，曾给他回过一封邮件，现在是不是该给他回一封说自己已经大致看完了呢?

纱季弯腰，准备伸手去掏随意挂在桌子一角的提包里的手机时，窗户那边有声音传来。

是晚风吹动树叶打在玻璃上的声音吗？不对，刚才的声音更有规则，像是敲窗户的声音。她以为是自己听错了，再次伸手去包里掏手机的时候，声音又再次响起。

纱季的房间在公寓的五楼。房间里没有阳台，窗户的另一侧也没有站得下一个人的空间。她向窗户的方向看去。窗户上挂着绿色的遮光窗帘，看不见窗外的景色。但是有规律的敲击声再次透过窗帘传了过来。

说实在话，纱季不敢打开窗帘。但不去打开窗帘，外面的声音不知道要持续到什么时候。

她不发一言地站起身，下定决心似的猛地拉开了窗帘。结果，窗户对面是非人类的什么东西飘在半空。虽然有着人类体型，也穿着衣服，但是体型却只有大约五十公分，皮肤也是半透明的深茶色。满面皱纹，看起来有点像小鬼，又有点像老翁。

总之是妖怪没错了。

“哎呀，深夜前来打扰您，真是十分抱歉！啊，让您受惊吓了。在下木灵，名叫源一郎，乃奉单眼单足的公主殿下之命而来！”

对方一边战战兢兢，一边放低姿态向着纱季道歉。

“木灵”究竟是什么妖怪呢。在不知怎么跟九郎交往而心烦意乱的时候，纱季曾经在妖怪事典中见过这个名字。好像是那些经历过较长岁月的大树中寄宿的精灵。虽然只有这一点的记忆，但记载中应该没提到这种妖怪对人有害。

至于“单眼单足的公主殿下”是说岩永吧。驱使这些非人的东西过来，还是单眼单足，自己认识的人里面就只有她一个人了。

“请您……请您千万不要对在下动粗啊，在下只是个再弱小不过的木灵，只要您的双手轻轻一扭，在下就死定了。”

“别说了，我才没有什么被妖怪害怕的理由好吗！”

虽然隔着玻璃，但从对面小小妖怪的身体里面散发出的异样气息，让纱季的小腹部感到一阵寒冷。虽然她曾经充满气势地对抗过钢人七濑，但在最基础的生活空间里被这种东西搭话，还是会不知所措的。只能努力让自己看起来很平静。

“啊，可是公主殿下说您是一位非常粗暴的人，因此嘱咐我千万不要有失礼节。”

自称是源一郎的木灵，面对纱季的叱责，十分害怕似的缩着脖子。

那个臭丫头。纱季决定下次见到岩永的时候要揍她一顿。

“所以呢？那个丫头找我有什么事？”

纱季充满压迫感地质问道。虽然眼前的妖怪只有自己手臂的长度，但怎么说都是生活在暗处的妖怪。要是发现我在害怕他，说不定会突然袭击我。

“所谓要事，便是关于钢人，请您务必提供帮助。如果方便的话，希望能够立刻见面。”

木灵点头哈腰地说道。虽然昨天晚上岩永救下了纱季，但是一直都是拒绝纱季牵扯进来的态度，没想到这么轻易地就改变了。

该说她懂得审时度势还是本来就无所谓呢。或是钢人七濑的影响已经严重到需要她低头请求我帮助的地步了？

“若是您不愿意帮忙的话，接下来每天晚上都会有一个跟在下一样的木灵，名为源二郎、源三郎、源四郎等，我们交替换班，寻求您的帮助。”

“你们到底是兄弟几人啊？根本是来骚扰我的吧。”

“啊，因为是公主殿下这么吩咐的。”

看来必须狠狠揍那个丫头一顿了。

这么下去的话，跟妖怪的对话不知道要进行到何时。纱季望向窗户外面的妖怪催促道。

“要见面没问题，在哪里碰头呢？”

“啊，在下这就给您带路。嗯……公主殿下正在距离这里两里路的家庭餐厅里。说您在那里的全部吃喝费用都由她承担，所以请您不必担心。”

从妖怪的嘴里听到“家庭餐厅”的违和感，以及让它在夜间带路的恐惧感，让纱季犹豫着不敢答应。

虽然真仓坂市被岩永称作“偏僻的小城市”那时，纱季也没有反驳，但二十四小时营业的租车商店、便利店以及家庭餐厅也都还有，营业到深夜的连锁居酒屋也不少。城市中心的车站周边，以及大型国道的沿线上，即使到深夜也是灯火通明，来往的人不在少数。

不过人迹罕至的地方无疑更多，除了车站前和只有平时没几辆车子经过的国道以外，还有被森林包围的神社、门可罗雀的超市、住宅密集地排列的住宅区等等，城市里有很多这类夜里要尽可能避免独行的地方。要走到跟岩永见面的家庭餐厅，就一定要路过上述的地方。

“公主殿下还说为了治退钢人七濑，她想要了解一下关于其起源——名为‘七濑花凛’的人类的死亡详情。至于为什么想知道，公主殿下会跟您当面解释。”

从木灵的补充说明来看，岩永那边可能也察觉到了同样的事情。

纱季刚开始怀疑偶像的死亡原因，岩永那边也在往这方面着手，这是个无法忽视的情况。距离这里二里*，也就是八公里。纱季对于那家餐厅的位置心中有数，顺道也可以思考案情。当初为了赶时间上班买的，如今叠放在收纳箱的自行车也能派上用场了。骑车的话大概只需要半小时就能到了。

左右权衡了一番，纱季决定还是接受木灵的请求。于是木灵回答道“那么在下到楼下等您”后，便从窗户对面降了下去。

纱季关上窗帘后，跪坐在了原地。

开什么玩笑。自从和钢人七濑扯上关系后，明明已经决定要跟那些妖怪一刀两断，没想到又被缠上了。

虽然早有预感，自己似乎判断失当，但她还是站起身来，找出了折叠的自行车。

为什么事情会变成这样呢？运气真是太好了。好得都快成厄运了。

晚上十点，岩永站在末班巴士已经开走的车站抱着脑袋不断抱怨。人烟稀少的巴士车站附近没有任何住家，只立着一块孤零零的车站牌。

稍早一点的时候，岩永坐在邀请纱季过来的家庭餐厅中，用筷子拨弄着刚刚端上来的特选海鲜炒硬荞麦。这时从餐桌下面钻出一个死于交通意外的少年的幽灵，向她报告了目击到钢人七濑在附近现身的情报。岩永不久前曾经对市内的妖怪们下过命令，只要在自己能赶去的周边发现钢人七濑，都要立刻进行汇报。

---

* **“里”是日本的长度计量单位，日本的 1 里相当于 3.9 公里。**

有的时候，即使来汇报了也无可奈何。她不可能照顾到市内所有地方，妖怪们也都因为害怕钢人七濑避之不及。尽管如此，钢人七濑现身在周围的时候，她还是会直接出手对抗，或是对其行动进行观察，如果遇到人类被袭击了，更是要保证那个人能够逃离到安全的地方。因此，她特意去买了一辆轻松快速的电动单车，骑着它到处移动。

岩永交代幽灵，纱季到了家庭餐厅以后，就让她在餐厅等着自己回来。要是纱季不想等的话，就让她到钢人七濑的出现地来找自己。交代完后便骑上电动单车，向着钢人七濑出现的地方飞驰而去。

于是就演变成了眼前的景象。

钢人七濑就在那里。穿着和昨晚一样的衣服，手里拿着和昨晚一样的巨大武器，正在袭击人类。这不是重点。被袭击的人处境非常危险，但这也不是重点。这个被袭击的人本身，才是大问题。

樱川九郎。

面对着挥舞着钢筋的怪人，穿着牛仔裤和草绿色衬衫的九郎，空手与其对峙着。

在岩永的印象中，九郎是那种不会参与争斗的类型。身上散发出与那个雨天一样毫无变化的，仿佛在牧场的角落静静地吃着青草的高个子山羊一般的气质。别说是与人斗殴，就连他怒吼和咒骂别人的样子都无法想象。即便从实际情况上来说，九郎也是缺乏格斗经验的。运动水平也就是学校体育课的程度，就连参加的社团也是那种与体育无关的。

就是这样一个人，竟然在黑暗中仅凭借着稀薄的月光和路灯，跟对面有着硕大胸部、手持钢筋的怪人对峙。不仅没有要逃的意思，甚至还做出一副想要伺机还手的姿态。

他在沥青的地面上以笨拙的脚步，勉强躲过了钢人七濑的攻击，然而脸上却不见一丝勉强的神情。额头上既没有汗珠渗出，呼吸也没有一丝紊乱，眼睛紧紧盯着钢人七濑的一举一动。

虽说如此，但是从他的动作看来，被钢筋击中打飞，也只不过是早晚的事。岩永却丝毫不担心九郎的安危。因此她没有出手帮忙，而是悄悄躲在距离九郎十米开外的饮料贩卖机背后。

话说回来。

对于九郎为什么会出现在真仓坂市，而且在和钢人七濑战斗，岩永心中已有头绪，甚至考虑到了这种状况的发生。但为什么偏偏在这个时候出现。岩永既没有发邮件向九郎求救，也没有打过去电话。为了不让纱季和九郎相见，岩永原先准备慎重地看准时机再叫九郎过来的。

“喂！我说，你派妖怪去约我见面，自己却擅自离开，还叫幽灵帮你传话，到底想做什么啊？”

真是最糟糕的时机。纱季出现在岩永的身后，双手抓着自行车的把手，明显一脸愤怒。大半夜里连续不断地接触这些来自异世界的东西所产生的恐怖感和怒气混杂起来，可想而知纱季现在是一种怎样的心情。

岩永仿佛是认命一般地耷拉着肩膀。如果纱季能在家庭餐厅里乖乖地等着，倒是还能应付过来，到了现在这种地步，只能说是命运的恶作剧了吧。

纱季在瞬间的迟疑之后，将自行车停在路边，走到岩永背后抓住了她的肩膀。

“虽然钢人七濑突然出现是没办法的事，但为什么要派个幽灵帮你传话啊？突然从家庭餐厅的灌木丛里冒出来，你是想要吓死我吗？”

在一顿抱怨之后，纱季好像终于注意到了眼前的景象。出现在视线前方的不仅是钢人七濑，还有一个人正在被她袭击。

“喂，那个人好像有危险了，快去救他啊！”

“就这么放着不管也没关系。反正当事人也早就做好了被打碎头部的觉悟了吧。”

听到岩永这么说，纱季用怀疑的目光再度看去。虽然光线昏暗，又时隔两年没有见过了，隔着这么远的距离无法第一时间看清楚。然而对方毕竟是曾经与自己交往五年，甚至差点结婚的人，纱季不可能认不出来。

“咦，那不是九郎君吗？”

“对，是九郎学长。你才反应过来吗。明明他在跟你分手以后，样子和气质都没怎么变过。”

岩永放弃了无谓的抵抗，但是话里至少要带点讽刺。

“因为，九郎君的性格原先并没有这么好战啊。”

纱季一边解释着，一边露出退缩的神情与动作。虽然手还放在岩永的肩头，可眼睛却紧紧凝视着过去的恋人。

“太靠近的话会被战斗波及，我们还是暂时观望一下吧。”

岩永将纱季从自动贩卖机后面探出的身体往回拽了拽。

“不过，九郎君他，好像会被打死啊。啊，脚上也快打结了……”

“话虽如此，他们之间的力量差距应该不是特别大。既然这样，就简单了。只要他做好被钢筋打死的觉悟——”

九郎拥有不死之身的能力。因为他曾经吃过人鱼的肉。

“然后，在临死之际，九郎学长就能抓住‘自己胜利的未来’。”

纱季浑身紧绷着，以至于搭在岩永肩上的手，都因为用力过猛而陷入肉中。

这同样是九郎拥有的能力之一。因为他曾同时吃过预言兽“件”的肉。

就在这边说话的同时，不远处战斗着的九郎一个趔趄，摔倒在了巴士站牌的旁边。钢人七濑快步接近，毫不犹豫地挥下了手中一人多高的 H 型钢筋。

有点像是用脚踩烂鸡蛋的声音。同时也有液体喷射出来。前男友的头在自己眼前就这么被打碎，她会是怎样的心情呢。岩永目睹着现任男友粉碎的头颅如此想着。

岩永叹了口气。如果可以直接打倒钢人七濑倒还好说，如果无法打败的话，那么自己就必须借助纱季的帮助了。

总之，再过两秒钟左右的时间，九郎就能重新站起来了吧。毕竟他曾经吃过妖怪的肉，还能若无其事地活到今天。

为什么人类要吃其他的生物呢？当然，为了填饱肚子、摄取营养、享受美味。但有时候也不仅如此。将其作为药材、作为习俗，甚至出于咒术的目的，人类也会食用生物的肉或者内脏。

即使随着现代科学和医学的进步，人们开始怀疑中药和民间药方的功效，但传统观念依然没有消失。肝脏不好就吃肝脏功能优越的生物的肝；眼睛不好就吃视力优越的生物的眼睛；想增强精力就吃精力旺盛的生物的一部分。无论是直接将那些生物售卖，或是将其制成粉末售卖，人们都对其功效深信不疑。

甚至在有些传闻里，供血者的性格或喜好会通过血液传递给输血者；移植了别人器官的人也可能会出现器官提供者的记忆与气质。摄取他人的一部分这种行为，与把对方的能力或气质纳为己用的观念极为相似。

再举一个血腥的例子，古代有着战斗胜利之后要吃掉敌方首领心脏的仪式，也被视为是食人的原因之一。古代人认为这样能够将对手的力量为自己所用。

因此，距离九郎十几代之前的樱川家之中，也有人是这么认为的。

“如果吃掉‘件’的肉，是不是就能获得预言的能力了？”

他这么说，然而又考虑了一会儿。

“如果能自由地预见未来，一定可以得到不计其数的财富与力量。啊啊，我无论如何都想要啊。那样的异能，那样的神力！”

后来那个人得到了件的肉，并安排几位家族成员吃下了那块肉。结果，有人体质不合，吃下之后便即刻死亡了；有人则是卧床一个月才死；也有人在预言未来后死去。虽然现在无法得知当时预言的内容，不过据说预言完全应验了。

虽然出现了牺牲者，但吃下件的肉可以获得预言的能力，这个想法是对的。自此以来，樱川家便将预言的能力作为自己独有的能力，只要听说件出现，便立刻花钱买下其尸体，让持有樱川家族血缘的人食用，如此反复循环。

这一尝试基本上是成功的。只不过即使吃下肉，获得预言未来的能力，也会立刻死亡，结果是无论如何没法避免的。毕竟件本身也是预言之后便会死亡的妖怪。看来预测未来的代价是生命的全部能量。又或许是用生命来换取看穿未来的能力吧。

那位樱川家族的成员再度展开思考。

“嗯……那么，只要让拥有预言能力的人同时获得不死之身就好了嘛。这样一来，即便在预言后死去，也能够再度复活吧。真是绝妙的主意。只要可以重生，就又可以预言，这样就能永远地预测未来了。”

于是他便开始尝试着让族人同时吃下件和人鱼的肉。

毕竟是两种妖怪的肉，这绝非什么合理搭配的饮食方式。吃下后丧命的牺牲者显著地增加了。死状凄惨的族人堆积如山。这样的状况也在预料之内，樱川家的人也开始添丁进口，有时甚至还不惜以收养养子来达到目的。

自那以后过去了几十年，噩梦一般的实验一直都没有成功，樱川家的成员，即使算上远亲也变得寥寥无几。

然而，九郎的祖母依然在追寻着祖先的遗愿。她私下里收集了件与人鱼的肉。

在九郎十一岁时，他的祖母在他不知情的情况下，让他吃下了妖怪的肉。原以为是普通的牛肉和鱼刺身的九郎，十分听话地吃下了。

在吃完以后，什么事情都没有发生。无论是第二天、第三天、还是一个月之后，少年九郎依然和以前一样健康，没有生病，也没有受过伤。也就是说，樱川家多年以来的夙愿终于达成了。

然而，这种能力并不像他们当初所想象的那样可以自由地使用。这大概是当初樱川家成员和九郎祖母唯一的失算吧。

这就是岩永所听到的，九郎和他的家族的秘密。

钢人七濑右手拿着钢筋。她背朝着仰面朝天、面孔血肉模糊的九郎，手中的钢筋依然在挥舞着，仿佛是要甩干净上面的血迹一般。钢筋上面附着的血液并没有四处飞溅，头上的大蝴蝶结随着她的动作上下抖动着。

“你是第一次看见吗？”

岩永稳了下头上的贝雷帽，问向旁边屏住呼吸的纱季。

“第一次见到九郎学长的死状吗？”

“当然了。”

“那你们为什么要分手呢？”

明显是一堆看上去死透了的肉块，此时却在恢复着生命。见到此情此景，就算是百年之恋，哪怕是千年之恋，都会刹那间心灰意冷的吧。但若没有这种能力的话，九郎也不过是个再平常不过的安静的青年而已。

纱季铁青着脸，显露出了控诉的神情。

“我见到过他手上的割伤在一瞬间就消失了。也见过他断掉的手指瞬间接合起来的样子。”

“毕竟是不死之身嘛，这种程度自然不在话下。”

看来她是没办法接受身体强壮的恋人，或是完全不用担心生老病死的超级丈夫吧。岩永这么想着。正因为无法接受才分手的吧。

“不仅如此。九郎君，他一点疼痛都感觉不到啊！就算手指断掉，还是一副若无其事的表情啊！”

九郎在吃下件和人鱼的肉，结果身体没有任何排斥反应。欣喜若狂的祖母便尝试了各种各样的方法。为了测试不死之身和预言能力，在他的身上反复试验留下了各种致命伤。最后，九郎几乎感觉不到任何疼痛了。

这就是获得妖怪能力的代价吗？还是说是人类的适应能力吗？虽然没有痛觉，但也不是所有体感都消失了，因此不会对日常生活造成不便。但正因为没有痛觉，对于疼痛或危险所保持的距离会在无意识之间与周围产生差别，甚至还会刻意接近危险。

因为无法感受到疼痛，所以九郎完全没有肉体上的疼痛和精神上的恐惧。为了强行记忆对肉体产生危险的事物，他会让车子碾过、会用手接触烧开的水，也会小心谨慎地使用刀具。即便如此，对于那些其他人本能躲避的事物，九郎还是需要搜索脑中的记忆，因此多少有些不自然的情况。

即使都是这种小事，难以言喻的违和感也会逐步积累，即使是面对长时间交往的恋人，纱季眼中的九郎也逐渐变成了长着人的样子的别的什么生物。

“就算暗示自己不要害怕，依然会不自觉地恐惧。想到自己要跟那种人生孩子，正常人都会感到害怕吧？重新考虑结婚的事难道有错吗？还有，你看过樱川家的族谱吗？他家族里的亲属明明有好几十个兄弟姐妹，却都在幼年时期横死或病死了！现在还活得好好的，恐怕只剩下九郎君一个人了！那个家族里到底发生了什么，到底造出了什么东西？难道害怕这些东西还有错吗？”

岩永没有责备自己的理由，自己也不该受到这种折磨，纱季想表达的就是这些吧。

“这很正常，不是你的错。啊，九郎学长他复活了。”

九郎掸了掸牛仔裤，整理了下衬衫的领子，站起身来。身上看不出一丝伤痕。衣服上也没有一丝血迹。从体内流出的东西，都回到了原来的地方，碎裂的骨头和碎肉也都重新接合起来。钢人七濑的攻击所留下的痕迹，也只是撕破的衬衫，以及消失不见的几颗扣子而已。

九郎若无其事地接近钢人七濑的背后。

钢人七濑停住了动作，转过头去。虽然她是没有意识的亡灵，但也是有感觉的。九郎维持着稳健的步伐接近着钢人七濑。即使对方手上的钢筋再一次向自己挥来，他的脸上也没有一丝慌张。

纤细的手臂握着的钢筋再一次朝着九郎的头部侧面袭来。九郎突然停住了脚步。钢筋的前端擦着他的鼻尖飞了过去，就好像是事先预测了对方的行动一般。九郎连眼睛都没眨，甚至也没看一眼刚刚躲过的钢筋，继续靠近钢人七濑。在下一次的攻击到来之前，九郎已经绕到了钢人七濑的身后，用胳膊卡住了钢人七濑的脖子。

一气呵成的动作没有一丝犹豫。仿佛是理所当然一般流畅。给人一种按照剧本编排、排练的过的印象。一切发生得太过顺利，好像钢人七濑也按照剧本似的故意被捉住一般。太过顺利反而不太自然。

“居然这么简单就抓到钢人七濑了？”

纱季声音有些颤抖，是否也有所察觉呢。

岩永脸上没有一丝惊讶的神情。

“钢人七濑几乎是在用本能挥舞手中的钢筋，因此抓到她的几率是相当高的。唯一需要注意的是躲开第一下攻击，以及踏出第一步的勇气罢了。”

这与昨晚纱季的行动也颇为相似。唯一不同的是，纱季是普通人类碰不到钢人七濑，而九郎属于可以碰到的那类罢了。

“既然是能力范围之内的事，那么九郎学长预测未来的能力就有用了。这就是学长的能力，‘决定未来之力’。”

虽然不知道纱季对于九郎的能力理解多少，但岩永还是姑且补充说明道。

关键在于之后。钢人七濑会就这样束手就擒吗?

九郎在钢人七濑做出抵抗行为之前，毫不犹豫地将她的头部呈九十度扭了过去。即便对方是没有面孔的亡灵，毕竟也是人的外形，九郎就这么轻描淡写地折断了她的脖子。空无一人的巴士站里，清楚地听见了颈椎折断的声音。纱季也忍不住倒吸一口凉气。

一直以来，仿佛连虫子都不忍心杀掉的，存在感稀薄的青年，在必要的时刻竟然可以连眉头也不眨地痛下杀手。

“九郎学长这种意外下狠手的特质也充满魅力呢。”

“我才不需要一个会折断亡灵脖子的男朋友呢。”

“还有比这样更可靠的吗？”

“麻烦把可靠发挥在其他地方。”

在岩永和纱季的争论的时候，头部被扭歪到蝴蝶结就要碰到肩膀的钢人七濑依然保持着站姿，猛地甩开了九郎的手臂。以她挥舞着长达两米的钢筋的腕力，即便是挣脱九郎的束缚也不是值得大惊小怪的事。

更重要的是自己的头部近乎整个翻了过去，她也毫不在意。挣脱了九郎的束缚，一只手抱着钢筋的钢人七濑，用空出来的另一只手，仿佛是调整座钟的指针一般，把头部扭回了原先的位置。

岩永不自觉地攥紧了手杖。

“果然不行吗。”

这样，今后的对策也缩减到了唯一的一种。

即便是幽灵、妖怪或是魔物，突然被施加外力导致形体崩溃的话，也一定会有所反应。形体是维持自我的基础，形体的稳定被突然破坏的话，自我的维持也会变得异常困难。

九郎和岩永所说的能够干涉异世界的力量就是这个意思，只要施以外界的力量，例如折断头部的话，即使是幽灵也不可能毫发无损。因此治退这些东西也并非空谈。

但是，这招对钢人七濑不管用。也就是说用普通方法根本无法治退对方。

面对钢人七濑，九郎又一次摆好架势。即使折断了她的颈椎也不管用，但九郎没有气馁。九郎决定要跟穿着连衣裙的怪物对抗到底。

岩永拄着手杖，从自动贩卖机的背后走了出来。

“九郎学长，到此为止吧。想要打到钢人七濑必须用别的方法。”

隔着巴士站牌相互对峙的是有着不死之身的两人，正准备踏出脚步的他们，听到声音后便立刻望向了岩永所在的方向。自动贩卖机内的灯光，照出岩永在黑夜中缓缓前行的身姿。

九郎看着岩永的身姿，露出了困惑的表情。而钢人七濑依然是那副血肉模糊的面孔，看不出她表情的变化。况且连眼睛都没有的面孔会向发出声音的地方看去，就已经很奇怪了。

钢人七濑往后退了几步，以昨晚一样的方式，仿佛融化了似的消失了。差不多所有的亡灵和都市传说中的怪人都是这样，一旦出现几个目击者，或是身边涌出几个人，都会立刻消失。

九郎又看了一眼钢人七濑消失的地方，像是疲惫感袭来似的垂着肩膀，向着自动贩卖机走了过去。

岩永仿佛迎接九郎似的，伸出了双手。但他的注意力却在别的地方。

“纱季小姐，你怎么会在这里？”

看都没看岩永一眼，甚至可以说是完全无视她的存在，而是盯着她身后的女性，有些畏畏缩缩地问道。

岩永顿感贝雷帽的上方，传来了一声叹息。

“我在这里的警署上班。九郎君，你怎么会出现在这里啊？”

“那是因为——”

“那是因为你可爱的女朋友叫你出来的话，即便要跟怪人战斗你也会义不容辞地赶来，对吧！”

岩永拿着手杖的中端，一边用握柄处的小猫配饰戳着九郎的腹部，一边插话。

当然，岩永还没来得及叫九郎过来。但是自己都这么说了，九郎肯定得会附和吧。

九郎对着岩永露出了刹那的严厉表情后，立刻回答了纱季。

“大体上是这么回事。但我可没听说你们在一起行动。”

“我也没听说九郎君会来。”

“那是因为我原本也没打算让你们见面。”

你们两个人都不想看到对方吧。岩永听着头顶上两人一来一回的对话，一脸理所当然地泼着冷水。

这次轮到纱季的视线落到了岩永脸上。一脸无可奈何的表情。

“原来这个丫头真的是你的现任女友啊。”

“嗯，她真的是我现在的女朋友。”

“九郎学长，你的语气为什么这么不情愿呢。”

“因为我是真的心不甘情不愿。”

九郎一边冷漠地回答，一边把手放到岩永戴着的贝雷帽上，硬是把她的头按了下去。

“不好意思，纱季小姐。岩永给你添了不少麻烦吧。”

“九郎学长！明明是我救了她一命啊。你怎么能这么对我！”

“别说了，赶快道歉。你这人怎么可能没有给别人添麻烦。就算真的是救了她，肯定也是偶然吧。”

这男朋友也太过分了。要我向把他当成是怪物，还抛弃了他的前女友道歉，不能接受！不过，他的推测也没错，自己的确是偶然间救下她的。

“没关系啦，要说添麻烦的话，应该是彼此彼此吧。”

纱季摇着头苦笑说。

“现在最要紧的是钢人七濑的问题吧？”

接着，她从口袋里掏出钱包，在叮叮当当声过后，纱季把硬币塞进了自动贩卖机，按下了糖分最高的咖啡前面的按钮。在咕咚声响起后，她从取货口中掏出了饮料递给九郎。

“重新问候，好久不见，九郎君。”

“嗯，久疏问候，纱季小姐。”

九郎接过了有些冰凉的罐装咖啡，略带歉意地低下了头。纱季也稍有歉意地张开嘴，准备说些什么，却被岩永打断了。

“我们换个地方吧。又不是飞蛾子，围在贩卖机的灯光周围，一点意思也没有。”

果然不该让这两个人重逢！

岩永一边抱着九郎的胳膊，硬拉着他往前走，一边因为不尽如意的现实撇起了嘴巴。

第四章

想象力的怪物

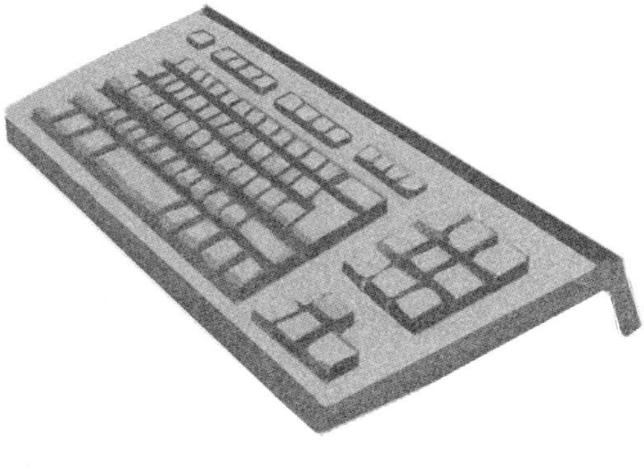

事情怎么会变成这样呢。现在是晚上十一点半，纱季一边打开自己房间中的冰箱门，一边想着。

最后，纱季还是把自动贩卖机前面的九郎和岩永带回了自己家中。虽然按照最初的约定，到家庭餐厅去也不失为一个选择，但若要谈论钢人七濑的话题，最好还是避免在人多眼杂的地方进行。而且纱季还是这片辖区的警察，也要尽量避免被熟人看到。要是传到了寺田的耳朵里，光是解释就很麻烦了。

更重要的是自从遇见木灵、幽灵与钢人七濑，而且顺便目睹了以前恋人的不死身复活场景，自己也不太敢独自骑车经过那条斜坡了。虽说九郎和岩永都属于跟妖怪很接近的人种，但至少对自己是无害的，甚至可算作可以信任的人。

纱季从冰箱中拿出瓶装的矿物质水，然后在马克杯中倒了一点。

“九郎学长，为什么明明现任女友就在你身边，你还要盯着前任女友的背影呢？”

“那是你的错觉罢了。”

“才不是，我看得一清二楚。啊啊，她变得比以前更瘦了，平常有没有好好吃饭呢，她变成这样都是我的错吗，啊啊，不过腰部的线条好美啊——你刚才就是这种眼神。”

“亏你看得出来呢。我的确是这么想的。纱季小姐真的很美——”

“不要承认啊！不要这么轻易地承认啊！”

岩永老实地坐在椅子上，脚却没闲着，不住地用左边的义足踹着九郎的后背。席地而坐的九郎一边拧开手中绿茶饮料的瓶盖，一边躲闪着。

纱季入住以来也不曾准备招待来客的餐具和杯子，因此饮料都是各自在便利店买好的。

“你们感情可真好。”

纱季端起马克杯，看着两人打闹的身姿，走到床边坐了下来。这个位置与对面两人刚好保持着同样的距离。

“虽然感情好是事实,但是我希望能通过更甜蜜的方式表现出来。”

岩永不满地指着九郎。九郎视而不见，反而向纱季那边关切地问道：“纱季小姐，难道你现在还是吃不下牛肉和鱼肉吗？”

“最近可以稍微吃一点了。变瘦是因为工作太忙的缘故。”

“抱歉。”

仿佛是看穿了纱季的谎言一般，九郎低下了头。

“都说不是你的错了。”

虽说九郎也不是完全没有责任，但是他也不用道歉。九郎也不是自愿变成那种体质的，他只是希望纱季能够接受自己而已。倒是没能接受他的自己反而更该受到责备才对。

要是没那么快毕业，要是工作的地方没那么远，要是自己没那么着急地考虑结婚的事情，暂时把问题放在一边专心交往的话，或许能够习惯九郎的异常体质也说不定。反过来说，能够更干脆地分手也是好的，不会留下任何留恋。总之无论哪种情况都比现在要好得多。

虽然很久没见，而且共处在同一个空间，纱季却比自己想象中要平静很多。还以为自己会更加心烦意乱，甚至苦恼郁闷，以至于惴惴不安，没想到此刻的心情却意外地平稳。

也许是因为在这一个小时里发生了太多事情，致使自己的感觉都麻痹了的缘故吧。而且如果岩永不在的话，自己可能真的会胡思乱想吧。虽然还是无法接受这个岩永琴子，但终归比自己强迫九郎重归于好更有现实感。

“我们进入正题吧。”

即使再怎么思考情感问题也于事无补。就先回到工作来吧。纱季喝了一大口水，换成了一副审问犯人的姿势。

“九郎君，刚才你是受到岩永小姐的指示去和钢人七濑战斗的吗？”

“虽然我是因为她的电话来的，但遇上钢人七濑只是碰巧。”

根据九郎的解释，夜间抵达市内的车站之后，正打算赶往岩永提前预约的酒店房间，却突然遇到了一只前来求助的猫妖。猫妖便是经历漫长岁月而获得妖力的猫。

“以前那样的妖怪，只要察觉到我的气息就会避开。但最近总是陪着岩永到处解决妖怪之间的争端。”

九郎一副操心费神的样子扶额说道。

“‘单眼单足的公主殿下’管教得好，那个家伙不会乱来；那个人也会代替公主殿下帮助我们——这样的评价在妖怪们之中宣传开来，导致现在妖怪们有什么事情也会找我来帮忙。”

那只被钢人七濑追杀的猫妖，偶尔遇到了九郎便请求他出手相助。本来这趟就是为了解决钢人七濑。不久之前又刚刚联络过岩永，再通知她也没什么意义，干脆就独自赶往了现场，随后发生了刚才的事。

然后，岩永也说明了自己是怎么接到同样被钢人七濑追杀的幽灵委托的经过。

纱季暂且接受了他们两个人的说法。

“恭喜你啊，要是这样的评价传播得更广一些，下次河童见到你也不会再逃跑了。”

“整天自来熟地跑来找我帮忙，我也很头疼啊。”

九郎也一脸不爽。

“不过话说回来，钢人七濑不管是见到我还是碰到我都没有丝毫恐惧。对那些妖怪或者幽灵来说，我应该是相当恐怖的。然而她却没有一丝反应，反而让我心里有些发瘆。”

“的确如此呢。据说在那些人类以外的生物眼中，九郎学长是人类、人鱼和件的混合体，非常不祥的混合体才对。即便相较妖怪们而言，也是更可怕的怪物。是那种有着鱼腥味和野兽气息，不可思议的可怕混合物。”

岩永若无其事地补充道。九郎的表情似乎有些受打击。

就算是人类、人鱼和件混合而成，要是搭配合理的话也会很像人的——纱季原本准备这么说，但好像无法成为支持九郎的意见，她便没有开口。

“那么岩永小姐，对如此可怕的九郎都无动于衷的钢人七濑，究竟是什么东西？”

“是怪物呢。”

“这我知道。换个说法，这样的东西可以被消灭吗？”

正常人类无法触碰，异常的人类即使折断了她的脖子也没有效果。作为剩下的对策，纱季能够想到的只有作法进行封印，甚至是用可怕的咒术对抗。然而与通常的亡灵、妖怪完全不同的钢人七濑，能够用那种传统方法消灭吗？

九郎似乎也抱有相同的疑问，向岩永投去了询问的目光。

岩永点点头。

“可以消灭。不过需要纱季小姐的帮助。今晚喊你过来的原因也在此。”

岩永满脸严肃地继续解释着。

“纱季小姐，钢人七濑是怪物。而且还是现代人类的产物——诞生于妄想与愿望的‘想象力的怪物’。”

岩永刚开始并不打算全盘托出。随便糊弄一下，从她那里套到需要的情报，然后不留麻烦地道别，对于双方都是最好的结果。但是既然遭遇到了九郎，而且纱季似乎也打算继续追查下去。

既然如此，就只能告诉纱季真相，让她了解到与我们所处的世界有多大的差异，也能顺便让她放弃九郎。

虽然现在九郎和纱季似乎还没有死灰复燃的迹象，但自己绝不能大意。在他们擦出火花之前，要让纱季再次体会到他们之间的隔阂，这才是上上之策。

“无论是我们所熟知的妖怪、魔物、亡灵、鬼怪，还是都市传说里的怪人，其中有不少都是想象力的怪物。那种怪物开始并不存在。与其相似的生物，与其相关的现象也都不存在。然而到了某个时刻，这种怪物竟会意外地诞生出来。刚开始也许只是无足轻重的小事。比如某人声称‘被一个戴着口罩面色可怖的女性搭话，自己害怕得就逃跑了’这样的话。到此为止，无非都是平日里再正常不过的对话。”

听着岩永的解释，纱季露出了奇怪的神情。她的说法是否可信，她要把话题导向何方，自己完全不知道。

“但是只这样说的话，话题就太无趣了。因此才会加上‘仔细一看发现她口罩下的嘴巴是裂开的’、‘气势汹汹地追赶过来’的谎言进行补充。到此为止，仍然只是虚构的故事。”

世界并非如你们想象中那么安定，无论多么不起眼的小事，都有可能变成契机发展为无法预测的大事。无论是对于人类，还是对于妖怪，皆同一理。

“结果这件事在口口相传之下开始广为人知。逐渐演变成了跨越地区限制的谣言，传遍全国各地。即使这样，仍然只是‘故事’而已。没有任何力量和实体的一大段词汇的集合体。问题就在于他们将故事赋予了名字。”

没有名字就不存在。相对地，如果有了名字，便不需要过多的解释，只要见到名字，脑海中就会浮现出其特征、设定以及相关故事。

“‘裂口女’——如此简单的词汇就能完全表达这个故事，其姿态和外形也都能大致想象。就这样全新的角色诞生了。仅仅只是一个名字，就能将模糊的谣言集合起来，并定义为独立的存在。不管是谁，只要听到这个名字，浮现出的都是相同的画面。”

纱季依旧还保持着将信将疑的态度。岩永的意思仿佛就在说有些妖怪和幽灵是人类制造出来的。自己可不能轻易地相信，然而她的话却很有说服力。

“刚开始并不存在，只是虚构的故事。然而得到了名字和特征之后，再借由几千、几万乃至几十万人的口口相传，让其在人们脑中扎根。便能够借此一点一滴地获得血肉，最终化为真实的存在。正是人的想象力所创造出的怪物。”

岩永说完以后，纱季仍然保持着手放在嘴边的姿势，考虑了好一会儿。岩永也没有着急，毕竟自己的理论不是一下子就能让普通人接受的。

依然把手放在嘴边，纱季小声地说着：

“恐怖小说或电影里有这种故事呢。登场人物胡乱编造的谎言，在不知不觉间获得实体，变成鬼怪或怪物，到处追逐袭击当事人。美国电影《禁忌星球》中‘自我的怪物’就很类似。这种现象也能称为‘噩梦的定型’吧。”

纱季将手放下，接着双手取过装有矿泉水的马克杯。

“但这种事情有可能频繁地发生在日常生活中吗？”

“你明明都见过河童和幽灵了，还相信日常生活是一成不变的吗？”

“就算接受了那些东西，我也希望日常是一成不变，值得信赖的。如果照你说的，那么新的妖怪岂不是随时随地都有可能诞生吗？‘拥有名字和特征的虚构存在’数也数不过来。电影或游戏里的角色，网络上的英雄或女杰，那些东西也有可能突然变成真实存在的吗？”

“不，不会获得实体。因为那些角色从开始就是作为‘虚构角色’而被接受，并以‘虚构角色’的身份传播开来。只要在人们的想象里，它们便不是‘真的存在’，虚构之物就无法获得血肉。”

纱季多少也有些理解了吧。岩永继续仔细地解释道：

“相反地，只要多数的人质疑其存在，无论有着什么样的名字和特征，都无法获得实体。即便获得了实体，也会立刻消失。即便能够维持住实体，也无法持续获得力量。正因为是人类的想象力所创造出来的，因此只要人类的想象力不够或是变弱了，那些怪物就会轻易地失去实体。因此新的妖怪和怪物很少会留存下来。”

这时，九郎轻轻地举起了手补充说道：

“纱季小姐，没什么真实度的流言或故事，几乎不可能在几十万人的心中留下深刻印象的，即便流入了很多人的脑中，也难免会被怀疑其真伪。在经历反复讲述、反复怀疑之后，最终才能获得稳定的实体。”

九郎的话也证明了刚刚岩永的解释不是敷衍的随口说说。

“正如学长所说。除此之外，即使获得实体，想要获得智能、思考和物理层面的力量的话，还得花上更多的时间。只有那些拥有以百年为单位历史的生物，才能够获得变成新妖怪和怪物的资格。所谓‘想象力的怪物’，原本不足为惧。即使在一段时间内流行起来，获得实体，也不过是弱小又模糊，很快消失的那种怪物。‘裂口女’和‘人面狗’都是，虽然被流传为有害的怪物，但没有造成过实际的危害，很快就消失了。”

这个世界没有我们想象的那样稳定，扭曲、破坏理论都能使其变成一片混沌能量，在某些地方逐渐积累。若是此时人类扭曲的妄想混入其中，只要以‘名字’为核心将其聚集，这种能量就能形成实体。‘异世界’可能就是诞生于这种能量之中的。任何妖怪或魔物，只要追溯其数千年的历史，应该都能还原为人类的想象力吧。

岩永这样思考着。

另一边的纱季好像还不能完全接受的样子，眉头紧锁。

“我毕竟也见过妖怪和幽灵，虽然无法否认人类的想象力可以创造出怪物的说法，但是钢人七濑跟那种所谓的‘想象力的怪物’也差太多了吧。”

纱季继续说着。

“虽然得到了比较特别的名字——‘钢人七濑’，也获得了‘连衣裙、钢筋和巨乳’的特征，但七濑花凛死亡的时间是今年年初，距离现在甚至没到一年时间。就算在网络上引发了热烈的讨论，但也没到十几万人会在心中留下深刻印象的普及度。然而，她却保持着实体，并且拥有足以杀死人类的力量。比起你说的怪物，危险过头了吧？”

“所以才说‘原本’不足为惧。”

正常情况下，即使获得实体，力量也极其弱小，根本无法危害到这座城市里原本存在的幽灵和怪物。在被岩永撞击，被九郎扭断脖子之后就会立刻消失吧。那种东西的存在，对于岩永来说，不是巧合。

“钢人七濑获得实体和如此强大的力量的理由，正是因为网络。网络能够瞬间将情报传到世界的另一边，让许多人接触到。也能够将散乱的情报聚集到一处。”

纱季也曾经想到过那种可能性。

“啊！就像那个‘钢人七濑综合网站’？”

既然纱季也知道那个网站的话，解释起来简单很多。

“是的。‘钢人七濑’的名字和设定就是因为那个网站，才能够迅速被人们所记住的。那张放在首页的假想图，更是将传闻中难以明确表达，需要花费一定时间理解的外形和姿态，瞬间就让所有的人都留下了印象。有了明确的名字和特征，再加上网络的急速传播，日复一日地将全国民众的想象力汇聚于一处，仅花费数月就能完成原本要耗时几年才能达成的实体化。”

岩永说出了决定性的证据。

“纱季小姐，你还记得‘钢人七濑综合网站’首页上的假想图吗？你不觉得那张画和我们刚才目击的钢人七濑，每一处细节都一模一样吗？”

纱季略作思考后，立刻表示同意。

“说起来确实如此，这又能说明什么？”

好像忽略了什么重要线索一般，纱季脸上写满了不安。岩永对此强调说。

“对于一个没有什么可靠的目击证词，仅仅靠着传闻描述特征的亡灵，你认为有人能够画出如此相似的假想图吗？根本不可能吧。所以刚好相反。不是以亡灵的形象来绘制假想图，而是大众都在用那张画作为基准进行想象，钢人七濑才会以那个模样实体化。”

纱季陡然睁大了眼睛，仿佛理解了一般。

岩永点头示意。

“满怀遗憾死去的偶像化作亡灵出现。这是很常见的故事。也并非是能够吸引人的故事。但某人却创造了一个网站，借由收集整理的情报，以及来自全国各地的留言作为媒介，赋予了想象生命力，以此创造出了怪物。”

即使难以相信，从因果关系来看的确如此。

“可以说，那个网站其实就是钢人七濑的本体。”

纱季再次瞪大了双眼，但是仍在继续保持着倾听。

“正如我之前所说，‘想象力的怪物’是靠着人类的想象力维持自身的存在。只要人类一直对其抱有妄想，期望她真的存在的话，钢人七濑就是不死之身。无论是砍掉双腿还是折断头颅，一定能够再次复活。她的生命力不是来自本体，而是外部的愿望所构成的外形和特质。所以，就算是头部爆裂，胸前开洞，都无法消灭。”

因此，她没有智能和思考能力。只是一具仅仅根据想象者们的愿望行动的自动人偶。可说是与正常的妖怪和幽灵天壤之别的怪异之物。

只不过，岩永还不打算对纱季说出全部真相。钢人七濑还有秘密。仅凭借综合网站，绝不可能形成那种规模的实体和力量。在其背后，还有将人类的想象力集中提高的其他力量的存在。

“那么，要怎么做才能消灭她？”

纱季陷入沉默。九郎则一边问着一边抬头看向岩永。他身上依旧是那件纽扣被撕破，领口也破破烂烂的衬衫。透过衣服可以看到九郎纤细的锁骨和单薄的肩膀。虽然很高，却是弱不禁风的体格。亏他这种样子还想跟怪物战斗呢，不愧是我看上的男人———岩永看着九郎发出了感叹。

“岩永，你在听我说话吗？”

“啊，没有，因为我盯着学长的锁骨看入迷了。仔细想想，你已经很长时间没让我摸过了呢。”

“现在不是讲这个的时候吧！”

九郎叹了口气，看向岩永的目光也变得可怕起来。

“钢人七濑，那东西杀人是早晚的事情。虽然等到谣言风头过去，她的力量会变弱，也会失去不死之身，但是我们可等不起。放任不管的话说不定今晚就会出现牺牲者。‘想象力的怪物’会成长到这种程度，太出乎意料了。我也看过综合网站，甚至觉得有人故意促使钢人七濑变得更加凶暴。”

“没错，我也有同感。因此要消灭钢人七濑，就要反过来利用那个网站。”

钢人七濑拥有不死之身。不断绝其生命的来源，问题就永远无法解决。

“既然是人类的想象力给予其不死之身，那么我们就在人类的想象力上做文章。”

即便是拥有预言能力的九郎，也无法算出岩永的计划。岩永的目光也移向正在思考问题的纱季那里。

“所以，我们需要身为警察的纱季小姐的帮忙。”

话题突然转向自己，纱季慌忙眨了眨眼睛。对于“想象力的怪物”的说法，自己不是不能接受。况且岩永和九郎也没必要说谎。

那么，为什么需要警察这种公众职业来参与消灭妖怪的行动呢，纱季完全无法理解其中的缘由。

“要我用警方的公权力强行关闭那个网站吗？”

既然网站是一切的元凶，那么强行取缔是最好的解决方案。可是对于在交通部执勤的自己来说，还没有做这种事的权限。即便是请求在各个部门都吃得开的寺田，也一定会被拒绝的。

岩永苦笑着摇了摇头。

“怎么可能。没有正当理由就封锁个人网站，太不现实了。就算封锁了网站，很快就会出现改头换面的新网站，完全是原地转圈子的行为。而且也无法锁定网站开设者的身份吧。”

对于只是收集都市传说，并对于留言者发放奖励的网站，警方是无法进行干预的，纱季心里也清楚。而且，若是以模糊不清的理由随便封锁网站，不管是否相信亡灵钢人七濑的存在，那些人们都会因网站被封而浮想联翩吧。

钢人七濑的事件有着某种警方不惜强行干预也要掩盖的内幕，正因为是亡灵引发的事件，警方才会想方设法地进行隐瞒。这样的想象反而会赋予钢人七濑更多的生命力。

“那你需要我做什么？”

“负责情报的收集。我希望你能够提供给我们有关七濑花凛死亡的准确情报。我们以此为基础，构筑一个超越‘钢人七濑’传闻的故事。”

果然无法理解。纱季又眨了眨眼。虽然不知道九郎的想法是什么，不过他也一副跟不上岩永的思路的样子，紧紧地攥着饮料瓶。

看出两人无法理解的样子，岩永用手夹着右眼前面的头发，冷静地继续解释。

“钢人七濑是亡灵，是都市传说当中的怪人，同样也是从故事当中诞生的想象力的怪物。想要将其彻底根绝，就只能把‘她的亡灵是存在的’这一故事，改写成为‘她的亡灵根本不存在’的故事。只要那些希望、相信钢人七濑存在的人们能够接受我们改写的故事，那么钢人七濑就会因耗尽生命而消失。”

亡灵不存在的故事？到底是怎么回事呢？

“你难道是想给都市传说一个合理的解释，从而证明亡灵的存在是谎言吗？”

纱季想起一个传闻。虽然算不上谣言，也不存在怪人，但也算是某种程度的都市传说。

有一家快餐店，他们的汉堡肉没有用牛肉，而是用蚯蚓肉所制作的。

作为传闻的变种，也有说是老鼠肉或是猫肉的，甚至有餐厅打工者在厨房见过猫的尸体，还被塞了现金作为封口费———添加了这样的细节，使得传闻看起来更为真实。于是人们都开始认为快餐店的汉堡肉使用的都是廉价的来源不明的肉，从而赚取暴利。这便是都市传说所造成的影响。

然而仔细思考的话就会明白，像是猫、老鼠或者蚯蚓这种生物的肉，每天大量且无间断地供应，难度比起牛肉更大。一公斤牛肉和一公斤蚯蚓肉，到底哪一种更便宜、更容易入手，不用想便能够知道。考虑到劳力、时间、成本，比起偷偷地用那些来历不明的肉作为原料，明显是牛肉更加实惠省心。

考虑到合理性的话，蚯蚓汉堡肉、猫汉堡肉和老鼠汉堡肉都是不合理的。这个都市传说则被证明是彻头彻尾的谎言。

然而，有些都市传说却很难凭借理性的思考来导出真相，这也是其复杂性所在。事实上，此类的都市传说在今天仍以某种方式传播着。就算是细节和种类都有了变化，但故事根本换汤不换药，依然能够被人孜孜不倦乐此不疲地口口相传长达数十年。

比起合理的解释，“以来历不明的肉作为原料”的先入为主的观念，能让人产生不安，衍生出“可能性”的担忧。虽然没有完全相信，但是终归免不了疑神疑鬼。谎言可以让人内心动摇。

可以动摇人们内心的谎言，比真相看起来还要真实。

“那是不可能的。谣言一旦流传开来，即使有合理的解释，就算是事实也很难让人们信服。只要谣言足够有冲击性，外加上一点点的合理，即便有那么点矛盾，谎言还是会取代真相。即便是真相也不一定就能把故事改写吧？”

说到这里，纱季突然意识到了自己所犯的一个重大失误。的确，七濑花凛的亡灵最初也不存在。刚开始只是某个人不负责任捏造出来的谎言。既然是怀着遗憾死去的偶像，那么变成幽灵出现也不奇怪吧。

如今钢人七濑实际存在着。如同之前思考的那样，谎言成为了真实。不管是什么合理的解释，钢人七濑如今真实地、无可动摇地存在着。

岩永仿佛看穿了一切似的微笑起来。

“是的，真相不一定永远是最强的。现在的钢人七濑是‘真相’。所以我要用合理的虚构与其对抗。比起‘钢人七濑是亡灵’更加具有魅力，直接构筑‘钢人七濑是虚构’的故事插入那个综合网站。”

“合理的虚构？”

虽然岩永的话听起来是矛盾的，而且荒诞，但椅子上的这位浑身散发着如同洋娃娃一般气氛的单眼单足的少女毫无动摇，继续做出解释。

“纱季小姐，你听说过名叫‘镰鼬’的妖怪吗？”

话题突然转变了，纱季困惑地点点头。

“嗯，名字和大致事迹都听过。随风而来，在人毫无疼痛的情况下切割人体，然后随风而去的鼬鼠样子的妖怪。”

“没错，他们通常会三只为一组进行活动。第一只让人摔倒、第二只切割人类、第三只在伤口敷上药物后消失——有时人们是这么解释的。算是比较有名的妖怪了吧。”

纱季也有印象在哪里看到过类似的解说。也许是读到木灵的那本事典，也可能是在某部漫画里描写过这样的场景。好像也见过像是镰鼬的野兽处在旋风中心的画，还有镰鼬的前足化为镰刀形状的假想图。

岩永仔细地解释说道：

“以前在山里或寒冷地带很常见，但最近已经很少能看到。不久前见到的妖狐大少爷是这么说的。也许还活在某个地方，但也有可能是因为生命力减弱才隐居起来了吧。”

居然把妖狐大少爷说的话当做可靠证词?

纱季虽然这么想着，但还是指出了最根本的问题。

“说什么最近很少看到，但问题是镰鼬本来就是不存在的妖怪吧。尤其是那些现象都可以用真空造成的割裂伤，这样的科学方法解释。”

关于这个解释也相当有名。旋风或强风的急速空气流动导致了气压变化，才会产生局部性的真空，在人体上产生割裂的伤口，这便是广为人知的镰鼬现象。虽然是气压形成的刀刃，但由于是瞬间形成的，因此感觉不到疼痛。这样的科学解释，刚好与传说中的所有特征吻合。

纱季还对妖怪毫无兴趣的时候，就听说过这种解释。比起镰鼬，也许镰鼬现象的科学解释要更广为人知吧。

纱季突然意识到了。对啊，“镰鼬”也是一种“想象力的怪物”吧。是因为人类以科学方法解释了这种现象才消失的吧。那么岩永想到的对策，也有一定的道理。

仿佛是看透了纱季所想，岩永笑了笑。

“‘镰鼬’是真实存在的。不过这种妖怪是否源自人类的想象力，因为起源太过久远如今也已经无法确认了。当然，也会有那种虽与人类无关，原本就存在的妖怪，但由于被人类取了名字，因人类的想象力而改变外形，存在感增加的例子存在。”

还有这种情况吗。那么即便真正的妖怪，也有可能因科学的解释而为人们所知，从而生命力与存在感减弱，最终消失不见的吗？

一直保持沉默的九郎，突然苦笑着插了一句：

“不过，纱季小姐。那个真空造成皮肤割裂的说法是骗人的哦。那种现象在物理上是不可能发生的。那种说法现在被认为是伪科学。”

纱季差点因为震惊而扔掉手里的马克杯。杯中的矿泉水也摇晃地洒出，飞溅到她的手上。伪科学？虽然看起来很有科学性，但是却并非科学。这也正是岩永所谓的合理的虚构。

岩永朝着九郎偷偷地眨了眨眼，又看向纱季补充解释道：

“虽然真空现象的假设从明治时代就广为人知，但在昭和初期，就已经有人对这种说法提出过疑问了。自然界无法轻易地发生真空现象，即使发生不足以割裂人类的皮肤，而且除了人类的皮肤之外也没有发生过割裂其他东西的例子。最后得出的结论就是从科学上来说是不可能发生的。作为所谓镰鼬现象的解释，真空假说是无法立足的。”

“但是我看某些书籍里这么写过啊。”

“因为虚构已经被当成了现实。虽然没有确切的证明，大家却深以为然，这种解释才会被认可是真相。也是因为科学解释比妖怪的说法更具魅力，而且易于理解。因此才会显得真实。就算‘真空’是谎言，但只要比‘镰鼬’的传说更加精彩，那么即便是谎言也能够导致妖怪的消失。”

完全无法反驳。对于既不相信镰鼬存在，也不是真空假说的信奉者的纱季来说，的确是极具冲击性的解释。

在不知不觉间，自己也参与到了用虚构杀死妖怪的行为中。

真相和谎言竟然如此轻易地相互取代，半吊子的知识根本无法判断孰真孰假。谎言使人内心动摇，而当真相出现了，却又怀疑是谎言而心生不安，结果更愿意相信谎言。

“顺便一提，这种镰鼬现象，最新的科学解释是在寒冷干燥而失去弹性的皮肤上突然加上外力的刺激而产生裂开的现象。该现象在严寒地带，受到寒风等外力的刺激的地方经常发生，而且迫于寒冷造成的僵冻，也不会感觉到疼痛，与传说中的描述也刚好一致。日常生活中也经常发生吧，比如说因为沾水的工作而使得皮肤油脂流失，不知不觉间关节的皮肤会裂开。道理都是一样的。”

纱季稍作思考。

“那个叫皲裂或干裂吧。”

“是的，两者算是同一种现象。”

比起真空假说，更与日常生活相关，而且更具科学性。然而纱季却产生了怀疑。这种解释也许是岩永随便想出的合理虚构也说不定。

“但我从没听到过这种解释啊。”

“就怪异现象的解释来说，这种说法太不起眼、缺乏魅力，而且不会引发热议吧？甚至都没能引起话题，自然也没推广开来。相比之下，镰鼬操纵旋风发出真空之刃，多么帅气又有魅力。镰鼬引起皮肤皲裂，听起来就没意思了吧。”

虽然换一种角度来看，也算是有趣的解释，但是其他人不会感兴趣吧。听到这种解释的人，比起感叹，可能更多会因为太过平凡而失望透顶吧。

这样的解释既没有魅力，也不够浪漫。直观上也缺乏说服力。

“虽然说了这么多，但因为镰鼬是实际存在的，因此上述的假设也可能是‘既不相信真空假说也不相信镰鼬存在的人’所编造出来的谎言吧。毕竟这种说法也无法得到证实。”

对于纱季的怀疑，岩永也轻易地承认了其缺乏真实性。岩永又继续说道：

“现在回到钢人七濑的话题。”

解释了这么多，纱季也能够理解了。所以岩永才说要以合理的虚构作为武器。

“这个世上没有幽灵，所以钢人七濑也不存在，这样的故事没有人想听。他们只会觉得有幽灵才有意思、更有梦想，存在也不为奇吧。人们的愿望和想法是无法驱逐的吧。虽然钢人七濑的确真的存在，但她不过是‘想象力的怪物’，只要大家不去妄想，那么她就会消失。即便说出真相，结果依然相同。网上反而会有更多的人希望她能出现，这样才会比较有趣。”

因为岩永亲自尝试过，所以才对其效果深信不疑的吧。

“但是，如果像镰鼬的真空假说那样，即便是虚构的，只要比真正的妖怪更有魅力，更加可信，群众自然就会转而支持另一边。人们在相信亡灵的同时，心底又认为它们不存在于日常生活。两种相对的矢量虽然矛盾却又同时存在，而且很容易改变前进的方向。”

只要加以引导的话，亡灵就会无处可去。想象力也会期望着一个不存在亡灵的世界。

纱季只能默不作声。自己也认可她的理论。然而她却提出一个重大的矛盾。

“属于真正妖怪世界那边的你，居然想要证明妖怪是不存在的，简直是弥天大谎啊。”

“没错，是谎言。也是捏造。但是除此之外，没有别的方法能消灭钢人七濑。”

岩永丝毫不否认。

“那么我们说说现实吧。为了让人们认为‘钢人七濑并非亡灵’，所要解决的问题有两个。”

岩永说着，伸出了一根如同蜡烛一般匀称的手指。

“第一点。现在真仓坂市内频频发生的伤害未遂事件的犯人究竟是谁？”

接着伸出了第二根手指。

“第二点。为何要频频作案。只要能够做出合乎实际又具有魅力的解释，就能够以合理的虚构抓住钢人七濑。”

流言已经传播开来，网络上关于被钢人七濑袭击的证词也铺天盖地。如果不是亡灵搞的鬼，那就必须提出足够有说服力的犯人和动机，不然是无法得到人们支持的。

“因此就需要准确的情报。若是以网络上的情报为基准，将捏造的解决方法写入留言板，如果之后该证据被指出有误，那么假设便会失去说服力。因此为了避免那种情况，我需要警方手头上的资料，尤其是与七濑花凛之死相关的情报。”

岩永狡黠一笑。

“纱季小姐，能请你帮助我吗？”

别说协助，自己连对方在考虑什么、想要做什么都不知道。

纱季感觉自己正在插手一件麻烦事。

对于岩永的提案，坐在床上的纱季紧皱眉头，双手捧着马克杯，望着床上的某一个位置发呆。自己作为成年人、作为警察该如何回应，纱季正在犯难。

岩永看起来一点也不着急。前男友的现任女友提出为了消灭怪物，需要借用警方搜查资料的过分请求，她的烦恼也理所当然。

“岩永，你对这件事的内幕了解到什么程度了？”

抱着膝盖坐在地上的九郎，向岩永投去了猜疑的目光。就仿佛是她做了什么坏事一样的态度。把女朋友扔在一边，自己却消失不见一周时间的九郎却没有一丝自责的意思。

“因为学长你也到这里来了，所以一切都联系上了。”

钢人七濑为何能在如此短时间内获得巨大的力量，岩永发现九郎不请自来以后，终于填上了拼图的最后一块碎片。也同时决定了攻略对策。

“我不会乱来的，也不会说多余的话。眼下的问题是打倒钢人七濑，没有异议吧。”

九郎为了追寻钢人七濑背后的某个东西来到了这座城市。不然也不会那么巧。

比起异议，想要反驳的事明明堆积如山，但在纱季的面前也只能够忍住不说，这点让九郎心中很是愤懑。然而最终却放弃似的垂下双肩。

“你别太拼命了。”

“不想我太拼命的话就别丢下我一个人。”

“事出有因。”

“我知道原因。但你可以找我商量嘛。”

“我不想被你抓住把柄。”

“到头来还不是被我抓住更多把柄。”

九郎不想让纱季知道太多的事。但是既然纱季已经和岩永接触了，反而担心岩永会和纱季乱说什么。岩永也不想让九郎的前女友过多地介入到现在的他们中间，因此也不好跟纱季说明。况且九郎也说是弱点了，那么对纱季隐瞒不说是最好不过的了。

九郎仿佛连反驳都放弃了，长长地叹了口气。岩永向着他伸出了左手。

“总之，我们都一周没见了，至少也请握一下手吧。”

“唉，真是磨不过你。”

九郎无奈地说着，伸出手来握住了岩永小小的手掌。从他的握手姿势感受不到一丝色气和爱意，但手掌的温度依然如故。这样就好。

“不要在别人家里卿卿我我的。”

不太友善地盯着手连在一起的岩永与九郎，纱季犹豫许久过后还是忍不住说道。而岩永则保持着手上的姿势反驳道：

“如果你觉得碍眼的话，我们也可以去角落里亲热的。”

“九郎君，为什么这个孩子明明外表像是千金小姐，偶尔说出来的话却这么没品啊。”

“我也一直觉得奇怪。虽然岩永她真的是良家的千金小姐，父母也都是了不起的人物。”

岩永平时也尽可能地表现出有礼貌和品位的样子。但这两个人对于大小姐或者女孩子的印象也过于夸张美化了吧。

“不要说题外话了。纱季小姐，能请你帮忙吗？”

纱季把马克杯放在了床边。

“昨天也跟你讲过了，我们警署里有一个怀疑钢人七濑的事件是大型组织犯罪的刑警，他正在以个人身份调查这起事件。我也因为某些原因在帮忙，所以七濑花凛之死相关的资料大致都在我的手上。”

这样正好。岩永最初曾担心过警察会因分组或管辖地区的不同，难以短时间内取得完整的资料，但现在看来可以节省不少时间。

“提供情报资料倒是无所谓。但是犯人要怎么处理？”

纱季挺直了身板，用警察的口吻严厉地问道。

“即便你捏造出‘现实的解释’，因为是捏造的故事所以也没有人可以逮捕，就算将某个实际存在的人物指认为犯人的话，给人留下的印象也不会太好。一旦大众接受你虚构的故事，从而导致那个无辜的人被指责，甚至被警方逮捕的话怎么办？”

这无疑是很重要的问题。

“我会想出一个能够避免这种情况发生的方法。我们最终的目的并非逮捕犯人或促使警方进行搜查，而是提出一个比‘钢人七濑是亡灵’的故事更加真实且有魅力的假设。所以即使不必指定犯人，也能解决事情。只要证明钢人七濑是某人故意捏造的假象，自然就会让别人信服。即使不出动警察，只要让别人相信事情已经解决就可以了。”

七濑花凛的狂热拥趸，或是潜伏在真仓坂市的犯罪团伙，只要把犯人的身份设定在这些人的身上，就能不对真实存在的个人或团体产生危害，而让别人信服。或者干脆捏造一个不存在的犯人，这也不失为一种方法。

纱季仍有些怀疑地询问道。

“警方不出动也没关系，只要能将那些相信‘钢人七濑存在’的想法，转变成‘亡灵不存在也合情合理’就算是胜利吧？”

“是的，反过来说，要是因为谎言惊动了警察从而露馅的话反而更糟。个人受到攻击责难而在网络上进行反驳，促使谎言崩溃的话也是坏结局。纱季小姐所担心的情况，正是我们为了取胜所必须避免的。”

“条件真苛刻啊。”

“至少比起捏造一个能经得起警方搜查或审判的解决方法简单。即使解释略有牵强，但只要大多数人都觉得‘这样更好’，也会把谎言当做事实接受的。”

人类只相信他们所期望的，并在无数谎言的围绕下过完一生。胜算有十二分。

纱季虽然还有迷茫，不过在三分钟后，还是毅然放下马克杯，拿出了七濑花凛死亡事故的相关资料。

岩永虽然想直接阅览详细内容，但一码事归一码事，纱季依然对于把警方资料交给民间人士阅览有所抵触。她把资料打开到岩永无法偷看的角度，缓慢地读了起来。

“首先还是从可以说的范围内开始吧。确认事件的概要，以及对于疑点的整理。”

她一边翻着资料，一边对于需要说明的部分进行着解释。

“在背负杀害父亲的嫌疑后，七濑花凛为了躲避新闻媒体的追踪潜伏在真仓坂市。她的遗体则是在今年一月三十日上午八点后被人发现的。这方面的情报和网上的信息相同，可以略过了吧？”

岩永点了点头，新闻报道过的基本信息自己都已经记下来了。

接着，纱季又围绕着被雨淋湿的尸体的发现现场——那片弃置的预定建设公寓的工地。以及确认七濑花凛身份的经过，进行了总结说明。然后再度看向岩永。

“搜查阶段最初提出的疑问是七濑花凛为什么会出现在那个地方？弃置的工地在酒店的旁边，因此附近有街灯的照明。所以即使被护栏和墙壁围着，夜间同样也能获得一定的可视度。附近居民也整天抱怨夜里可能有人会进入工地引发危险呢。”

纱季继续说着。

“可是对于一个十九岁的，正在隐居中的偶像来说，随便去那种地方太不自然了。而且那个地区从前一天二十九日晚上九点以后就开始下起小雨，午夜零点以后雨势变大，当时附近几乎没有什么人。她在这种天气和时间外出也不自然。”

“从这个状况来看，只能考虑是友人约她去那里见面。那么他杀的可能性不是非常高吗？”

虽然没有获得足够的相关情报，九郎还是不假思索地提出了疑问。如果是被谁叫出来的话，至少可以认为现场还有另一个人的存在。杀人的可能性就越来越高了。

对于九郎的疑问，岩永给出了一般的解答。

“新闻上说七濑花凛的尸体旁边散落有香烟。”

纱季看了看九郎，目光又再次转向了岩永。

“没错，正如新闻报道所说，再说详细点的话，尸体附近有一把伞，应该是七濑花凛使用过的，以及五根香烟的烟蒂。尸体所穿的大衣的口袋里还装着打火机和已经开封的香烟。七濑花凛还未成年，处在法律禁止吸烟的年龄。因此警方推测她可能是为了避人耳目，才偷偷溜到案发现场抽烟的。”

纱季将资料翻了一页。

“毕竟酒店是全面禁烟的，而且有一定名气的偶像，在公共场所抽烟的话可能会被认出来。她已经背负了杀人的嫌疑，如果新闻媒体再爆出她未成年抽烟的话，就连经纪公司都会抛弃她的。因此她想安安稳稳地抽烟的话，只有选择深夜里谁也不会接近，周围也不会有人注意到的、被墙壁环绕着的工地。而且晚上又下了雨，人会更少，烟雾也会比较不起眼。”

岩永也接受了这种说法。

“这样即使没有被人叫出去，也能够说明她出现在案发地点的原因。不过七濑花凛所在的经纪公司好像否认了她有抽烟的习惯吧？”

“是啊。不过也可以理解为她背负了丑闻，压力过大从而惹上了吸烟的习惯。而且从她酒店房间的私人物品里也找到了两包香烟，根据解剖的结果，她似乎也有抽烟的习惯。”

但是仅根据这些线索，依然无法否认有人叫她出来的可能性。九郎指出了这点。

“七濑花凛被某个人叫出来，并在等待的时候抽了烟，这种情况有可能吧。或者将她叫出来的某个人先来到现场，而烟蒂是那个人抽的，这种可能性也是存在的吧？”

“没办法完全否定呢。虽然案发现场并没有其他人留下的痕迹，或是发生争执的迹象，但因为整晚都在下雨，即使当时真的有别人在场，脚印之类的痕迹也早被雨水冲刷干净了。警方也没有逐一检查现场的烟蒂上面附着的唾液。”

说到这里，纱季耸了耸肩。

“不过七濑花凛在大雨中抽了五根烟。能够让她等这么久，甚至都没有用手机联络，警方所了解到的关系网中并没有这样的人物。即便是约她出来的人先到达现场抽烟，但七濑花凛的手机里依然没有留下她跟任何人联系过的记录。”

根据纱季接下来的解释，警方虽然就他杀的方向进行了搜查，但事故死亡的论断在很早的阶段就已经被默认了。

从尸体身上持有的手机中，只有她跟经纪人的联系记录，除此之外没有和任何人联系或者尝试联系的痕迹。她潜伏的酒店地点也只有经纪人知道，七濑花凛本人也很小心地三五天就更换一次住宿地点。在这种情况下，警方认为她不可能会出来见熟人的。

“同时附近居民也提供了那里放置的钢筋很可能随时会倒下的证词，所以结合现场的情况来看，七濑花凛在抽烟的时候被突然倒下的钢筋砸死的可能性更高。但是这么推测的话，又会出现新的疑点。”

九郎歪着头问道：

“什么疑点？”

真不灵光啊！岩永虽然有些惊讶，但转念一想，对于九郎来说是难以意识到的疑点。

“七濑花凛是用正面脸部承受钢筋冲击的，完全没有想逃走而失去平衡或者反射性地用手防御的迹象，没错吧？”

岩永说道。九郎好像也意识到了这点。这是人类最自然的本能反应。

纱季看了一眼前男友平静地补充道：

“如果钢筋是从背后砸下来的话也就罢了，如果从正面砸下的话，一般来说会下意识地驱使身体进行躲避，或者做出用手格挡的动作，毕竟这是人类本能的防御反应吧？然而尸体上却完全没有这种迹象，而是直接从正面被砸中，就这一点上来看相当可疑。”

对拥有不死之身，又感觉不到疼痛，缺乏危机感的九郎来说，估计也是会让钢筋从正面直接砸中脑袋吧。

“虽然从尸体上没有检查出安眠药之类的药物反应，但如果是他杀的话，也有可能是用打昏的方式使其无法动弹，再让她躺在地上，最后推倒钢筋砸死她的。即使头部遭受过足以被打昏程度的重击，其伤痕也可能会被钢筋造成的大面积伤痕所掩盖。”

警察的搜查比起岩永的想象更加缜密。在搜查会议上每一个假设都提出过。

“另一方面，七濑花凛遭受了新闻媒体的追踪、背负了杀害亲生父亲的嫌疑，甚至还在一月寒冷的雨夜里跑出去抽烟。因此也可以认为她此时的精神状态已经被逼至极限，变得自暴自弃。此时就算钢筋在眼前倒下来，也会不作出本能性的防御动作，而是闭眼等死。这样的假设无疑更加自然，因此打昏后推倒钢筋的假设被否定了。”

不能否认他杀假设的说服力。也可能在那位搜查员的眼中，这起事件他杀的可能性更大。但由于现场没有找到打昏后让其躺下的痕迹，因此警方也无法采用他杀的假设。

“至于其他，七濑花凛在逃避新闻媒体期间身心俱疲，也萌生过自杀的念头。此时钢筋刚好落下，她认为是上天的安排，所以抱着‘活够了’的想法，不受抵抗地被砸死。这样的假设也说得通。”

“也有搜查员持有相同的意见。结合实际情况，‘活够了’的想法莫名地生动，而且具有说服力。”

九郎不由得露出了苦笑。

“不过，要是真的抱着‘活够了’的想法死去的话，也不可能化作亡灵出现了。亡灵，都是抱着不甘死去，或者出师未捷身先死的情况下出现的吧？”

“钢人七濑是由人的妄想所诞生的，既是亡灵又非亡灵的东西，并且与她自身的意志无关。另外，即使是普通的亡灵，死后也会觉得自己不该死，从而仇恨人类吧。可以这么解释。”

“你这是诡辩。”

“诡辩什么的，如果有所怀疑的话到处都是诡辩吧。警方的结论也一样，比起是否是真相，是否让世间大众接受才是重点吧。这个世界要能如同理论那样顺利的话，也就不用费心劳神了。”

面对岩永的总结，从昨晚开始就郁闷不已的现役警察仿佛一副要发火的样子。然而这位瘦削的交通课巡查却叹息了一声后回归了正题。

“在那之后，由于被视为最后的杀人动机——七濑花凛的亲生姐姐七濑初实的不在场证明被证实，警方也找不到其他有嫌疑的人选，因此在发现尸体的一个月后，最终给出了事故致死的结论。”

好像对此一无所知的九郎惊讶地抬高了声音。

“她的亲姐姐有杀人的动机？”

媒体并未有过专门的报道，周刊杂志也只是稍微提过一两句，网络上甚至只是引用了以上报道的原文，但是岩永还是知道此事。

纱季又把资料翻过一页。

“如果七濑花凛的死是他杀，那么最有嫌疑的人就是她的亲姐姐初实。初实和花凛，应该称呼她的本名‘春子’才对，两人的关系在很久以前就非常差。”

七濑花凛家庭关系恶劣这件事，虽然在她死后没怎么被媒体报道过，但还是众人皆知的事实。

“此外，有人还说曾经听初实说过‘爸爸的死就是因为我妹妹’，而且如果妹妹死掉的话，七濑花凛作为偶像所赚得的所有财产都会由唯一的血亲初实继承。无论从感情还是实际利益方面，妹妹的死对于初实来说都是一件好事。因此才会被当成首要的怀疑目标。”

“但是警方仅在一个月后就下定论，这表示姐姐初实拥有完美的不在场证明吧？”

关于不在场证明，网络上也没有详细描述。毕竟新闻和杂志也不能厉害到可以掌握相关人士的不在场证明。

“当时包括七濑初实的男友在内，她和五个大学朋友一起去了北海道的温泉旅行，事件发生的当晚她正在北海道的酒店里住宿，根本无法赶往距离酒店超过五百公里的真仓坂市进行犯罪。至于参加旅行的原因，则是妹妹被新闻媒体追踪的时候，她家附近也来了很多媒体记者，为了躲避记者，她曾在十二月左右去男友和朋友的家里避过风头，因此为了补偿才邀请大家一起去旅行的。”

“这样的不在场证明牢不可破呢。”

面对立刻做出判断的九郎，不大同意的岩永捏了捏右眼前面的头发。不过作为警方，肯定也彻底调查过能够使用的交通手段了。

如果是白天倒还好说，若是在七濑花凛推测死亡时间的夜里零点到凌晨一点之间杀完人后，还要跨越五百公里的距离，根本无法实现。根本不用恋人或友人的口供，直接找下榻的酒店之类的就能得到明确的证明。

“所以，关于七濑花凛之死最大的疑点就是这位七濑初实。在搜查期间，只有七濑初实一个人，对于警方关于她妹妹自杀或是有自杀的倾向的看法，不停地提出怀疑性的主张。”

“是啊，周刊杂志上也刊登过她类似的发言。”

这是在岩永的记忆中留下了相当深刻的内容。

“根据资料，这位比死者大两岁的姐姐，认为自己的妹妹不会在如此逆境之下就自暴自弃，即使是死也不会选择被钢筋压死这么难看的死法。警方告知她事故死亡的结论后，她仍然在不断询问警方他杀的可能性。”

从纱季的口气来看，她似乎非常在意姐姐初实的证词。九郎也显得有些在意。

“姐姐的不在场证明很早便已成立，即使警方再怎么倾向杀人的说法，对她来说也不会有任何困扰。但却一直针对警方意外死亡的结论唱反调，这的确很奇怪。明明比谁都想让事件早点落幕，但却一直对跟自己关系不好的妹妹的死提出疑问。”

他们觉得这一切也能说得通吧。岩永询问纱季。

“警察是如何看待姐姐的异议的？”

“虽然感情不好，但在妹妹困难的时期没有提供任何帮助，反而对妹妹恶言相向的罪恶感，让她无法接受‘抱着自杀的心理意外死亡’的结论——警方是如此判断的。毕竟死者变成连钢筋都不想躲开的心理状况，可以说是姐姐也有一部分责任。所以认为妹妹是被他人所杀，能让姐姐在心理上比较易于接受吧。”

岩永早就想到了警方会提出这种观点吧。真相大概也是那么回事。

纱季一边翻着资料，一边小声说道：

“但是对于妹妹的死亡状况，姐姐也曾经断言‘要死也不会以这种方式死去’吧。这句话也让人在意呢。明明姐妹关系很不好，却又如此了解对方。”

的确是值得注意的疑点。

这时九郎把手放在岩永的膝盖上问道：

“岩永，实际上是怎么一回事呢？”

“什么意思？”

“现场在人烟罕至的地方，不是有幽灵目击到七濑花凛的死亡瞬间了吗？”

不愧是跟自己一起解决妖怪纠纷的九郎，非常清楚岩永的办事顺序。

岩永会首先向那些非人的目击者询问情报。从过往的经验来看，现场一定会有那么一两只妖怪在场。死亡现场或杀人现场，通常都是能吸引妖怪或魔物出现的地方。

“有一个目击证人哦。曾有个工人死在了那个工地，如今变成了地缚灵。那个幽灵目击了死者死前的部分情景，今天白天告诉了我。”

纱季在床上瞪大双眼。岩永则对着她点点头。

“日本的警方是很优秀的。七濑花凛的确是在雨夜中到达现场抽了烟，正巧意外倒下的钢筋砸了过来，却没有丝毫抵抗地被正面砸中死亡的。与警方的结论相同，是接近于自杀的事故呢。虽然那位工人的幽灵在情急之下喊了一句‘危险’，但是毕竟他的力量还不足以影响人类或事物，还是眼睁睁地看着对方死去了。他好像至今还在后悔着呢。”

他成为地缚灵的日数尚浅，只有那种程度的力量。他决心要以这份悔恨为动力，在这片工地盖成公寓之时，修炼成实力强大的守护灵——那位幽灵是如此激励自己的。

能让没能起到作用的地缚灵树立起远大的目标，看来七濑花凛的死也没有白费。

“据那个工人幽灵的回忆，七濑花凛来到现场的时候就满脸消沉，看起来一副随时可能自杀的样子。那么壮观的胸部，自杀真是太可惜了，幽灵曾经这么说道。即使在外面保持着强势形象的七濑花凛，实际上也是一位再普通不过的受伤女性。”

至于在经纪公司主页上留下的‘我还会回来的，浑蛋们’的字眼，现在看起来也不过是虚张声势罢了。

纱季在震惊之下甚至把搜查资料丢在了一边，突然向岩永的方向探过身去。

“啊，还能这么获得真相吗？连推理和假设都不需要！”

“比起推理或者假设，毫无关系的第三方的目击证词难道不是最好的吗？稍微出去调查一下就能知道的事情，还要故意用理论来导出结论，这些都是徒劳，徒劳。”

而且理论还经常出现错误。即便理论正确，与事实却相反，这也是毫不稀奇的事情。

纱季颓丧地抱膝蹲下，仿佛打了败仗一样垂头丧气。

“既然如此，为什么还要翻阅警方的搜查资料啊！七濑花凛的死根本算不上什么谜团，你只要问一问那些幽灵或者妖怪不就全部知道了吗！”

“真相是很重要。但被一般大众所视为真相，并因此导出的结论又是什么，同样也很重要。在网络上对钢人七濑加以妄想的群众，只会根据这些进行思考和行动。因此我们无法使用超越民众所知信息的情报。”

即使与真相不一致，只要是被一般大众视为真相的情报，岩永就会用来构筑虚构。要让虚构更有说服力，无论什么都可以加以利用。

纱季摇摇晃晃地站起身来，重新坐到床上，苦恼地抱着头。

“我觉得这样太鲁莽了。就算你提出的假设再怎么好，足够吸引人们的关注，但是能否被网上的人们接受，最后还是要靠运气吧？你真的有办法随心所欲地控制网络上非特定多数的人随便留下评论的空间吗？”

纱季的想法是正确的。就算再怎么给出证据，就算再怎么解释，依然会有人相信幽灵是存在的、UFO是存在的、阿波罗号没有到达月球、地球没有自转、秘密结社的阴谋在控制着这个世界。因为理论时常错误，因此完全不接受理论的也大有人在。

纱季抬起头来，露出了一脸疲惫的神情。

“我不觉得人们总会按照逻辑思考。就算有人会对用现实的方式解决不可思议的现象信服，但觉得扫兴而宁可相信亡灵存在的人也不少。在这种无法确定的平衡力的影响下，你的虚构真的能获得力量吗？”

‘想象力的怪物’无法轻易诞生的原因，仔细想来也是如此。人的想法不是那么简单可以控制的。如果有人相信，就必然有人不信。在拉锯的过程中厌烦了，因此在转化为实体之前就会消失不见。即使成为了实体，到那个时候已经失去了力量。

总之，只要是人类存在的社会，不可能的事就会因为某种契机而受到支持，正确的理论会因为某种契机而遭到背弃。是否能被大多数人相信，不去尝试的话永远得不出答案。

只不过想要获得支持的话，需要撒一个怎样的弥天大谎呢。

“只是单纯提出虚构故事的话，的确是一场赌博，赌的是谎言和真实到底哪一边能被认可，哪一边能受到支持。相较于早已传播开来的钢人七濑的传闻，我们毫无疑问处于劣势。但是我们这边有九郎学长在的。”

岩永从椅子上跳了下来，用双臂搂住了九郎的脖子。

“只要我尽可能地准备一个最能够满足大众的谎言，九郎学长就能把那个谎言的支持率提高到百分之百。”

即使突然做出这种惹纱季不开心的举动，岩永依然丝毫不在意地向九郎问道：

“毕竟是吃过件的肉却依然活下来的强者，对吧？”

仅靠合理的虚构是无法胜利的。想要彻底消灭怪异，唯有依靠怪异的力量。

时间刚过凌晨两点。纱季的公寓房间里只有她一个人，就这样拖着疲劳的身体脸朝下地瘫倒在了床上。九郎和岩永刚从房间出去，现在应该正在下坡吧。

在这样的深夜，仅有一人的房间里，纱季稍微有些毛骨悚然的感觉。要是让他们两个人住下就好了——纱季忍不住这么想，但是把岩永留下来不会有什么好事，因此就让两人回去了。

要是纱季开口让两人留下来的话恐怕就会发生以下的情景。

“在这种煞风景的房间，我睡不着的。来吧，九郎学长，我们去酒店商务套房柔软的床上孕育爱情吧，嘿嘿嘿。”

———岩永这个丫头一定会被拒绝吧。然后被九郎揍的样子也能想象到。

有点羡慕。

纱季和九郎交往的时候，是那种不得要领的弟弟和优秀姐姐的关系。就算是开玩笑，九郎也从来没有对她摆出过那种表情。无论语气还是姿态都放得很低，虽然当时觉得别有一番风情，现在回想起来，似乎是太过相敬如宾。

虽然也不希望九郎黏黏糊糊地宠着自己，或是更甜蜜浪漫地对待自己。要是九郎真的这么做了，以自己原来的性格一定会生气，而且会吵架让他不要再这么做。话说回来，那个时候真的能算是恋人的关系吗？纱季忍不住开始胡思乱想。

九郎完全没变。说不定是他吃下的人鱼肉的关系，五十年后或许还是那种求职者的样子也不奇怪。自己以前不正是担心会演变成这种情况才放弃和他结婚的吗。跟他分手果然是正确的选择。

直到现在自己对他仍然有些抗拒。不仅仅是人鱼的缘故。作为攻略钢人七濑的底牌九郎，他的另一个能力——预言兽“件”的预知未来能力，对自己也是沉重的枷锁。

对于可以看见未来，决定未来的他，自己真的可以信任吗?

岩永和九郎离开纱季的公寓，顺着昏暗漫长的陡坡往下走去。岩永侧着身坐在电动单车后面的座椅上，九郎在前面推着车。视野不好的晚上，两人同骑一辆车毕竟有些危险，于是就这样一边推着车一边往回走着。

“学长，你在哪里的酒店登记入住了吗？”

“不，我没顾得上。”

“我已经考虑到这种情况，特地选了一间双人房哦。”

“我记得车站前有家商务酒店。要是没有空房的话就去二十四小时营业的家庭餐厅打发时间好了。”

“为什么要拒绝跟我同床！”

“现在不是做那种事的时候吧？”

坐在后座的岩永只能看到九郎的后背。今天九郎明明欠了她不少情，但为什么这个男友就是不愿意对自己温柔一些呢。

九郎一本正经的声音继续响起。

“岩永，事件相关的情报都已经从纱季小姐那里听说了吧，虚构故事的大致框架决定好了吗？”

斜坡上并排着的路灯上围绕着几只飞虫。迎面吹来温暖的夜风。

从高处往下望去，能看到零零星星的街道的灯光，远处车子的前灯交错而过。

在那之后，岩永继续询问了纱季有关事件的情报，纱季一边不情愿一边继续回答着提问，直到凌晨两点才结束。虽然属于个人整合的资料，但已经几乎包含了警方所有的搜查情报，因此不得不感谢纱季的帮忙。包括资料上没写的最新动向也都告诉了岩永。

对于九郎的问题，岩永将头上贝雷帽的位置戴正。奶油色的帽子在黑夜里尤为显眼。手杖正插在车子前面的筐里。

“为什么犯人要装成七濑花凛的样子，每天晚上攻击与她毫无关系的人？只要我愿意的话，多少动机都可以捏造得出来。像是以犯罪为乐的人或是新闻媒体想要炒作话题，或是拥有七濑花凛写真集或CD版权的公司，为了清扫库存再赚一笔而策划了事件等。但要编出一个能够吸引众人、让人相信还要具有冲击性的谎言就很难了。如果能巧妙地接上过去的时间，再耍点手段把故事弄得感人一些的话，或许吸引力会变得更强。”

“并非现实，终究只是故事性的真相吗？”

“是的。到处都是血淋淋的现实，但愿意直面的人却很少。”

只不过货真价实的幽灵单手挥舞着钢筋，这样的到底算不算是血淋淋的现实，还仍有探讨的余地。

“而接下来就是九郎学长要负责的工作了。”

“是啊，为了你的虚构故事，我会牢牢地抓住未来。为了你死几次我都愿意。”

九郎一边推着车，一边说道。平静的语气让人丝毫感觉不到视死如归的气势。虽然“为了你”这样的字眼多少有些浪漫，但不死之身、没有痛觉的九郎说出这番话来，岩永也没怎么心动。

了解到九郎身负的件的能力后，岩永也非常震惊。至今为止，件被人认为只有预言的能力，没想到实际上却是另一种程度的能力，那种能力让人恐惧。

件的预言，其实并非是述说自己看到的未来。而是决定未来变化的能力。

根据九郎的说法，未来并非只有一个。从现在的时间点向未来展望的时候，会看到很多分歧、变化，不断地衍生出无数的可能性。一切可能发生的现象都会无限制地产生分歧，像树枝一样不断地长出分枝。

无论怎样的未来，都有道路与现在连接着。什么样的未来都有可能发生。而选择了其中一条道路前进时，之前的所有分歧都会消失，使得过去变成一条单行道。身后只有一条道路，前方有无数的变化。未来无论何时都是未知且无法确定的。

因此‘预言’理论上是不可能的。既然未来有着无限的分歧，那么就没法预测某个一定会到达的分歧点。可是件却可以准确无误地预测未来。

因此，件所拥有的不是单纯预测未来的能力。

件能够在决定未来的无限分歧中选出其中一条。换句话说，件能够决定未来，可以自由到达任意的分歧点，具有能够改变未来的力量。

作为代价，件会失去自己的生命。望着所有可能发生的未来，将其收敛为其中一条，自己的生命便会燃烧殆尽。出生的同时就能见到未来，背负着决定未来的宿命，一边诅咒着自己的诞生，一边诅咒着诞生自己的世界，正是因为这样，件才会经常预言灾祸吧。

九郎也有着同样的决定未来的能力。但也不是任何未来都能随意决定，也无法随心所欲地使用能力。

首先，九郎必须在面临死亡的时候，才能看到并选择未来的分歧。身体感觉不到疼痛，或许正是生命本能对具有即死效果的透视未来之力施加的限制。直到自己变成濒死状态，才能够解除限制，在刹那之间观看并选择未来。

又或者件也是一样。并非因预言而死，而是因为濒临死亡才能够预言。透视未来也许是将死之时才会有的特权。

另外，九郎只能决定那些很可能发生，而且距离较近的未来。

一年或半年以后的未来，会因为有太多的分歧而看不到，因此无法选择。如果是可能性较低的未来，则会因为分歧距离太远而抓不住。虽然可以决定一周以后的未来，但也仅限于可能性较高的，也就是说只能尽量选择那种即使不使用能力也有可能发生，看上去很普通的未来。虽然日本盛夏时节下雪的可能性不为零，但以九郎的力量是无法选择这样的未来的。

以九郎和钢人七濑作战的时候为例。

那时的九郎在临死的时候，决定了自己躲开钢筋，用手绞住钢人脖子并折断的未来，然后再生。于是，选择的未来应验了。九郎具有躲避钢筋的速度，也有绞断脖子的力量，因此属于很可能发生的未来。

但是九郎却无法选择正面对抗打倒钢人的未来。也无法选择将其手脚斩断，将其头部用拳头打飞的未来。在那个时间点，那些事件发生的可能性都极低，如果同时发生几个巧合才可能会成真，但是九郎无法选择这样的未来。

因此，岩永要做的正是创造出可以选择的未来。正因未来是始终变化着的。虽然开始之初就存在着分歧，但可能性较高的分歧会因个人的意志或行动而产生变化。日本的盛夏季节不会下雪。但是只要准备了大量的降雪机，便可以在一定的范围内降雪。只要选择了‘准备机器’的行动，就能把这个未来变成可能发生的未来。

岩永在网上提出虚构的故事，的确是在打赌。但只要支持自己的可能性高到可以让九郎选择未来的程度，那便不是赌博，而会变成群众都在支持自己的未来。

只要做好准备，编出可以结束钢人七濑故事的谎言，那么就能打倒‘想象力的怪物’。

“九郎学长，刚才被钢人七濑杀死的时候，没有看到她被消灭的未来吗？”

岩永姑且确认一番。

“虽然是有那样的未来存在，但并不是我可以选择的，而且分歧多到根本来不及处理，光是决定能够打倒她的未来就已经用上全力了。”

“虽然没能击倒她呢。你觉得自己一个人能包办所有事情吧。”

“那是你才对吧。”

对于岩永的抱怨，九郎十分罕见地以责备的语气反驳道：

“我就算死了也能复活，你要死了就真的都没了。每次擅自行动出问题的都是你吧？”

明明丢下自己整整一周联系不上，现在却摆出一副监护人的嘴脸。

岩永气得不发一语。终于还是九郎率先问道：

“六花的事，你没跟纱季提过吧？”

“那是自然，一点也没讲过啊。”

岩永虽然想着赌气不说话，但还是老老实实地回答了。九郎自顾自地失踪一周，然后又不请自来地到访真仓坂市，都是因为这个人的缘故。听到钢人七濑的事件时，就已经产生了要出事的预感。

“那种事说了也只会让事情更加复杂。”

“是啊。还不确定六花和这件事情有关呢。”

才不会没关系呢！岩永内心想着，然而却故意没有说。想必九郎也一样，压根就没抱这种侥幸心理吧。

漫长的下坡终于到了尽头。前面的道路依然昏暗，只有深夜和白天都有人执勤的警署，在距离这里稍远处的地方，十分显眼。

“学长，你之前没想过用你决定未来的能力，去改变不必跟纱季小姐分手的未来吗？”

“我不能把能力用在这种方面啊。那样也太狡猾了。如果要用的话，那我也会首先抓住跟你分手的未来。”

“真、真是太卑鄙了！邪门歪道！”

九郎笑了起来。仿佛是毫无烦恼的，发自内心的笑容。

“即使想去抓住不必跟纱季小姐分手的未来，我想那也不在我伸手可及的范围之内。未来的变化无限且复杂，即便能抓住未来，不努力也无法前往想去的地方。想要挽回已定的大局，就需要无比强大的奇迹出现。这种能力最多只能用来避免一些小小的不幸罢了。”

“是啊。毕竟，为了挽回女友的心而不断自杀的男性，真的是很难看啊。”

“不只是好不好看的问题而已啦。”

前方的道路已经变得平缓，九郎跨坐在车椅上，重新扶住了车把。

“岩永，你不必担心，事到如今我也不认为自己能跟纱季小姐复合了。她大概也是这么想的。”

“就是这种明明两年没见还这么了解彼此的样子，让我非常不爽。”

“不然你要我怎么说？”

九郎依然是那个九郎，用温柔的预言说穿了岩永心中的疑虑。

眼前这个人真的对我有好感吗，会不会因为某些突发的契机，因为错误的温柔而远离自己而去呢？岩永如今也抱着这种不安的感情。

无论如何我都不会离开你，一定会让你幸福的。岩永希望九郎偶尔也能展现一下这样热情的话语。然而九郎对待别人的感情始终都很稀薄。

也许是因为自己的不死之身，而害怕对别人产生感情吗。他跟纱季小姐就是因此吃了苦头吧。

虽然多少明白他的感受，但是……好麻烦。

岩永自己也不能称作是普通人，却能坦诚地面对感情，可以坦然地活着。九郎也该坦诚地面对自己的感情了。

岩永将双手环在眼前的男人腰上。

“总之先回酒店吧。从这里径直往前走，在第一个红绿灯的路口右转。”

“嗯，好。”

九郎踩下了脚踏板。身下这辆有动力辅助装置的自行车毫无重量感地加速起来。岩永闭上了眼睛。右边的义眼也紧紧闭合着。

我得趁现在赶紧思考。在牺牲者出现以前，构思出能够消灭钢人七濑的虚构故事。一旦出现牺牲者的话，捏造虚构故事的条件就会变得更加严苛。这是无论如何都要避免的情况。

只要没有像纱季和九郎那样想要进行正面冲突的人，钢人七濑应该还杀不了人。虽然她挥舞钢筋的动作很快，但整体的行动速度却十分缓慢，网上也没出现会执着地追杀逃跑者的描述。

只要见到钢人七濑后就立刻逃跑，应该不会对谁的生命造成威胁。不管是谁看见穿着连衣短裙、单手拿着钢筋、没有面孔的美少女在深夜里独自徘徊，都应该会逃跑吧。就算是烂醉如泥的人也会马上清醒过来吧。就算是被钢人吓住，手脚不听使唤的人，在被逼近之前都能反应过来逃之夭夭吧。

至少今晚不会发生什么事情。但愿这个世上不存在无惧钢人七濑，还想要逮捕她的人。

次日早上，纱季如同往常一样很早就起床了。虽然躺下的时候已经是凌晨三点之后，现在还睡眼惺忪，但总不能把身边响个不停的手机放着不管。她拿起设置成默认铃声的手机，按下接听键之后放在了耳边。

话筒中传来了寺田的尸体被发现的通告，而死因是他杀。

第五章

钢人攻略战准备

九月四日周日。纱季直到下午两点才清醒过来。在此之前，虽然能够记得自己做过什么，也完成了相应的工作，但意识仍不算清醒，自己做的一切也都觉得是他人的事情。

到了下午两点，纱季意识到自己从早上起什么都没吃，却一点也不饿的时候，才终于清醒了过来。

现役刑警的尸体在市内被发现，而且还是死于他杀，这无疑是重大案件。从早上开始采访的媒体就源源不断，中午时分全国的新闻也都开始报道此事。

尸体是在郊外国道沿线上的荒废加油站被发现的。加油站是从上个月中旬停业的，因此还没被夷为平地。招牌和内部器材都已经移除，但加油站特有的仿佛四边形便当盒一般的屋顶还留在原地。偶尔可以作为避雨的场所。

距离三百米之外才有民家和商店。入夜以后，这片区域可是连车子都不会经过的死寂之地。其实地方城市的国道沿线大致都是这样的萧条景象。

寺田的尸体就仰面朝天地躺在这边废弃的加油站里。发现尸体的是驾驶私家车上班，路过国道的销售人员。那位销售人员在驾车经过的时候，注意到加油站停着一辆车，在距离车子数米的地方躺着一个人形的东西。

虽然当事人开始没有停车，但因为始终放不下心，因此掉头返回了加油站。结果便发现了尸体，因此慌忙地用手机拨打了报警电话。这些是早上六点前发生的事情。

那位销售人员对于自己无意中成为第一目击者十分后悔。他掉头返回加油站是因为担心倒下的人可能是急病发作，自己如果及时呼叫援助的话还有机会获救。怀着善意的他甚至都没想过那是一具尸体。甚至那具尸体的面部，已经被砸得血肉模糊，无法辨认了。

被害者的面部、头部因遭到钝器状的物体的击打而血肉模糊。就连接到报警驱车赶来的警察也没见过如此凄惨的现场，都强忍着胃部的恶心感。由于尸体面部被毁，原以为身份难以判断，然而尸体上携带着的手机和驾照帮了大忙，甚至还在尸体上发现了警察手册，在场的搜查员马上惊愕起来。

废弃的加油站位于纱季和寺田所在的真仓坂警署辖区之外，但在赶来现场的搜查员当中，也有认识寺田的警察。虽然尸体面部被毁，但其从事柔道而锻炼出的强健体魄相当明显，搜查员立刻将其与寺田联系在了一起。虽说无法肯定尸体一定是寺田，但发生了现役刑警遭到杀害的事，因此现场的氛围非常紧张。

现场的搜查员立刻联系上真仓坂警署，请求对方迅速对尸体身份进行验证。从尸体的体格、指纹以及曾在搜查现场中受到的伤痕等特征，很快就得出了尸体正是寺田本人的结论。通知纱季的电话也是这时候打来的。死者手机里留有跟她联络过的邮件，从内容上看应该是私事，因此搜查人员判断她与死者的私下关系比较亲密。

推测的死亡时间是四日的凌晨两点至三点间。此时纱季正和九郎他们在公寓里交谈。结合现场周围散落的血迹等证据，警方判断尸体并无被移动过的痕迹，因此断定废弃的加油站即为第一现场。

现场处于车来车往的国道沿线，因此尸体越早发现越好。说不定在第一目击人发现尸体之前，已经有人经过事件现场，说不定也有人在废弃的加油站内停过车，观察过现场的痕迹。

但是那么早的时间，即便开车经过现场，通常也不会有人会专门停车去确认。就算心有怀疑也会因不想卷入麻烦事的心理而离开。

现场所属的警署即刻设立了搜查本部，县内也派来了搜查一科的刑警。根据现场的状况，警方随之判断这并非一起单纯的事件。现役的刑警被害，面孔被毁。车子停留在原地，死者身上的钱包和贵重物品也没有任何遭到盗窃的痕迹。仅凭这几点就可以证明本次事件并不单纯。此外，死者和现场均未发现有抵抗、争斗的痕迹。而死者遭到的是从正面而来的袭击，然而从尸体上看却没有抵抗的迹象。

虽然还需要等待详细的解剖结果，也有可能会从死者体内检测出麻醉药物等痕迹，但可以确定的是，死者身上没有任何其他外伤，头部遭到的殴打正是致命伤。

寺田在县内可是达到柔道五段水平的高手，也是一位作风滴水不漏的铁汉。这样的男人真的会毫无抵抗地迎接来自正面的袭击吗？他理应会上前反制对方，或者用手臂进行防御。然而现场却没有任何有关的痕迹，这点非常可疑。

当然，也许凶手是关系亲密的人，所以没有引起死者警戒，这种可能性也是有的。又或者是被意料之外的人袭击而没能做出抵抗反应。不管是什么情况，这都不是一起简单的案件。

因此，纱季从早上就被叫去反复地问讯。与被害者之间的关系，最近谈话的内容，是否清楚对死者心存怨恨的人物，纱季昨晚的不在场证明等等，基本上该问事件关系人的，纱季全部被问到了。虽然尚不至于把她列为嫌疑人，但未雨绸缪不能忽略任何可能与事件相关的人物。

现场和事件的概要，作为警察的纱季也听说了。再结合新闻媒体的报道，纱季差不多知道了事件的所有内容。停在死者身边的车辆所有者是寺田本人，也曾被目击到深夜独自一人驾车行驶。深夜出行的理由尚且不知，但他的确驾车前往了本应空无一人的废弃加油站，下车后遭到某人所杀。现在能够掌握的事实也就到这里了。

“你还好吗？”

纱季在接受完问讯后回到工作岗位上，便着手整理手头上的通常业务文件。傍晚五点左右，组长走来关心起纱季的情况。

“嗯，没关系。我还能撑得住。”

既是前辈，又相约了下次一起去吃烤串的人突然被杀，就算说自己没关系也不会有人信，但也没有其他更好的表达方法了。

“你不用太勉强自己。寺田最近还跟我说过跟你进展顺利，开心得很呐。”

纱季回到警署之后就魂不守舍的。她努力装作平静地处理业务的样子被组长看在了眼里。组长虽然没有全部猜对，但也没差多少。

他用如同往常一样稳重的口吻继续说道：

“解剖结果也出来了。死因是脸部遭受严重碰撞而造成的脑裂伤。几乎是当场死亡。据说凶器是砖块或木材之类有着平面的钝器，但具体是什么尚未确定。死亡时间也和当初推断的一样，刑事科的那些人都紧张兮兮的。”

毕竟死者是大家敬仰的寺田。从早上开始，他的同事们就吵着想要加入搜查本部，为了死去的同事亲手逮捕犯人。但案发现场处于管辖外的区域，犯案动机也有可能是工作上的仇恨，因此真仓坂警署目前被排除在搜查本部之外，比边缘化还边缘化的位置。

另外，市内也并不是只有寺田的案件。盗窃、偷盗、伤害事件与交通事故也仍然在发生着。而且，因为寺田的事件而赶来的媒体记者增多，导致市内发生交通事故的可能性也相对增高。因此，即使是同僚惨遭杀害，警方也不能怠慢日常的工作。

因此，纱季即使心急如焚，也需要做好自己的本分工作。

“话说回来，弓原。听说寺田在调查钢人七濑的事情，是真的吗？”

“是的。接受询问的时候我也说过。不过警方好像已经掌握了这方面的信息。”

寺田对纱季之外的人也说过这件事，而且他也曾拜托别人帮他搜集市内发生过的无法解释的伤害未遂事件，因此设立搜查本部的警署里也会有人知道此事。

纱季也就没对“钢人七濑”的话题做出任何隐藏。包括寺田抱有怎样的怀疑、个人进行过怎样的搜查、自己进行了怎样的协助，全部内容都告诉了警方。

没有对警方说的，只有在暗中活跃的九郎和岩永两人，以及钢人七濑是真正的幽灵。在被问到昨晚的不在场证明，纱季也只说了自己一个人在家。因为自己有不在场证明，警方应该不会做更多调查，不过纱季也考虑到了公寓的其他住户可能会提供证词，告诉警察昨晚有两个人曾经到过自己的房间。如果真的发展到了那个地步，只能到时候再想办法了。

“难道说已经被报道出来了吗？”

刑警就亡灵与都市传说展开调查。这可不是一个好的新闻题材。虽然寺田的怀疑态度值得肯定，对于频繁发生的事件也抱有危机感，但要是被报道出来了，世间又会如何看待呢。

组长慌张地摇了摇头。

“不，还没有任何报道。只不过新闻媒体已经有将那个偶像意外身亡而衍生的都市传说，与这次寺田的案子联系起来的倾向。都是面部都遭到损毁、死亡时间都是在深夜。仅仅因为这些相同点。新闻媒体实在太不负责任了。”

是啊。寺田的死因和死亡状况和七濑花凛的案件比较相似。如果他们得到了更多的情报，绝对会将二者联系起来。继续炒作以真仓坂市为中心发生的“钢人七濑”的传闻，说不定还会在电视上成为话题。

而且，网上现在说不定已经有人毫无责任感地发表了“寺田是被钢人七濑杀死的”这类留言。

只不过，虽说是毫无责任感，但不代表观点错误。纱季心里是明白的。

因为，寺田正是被钢人七濑杀死的。

应该提高警惕的，纱季自责地想着。当初觉得正常人类遇见钢人七濑的话一定会逃跑的。面对那种不祥的异界感，手上还挥舞着钢筋的怪物，内心绝对不会平静的。只要不是像纱季这样处在自暴自弃的情况下，任何人都会逃跑吧。

恐怕昨天夜里，寺田就是为了寻找钢人七濑才会驾车巡逻的。在寺田的认知里，犯人无非是在幕后策划了扮装成钢人七濑引起社会骚乱的人类，便在可能出现的地点徘徊，运气好的话说不定还能亲手逮捕犯人。

于是，寺田行至国道的时候，找寻的人物真的现身在自己的眼前。说不定正如同纱季曾经听取过的证词那样，钢人七濑突然出现在汽车前方。寺田先是吃了一惊，然后就在国道旁的废弃加油站停下，接着下车查看情况。

面对穿着翩翩摆动的连衣裙、有着惊人的胸围、单手拿着钢筋、看不到面孔的钢人七濑，寺田应该不会有丝毫恐惧。夜间灯光昏暗，脸上再化了妆就更看不清了，手里的钢筋恐怕也不是真货，寺田应该是这么想的。所以寺田步步逼近诞生于想象力的亡灵——钢人七濑，准备实施逮捕。

结果就如同纱季第一次遇见她的时候那样。普通人类无法触碰到亡灵。即便躲过了钢筋的挥舞，然而对方的身体却如同雾气一般，自己根本无法击中。肯定是被出乎意料的情况惊呆了，才会在毫无抵抗的情况下，遭受到来自正面的攻击最终身亡。

因此，现场没能留下抵抗争斗的痕迹、更不会留下犯人的毛发和衣服的痕迹。触碰不到的对手，根本无法战斗，亡灵更不会掉落纤维和毛发。寺田的确是一名十分老练的刑警，但也无法轻易接受亡灵存在的事实。过于出乎意料的现实挡在面前，因混乱而无法行动也是很有可能的。

当钢筋对着自己挥舞过来的时候，寺田也预感到了自己即将死亡吧。但可能还在失魂落魄地想着“怎么可能”吧。

“寺田那样的人物，竟然会被人正面砸死，到底发生了什么呢？”

从组长的语气看来，似乎依然还不敢相信寺田已死的事实。

“都怪我，要是我能更加重视一些的话……”

纱季不禁吐露了自己的心声。在知道真相的情况下，还让牺牲者出现了，强烈的自责感让纱季恨不得被谁痛骂一顿才好。

“这不是你的错。”

“但是……我一直都对寺田先生很冷漠。”

无法说出真相的纱季，只能说出另一件事代替。

“就连寺田先生的名字叫“德之助”，都是刚才知道的。”

周围的同事因为职务原因都叫他“寺田”，纱季也就跟着叫了。纱季在接受问询的时候才得知了他的全名，依然无法接受事实的她直到现在依然没什么真实感。对于想跟自己培养感情的男性毫无兴趣，甚至连对方的名字都不知道。

组长露出了苦笑。

“没办法啊，他自己也很讨厌这个名字。说这个名字既过时又不够严谨什么的。因此不管是自报姓名还是被称呼都非常讨厌，不知道他名字的人也很多。”

轻轻拍了拍纱季的背部，组长回到了自己的办公桌前。他刚才在拍的时候稍稍用了点力气。虽然纱季既无法参加事件的搜查，也不会有人询问她的意见，但是作为在交通课任职的年轻警察，必须要振作起来。

警察无法逮捕真正的凶手。无论是钢人七濑，还是任其诞生的几十万人的妄想。在事件发生的同时，事件也就走入了迷宫。能够制裁那个怪物的，唯有知道真相并拥有与之对应力量的人。

就在刚才，钟表的时针刚过下午两点的时候，纱季的手机收到了一封邮件。邮件是岩永琴子发来的。昨天晚上，为了今后的搜查，纱季只和岩永一个人交换了联系方式。

那位单眼单足，自称妖怪们的智慧之神的女孩，在听说如今的事态之后又会怎么想呢。她当初的计划现如今也被大幅度打乱了。

如果昨晚之前，只要虚构出是谁为什么要打扮成钢人七濑的样子，在市内引发骚动就好了。事件规模也能够控制在伤害未遂的程度。即便不引起警方的注意，也能随意捏造“真相”并在网上留言。理论上是没有任何问题的。既然岩永虚构的故事和警方的行动无关，也就省事多了。

但现如今，发生了跟钢人七濑相关的杀人事件。警方也相当重视，开始了正式的搜查行动。在这种状况下，能够合理地引导毫无责任感的妄想，虚构出既非真相又可以解释事件的故事来吗？

拙劣的虚构会和警方掌握的证据矛盾，更无法引导妄想的导向。而且已经发生杀人事件的当下，能够促成“钢人七濑”犯罪的动机也就无法轻易地解释为愉悦犯了。更何况被害者还是一位身体强壮的刑警，虚构出能够轻易杀死死者的犯人也变得更加困难。即使是虚构出犯人，要是警方没有逮捕或没有接纳的话，虚构的可信度也会消失。

虽然九郎可以利用他的能力决定想要的未来，无法被多数人所接受的虚构，九郎也是无法触碰到的。纱季听岩永这么说过。

不知是不是在担心纱季，岩永发来的邮件非常简短。“告诉我详细情况”，只有短短几个字。后面还留下了酒店的名字和房间号。纱季回了她一句忙完工作过去，就把手机盖合上了。

那个女孩，到底有没有主意呢。

之前的一场雨是什么时候下的呢。大学里面不显眼的地方放有几把对全员开放，坐起来很舒服的长椅。在下雨的时候，逃课去长椅处，一边听着雨声一边睡觉，对岩永来说是最开心的事情。不过，不被任何人打扰、不用担心被袭击，在九郎的身边更加开心。

像那样伴随着雨声放心安睡，上一次是什么时候呢。

岩永穿着裙子，右腿盘起地坐在双人床上，操作着随身携带的笔记本电脑。岩永左腿的义足已被取下，放在并排的两个枕头的旁边，义足上还套着长筒袜，仿佛萝卜一样。

岩永从早上便盯着电脑的显示屏。义眼也已经取下，凹陷的右眼被刘海遮挡，因此一直都在用左眼查阅情报。

她的周围散落着 B5 尺寸的活页纸，纸上也都做了潦草的记录。不仅床上，地面上也散落了很多纸张。她一边汇总从纱季那里得来的情报，一边照对网上的情报，并挑选出可以使用的内容。

岩永现在十分焦急，焦急到回想起自己舒舒服服地睡觉的时候。

她从早上就在查找与钢人七濑有关的留言，随时汇总笔记。此时在网上更新出了一位名叫寺田刑警的死讯。岩永非常确定这是钢人七濑所犯下的罪行。而在此时，网上也有人怀疑是偶像的亡灵终于杀人，进入了白热化的讨论。

电视台的综合节目也联想起了七濑花凛的死亡，因此不出半天，这起案件便成为了全国人民讨论的话题。与昨晚相比，网上留言的数量增长了十倍。

“岩永，稍微休息一下吧。”

电脑页面下半部分显示的时间是十八时三十一分。岩永听见九郎的声音后抬起了头，转向了他。九郎手中拿着一个绑着金色蝴蝶结的黑色盒子，走向了双人床。

岩永住的房间是双人房，这是一间配有浴室与卫生间，家电齐备，既可以舒舒服服地休息，又适合商业用途的房间。岩永独居的时候也住的是双人间。九郎来了以后可以马上住进来，更重要的是单人间的床睡不舒服。不过，后来九郎执意要跟她分房睡，房间也就没有任何变化。

昨天晚上，九郎订了同家酒店的单人间住了下来。两人稍微睡了四个小时，就起来吃了早饭，开始进行情报的整理，然而新的事件让情报的取舍变得更加复杂了。

完全是走投无路的状况。再过不到片刻，怪物横行的夜幕就会降临。

“来，补充点糖分吧。”

九郎解开了盒子上的丝带，盒子里是一格一格整齐排列着的巧克力。他用手拿起了一块方块状的巧克力，向着岩永的嘴边递了过去。岩永没有用手，而是直接吃进了嘴巴里，舌头来回舔着融化了的奶油。

“有些黏滑滑的，甜得让人有点饿。”

九郎避开散乱的活页纸，把盒子放在岩永膝盖的旁边，自己则坐在了床的边缘。

“网站上的动向还是老样子吗？”

“是啊。将这次的事件当作钢人七濑所为，认可钢人七濑存在的意见目前处于优势。”

岩永自己从盒子里捏出了一块巧克力放在口中，随后灵活地控制鼠标移动。九郎盯着电脑的页面，发现有几个留言板上都在讨论钢人七濑相关的话题，但话题最集中的留言板，无疑还是“钢人七濑情报综合网站”。

在媒体报道寺田刑警的死讯后，仅仅过了一个小时便有人猜测这是钢人七濑所为。随着追加情报的增加，越来越多的人开始支持之前的猜测。

相对地，以前相信亡灵钢人七濑存在的人，在事件发生后反而感到恐惧，居然否定起了钢人七濑的存在，并表示将现实中的死者和亡灵或异常现象混为一谈是不谨慎的做法。话说那些把钢人七濑和杀人联系起来的人里，既有未经深思熟虑的，也有冷静地陈述意见的，因此网上的风向也不是一边倒的情况。

但在大趋势上面，越来越多的人逐渐倾向支持钢人七濑是实际存在的亡灵。

“在真仓坂市目击到钢人七濑、被钢人七濑袭击——这样的留言频繁地出现在留言板上的时候，发生了这起杀人事件。也是最糟糕的时间点。现在只要在网上搜索一下被害者的名字，就能查到他过去曾被选为奥运会柔道项目候补选手的新闻。这样的人会在毫无打斗的痕迹下被人砸烂了脸，从道理上说不通。因此很容易让人联想到是拿着钢筋的亡灵所犯下的罪行。”

不管网上的人怎么想，事实上的确是钢人七濑干的。

“‘终于有人被杀了！’‘出现亡灵的地点只有真仓坂市吗？’‘赶快找人驱魔啊！’‘第一个被杀的是警察，肯定是因为七濑花凛对于警方当初的搜查不满吧！’‘明明不是事故，还是被断定为事故，这是七濑花凛的怨恨吧！’‘要是遇上钢人七濑的话，无论逃多远都会被一直追着哦。’‘听说只要拿着七濑花凛的CD和写真就能得救！’‘现在那些都在被高价拍卖呢！’‘就算是幽灵也行，让我摸摸那对大胸吧！’‘你摸之前就会被打死吧。’‘啊啊，那就正如我所愿了。’——

留言板上不断持续着这样的言论。”

“确实，那对胸部很有弹性呢。”

“你摸了吗？你控制住她的时候，还抓了她的胸部吗？”

“那时候哪有这样的闲情逸致啊。”

“只要选择一个能抓住她胸部的未来，对你来说不是很简单吗。根本就是轻轻松松吧！”

“如果我有那么重视胸部大小的话，就不会跟纱季小姐或是你交往了。”

“对于那种万里挑一的女性特有的脂肪块，偶然也想体会一次不同的触感——你敢对着天照大人发誓你从来没有过那种邪念吗？”

“你到底在纠结什么啊。”

由于网上有部分留言突然围绕着女性胸部展开了讨论，甚至还有人讨论起七濑花凛的写真照。岩永才忍不住发了火。

“抱歉失礼了。有人再次上传并分析了关于七濑花凛意外死亡的详情，以及其后一段时间的反应，但就是无法说服别人相信钢人七濑只是谣言。支持亡灵存在的那一派变得越来越多。虽然不知道其中有多少人真的那么想，但即便只是抱有‘要是存在就有趣了’的想法，也同样具有诞生出怪物的效果。”

就算如此，优势派也太过于优势了。

在现代社会中，传闻被当作话题持续发酵，而且朝着争议越来越少的方向发展，本来是不可能的事。就算没有异议、话题也没降温，随着事件发展也会涌现出更多的认为凶手是模仿犯或愉悦犯的主张。

虽说传闻向钢人七濑这种情况发展的可能性也是有的，但也只存在理论上的可能。可是如今，天秤已经过了倾斜。从钢人七濑的传闻开始传播的时候，支持亡灵存在的言论就特别受到优待，仿佛有谁决定着未来一样。

岩永又拿了块巧克力放入嘴中，拇指贴在唇上。

“学长，我就跟你直说吧。”

“什么？”

“这个事件的背后，六花小姐在积极地参与着。不，应该说，六花小姐就是整个事件的核心。”

对于岩永的摊牌，九郎既没有责备也没有反驳。

“我明白。都闹出人命了，我不会袒护着她的。”

九郎表情僵硬地答道。如果到了紧要关头，自己真的可以不去袒护她吗？九郎没有自信。

他的态度虽然让岩永不快，但是人心不随愿，即使自己再怨恨也没用。当然，这也是樱川九郎的人格特征之一。

岩永正考虑着该怎样回答的时候，听到房门处传来了敲门声。慎重如公务一般，间隔时间相等的敲门声，听起来像是酒店工作人员，但从时间上来看，应该是纱季来了吧。

九郎站起来准备去开门，岩永也慌忙地装上义眼和义足。对此九郎心里也有数，他等岩永打扮整齐了才开门迎进纱季。

“抱歉，我来晚了。”

纱季还如同昨晚一样，穿着灰色的西装。不管是从她站立的姿态，还是从她的声音，都仿佛像是刚参加完亲属的葬礼，顺道过来拜访一般。

“彼此彼此，让你百忙之中过来，我们也很过意不去。”

岩永坐在床的边缘，一边收集着周围散落的活页纸，一边微微地低头示意。九郎让纱季坐到椅子上，自己则眉头紧皱。

“你还好吧，纱季小姐？那位遇害的寺田刑警，就是你昨天提到的那位私下里调查钢人七濑的刑警吧。你们应该很熟吧？”

即使分手的时间很长，但九郎对于前女友的变化依然很敏感。如果是在交往的时候，九郎一般会伸手摸摸她的脸，或是抱一抱她的肩膀。纱季的嘴角露出了一丝笑意。

“我没事。虽然很熟，但是也没怎么受到刺激，只是稍稍有些难以接受罢了。”

虽然“没关系”很难说出口，但从纱季的口气看来，自己不希望再谈论这个话题。纱季本人也立刻进入正题。

“关于寺田先生的死，犯人就是钢人七濑没错吧？”

“也有妖怪目击到了犯罪现场。杀死那位名叫寺田刑警的人，就是钢人七濑。”

岩永虽然从早上开始就一直待在房间里，但是有幽灵和妖怪前来告诉了她不少警方没有的情报。钢人七濑总是会在那些人烟稀少的地方出现，因此也多为那些非人之物的潜伏之处。而且，岩永在收集钢人七濑情报的事情也广为周知，能够帮得上忙的非人之物都在市内四处搜寻钢人七濑可能出现的地方。

其中，就有亲眼目睹了行凶之后离开现场的钢人七濑。如果那位妖怪能够早点到达现场，也许可以发出警告让寺田逃离。但寺田是否能够听得懂妖怪魔物的声音，就不得而知了。

纱季也推测犯人十有八九就是钢人七濑。她不快地用一只手紧紧地握住另一只胳膊。

“我问个可能有点愚蠢的问题，寺田先生会变成幽灵在附近飘荡吗？”

“不是所有死者都会变成鬼魂。更何况，没能变成孤魂野鬼对死者来说才比较幸运吧。”

死后依然对世间怀有执念，远远眺望人世间，飘荡在阴阳两界。可不是一个正直地生活的人死后该选择的道路。

但是，对于想要和妖怪魔物一刀两断的纱季来说，问出刚才那句话的原因，可能是还有什么话想要对寺田说，或者想要对他道歉，因此才会想着他变成幽灵的可能性吧。

仿佛接受岩永的解释一般，纱季长舒了一口气。

“是啊，果然是个傻问题。总之，寺田先生被杀害对事态的影响很大吧。”

“是的。事实上如果这个犯人不是钢人七濑的话，那么情况对我们就有利了。钢人七濑犯下杀人案的观点虽然会引发热议，但只要警方逮捕了普通人类的犯人，话题就会自然成为谎言，就会瞬间失去热度。同时，钢人七濑犯下罪行的观点也会遭到否定，抓住人类犯人的话，不仅钢人七濑传闻的可信度也会降低，还会导致整个话题的降温。”

在刚刚得知寺田被杀事件的时候，岩永还期待着这样的展开。如果是这样的话，只要逮捕杀害寺田的真凶就可以了，自己不用再费心思去虚构一个故事，也不会妨碍到警方的搜查。

拥有妖怪的情报网的岩永，即便不用进行推理或搜查，也能够收集到与犯人有关的情报，只要身在市内，就能够很快接近真相。

虽然同情被杀害的寺田，但正因为这起杀人事件，让攻略钢人七濑的难度下降到简单的层次。

“即使逮捕了犯人，也有主张警方抓错了人，依然相信钢人七濑是真的亡灵。这样的人还会有的，但那个时候，在大部分人的观念里，只会认为钢人七濑是谣言中的架空怪人。九郎前辈也就能够轻松地决定自己所期望的未来，也能消灭钢人七濑。但事实上，真凶就是钢人七濑。”

这位犯人无法被警察抓捕，还是那些毫无责任感的妄想所期盼的现实。更可怕的是妄想获得了新的材料，变得更加强大了。

时间已经接近晚上七点。比起拉开窗帘的窗户外透射而入的自然光线，室内的灯光都显得明亮许多。灯光照在四肢上，清楚地留下了投影。

岩永心情十分焦急。

“在这样的情况下，就算我们捏造出一个假的真相，警方也不可能相信这种半吊子的解释，毕竟发生了杀人事件。如果不注意前后的一致性，可能就会出现矛盾的情报，使得条件变得更加苛刻。”

寺田刑警的事件本身，如果说是人类犯下的罪行，也会出现很多难以解释的问题。对于那些问题，捏造出合理的解释是存在瓶颈的。这点纱季也很清楚。

而且，对于岩永来说，还有更加重大的危机。

“但是，更严重的问题在于，妄想使得钢人七濑的凶暴性大幅度增加了。由于犯下了杀人案，导致钢人七濑在这半天里一直处于舆论中心，现在已经转变为会追杀目标猎物的凶恶怪物。”

截至目前的亡灵钢人七濑，都只是令人们感到恐惧的存在。而如今则变成了无情地砸碎人类头部的怪物，这都是人类妄想的结果。

“再这么下去，今晚肯定还会有新的牺牲者出现。而且可能还不只一两个，说不好今晚可能会有数十人被杀。她挥舞钢筋的样子更可能会被人拍下来。”

纱季还没有考虑到钢人七濑会犯下新的杀人事件，而且她以为状况只会缓慢地恶化。在听到岩永的话以后，脸色一变，声音也变得嘶哑起来。

“这……怎么会？”

“怪物正在急速地成长。妄想正朝着更加过火的方向膨胀着。现在已经演变成全国性的话题了。说不定会有那些好奇心旺盛，想要寻找钢人七濑，夜里在市内徘徊的学生团体。也可能会有那些不成熟的成年人在网上互相留言，集合探险。还可能会有那些想要验证钢人七濑是否真实存在的电视台记者。他们要是碰上钢人七濑的话，一定会被全部杀死。”

对岩永所说的那些人，无论怎样的牵制或阻碍手段都是不存在的。

即使出动全市所有的妖怪魔物，也不能使遭遇到钢人七濑的人全员脱离危险。只要一个晚上，都市传说的怪人就会变成大型虐杀事件的主角。

站在纱季旁边，手搭在椅子靠背上的九郎叹了口气。

“现在有很多地方都装有监视摄像头。如果今晚某个摄像头里出现了钢人七濑，恐怕明天全国都会传播开吧。通过影像传播会导致钢人七濑更加广为人知，其存在感也会进一步加强。到时候就会变成连使用合理的虚构也无法消灭的存在。”

“那会变成什么样子？到时大家还会妄想着钢人七濑的存在吗？明明现实中已经有数十人流血身亡，还会继续希望是亡灵的作为吗？”

纱季愕然说道。人类竟然会期盼危害自己现实生活的东西存在，简直不可置信。

但是，人类就是这样的生物。他们经常会把自己当成恐怖的对象。

“算是无意识的希望吧。但到了那个地步，很多人都会下意识把钢人七濑当成可怕的亡灵。即使嘴上说自己不相信，也还是会双手合十祈祷自己不要被攻击吧。”

如果这样的话，钢人七濑在现实的存在就会更加稳固。从虚构中诞生，由人类的期望中获得养分的怪物，会被冠以“不死怪物”之名流传下来。

岩永的解释让纱季不禁扶额。如果不是坐在椅子上，自己的双腿应该已经开始打软了。

“太疯狂了。现实真的会如此轻易地被谣言攻破吗？”

虽然这并非易事，但现实的确很容易受到谣言的影响。

“所以必须要有人来保护我们的现实才行。”

不管是谁都行。但眼下能够保护现实的，只有那些妖怪、怪物、魔物、妖魔的神和巫女岩永。

“纱季小姐，今晚特别关键。如果今晚没有消灭钢人七濑，那个亡灵今后会获得什么样的力量根本无法估计。说不定，不断膨胀的妄想会导致世人所希望的‘钢人七濑为了对逼死自己的人们复仇，终于变得巨大而可以用钢筋摧毁高楼大厦’这种离谱的现实。钢人七濑的力量也可能被增强，变成‘大钢人七濑’的存在。”

“大，大钢人……七濑……”

虽然刚才岩永说的好像是一句玩笑话，但是现实偶尔就会出现玩笑一般的结局。事实上，现实比小说更加奇妙，就算发生怎样的血色喜剧也不奇怪。

纱季看了一眼时间。

“已经七点多了？今晚是关键的话，那没剩多少时间了。”

从以往发生过的事件来看，钢人七濑的活动时间是在晚上十点以后。还有一点时间考虑。

岩永重新看向纱季。

“纱季小姐，请提供线索给我。能够打倒钢人七濑的合理虚构，必须要有真相掺杂其中。警方关于寺田先生的搜查，目前进行到什么程度了？”

不能通过长相判断一个人。无论眼前的小姑娘再怎么年幼，再怎么像富家的大小姐。无论她的头发再怎么富有光泽而柔顺，手中的手杖上的小猫配饰再怎么可爱。就算她是自己前男友的女友，也不可否认她的内心远比纱季冷静强大。

她严肃地睁着左眼，表情也泛着疲惫，眼神却比以往更加锐利。她集中精力思考所产生的余波，甚至影响了整个房间的气氛。纱季仅仅是坐着就能感到一阵压抑，甚至想要打开窗户缓解一下紧张的气氛。

然而对于房间里混乱的空气，九郎却仿佛毫无感觉似的，从冰箱里拿出茶来倒在事先准备好的杯中，并为女士们端了过来。岩永像是习惯了自身散发出的紧张氛围，或是只是迟钝地没有察觉。九郎在高中时期就很迟钝，在第三次的约会时也发生过类似的事情。纱季甚至开始胡思乱想。

岩永坐在大床的边缘，如弥勒菩萨般将一条腿盘起，听着纱季从警署内获得的情报，以及纱季和寺田以前交谈过的相关内容。偶尔拿起地上或床上的活页纸加以参考，偶尔一边操纵触摸板一边看着电脑屏幕。同时也没有忽略对纱季的观察。

“那位寺田先生的体内没检测出药物或酒精的反应吧？”

“因为现场没有抵抗的痕迹，因此警方怀疑寺田可能因为烂醉而无法反抗，或是因药物而失去意识，或是先被毒药杀害之后再进行毁容。可是检测之后却没有发现任何药物反应。寺田是处于正常的意识状态下，没有进行任何抵抗或回避，被正面而来的攻击击中致死。”

“越来越符合七濑花凛的死亡状况了呢。她也是从正面受到倒下钢筋的冲击而死的。媒体在报道里虽也提到了被害者没有服用过药物或酒精，但在网上却就被害者是否在普通状态下被杀进行了一番讨论。”

“并不是因为警方的情报泄露，而是因为那样才更像是钢人七濑搞的鬼吗？”

“是的。在人们的通常认知里，人类无法抵抗亡灵，轻易就会被杀害。有的报道也曾写到被害者的车子就停在旁边，因此被害者也不大可能会酒驾。”

因此，捏造杀害寺田的犯人的时候，被害者毫无抵抗地被杀无疑是很大的障碍。有柔道段位的刑警是怎样毫无抵抗地被打死的呢。这样的死亡状况，无疑增强了钢人七濑所犯下罪行的可信度，而且与七濑花凛的死亡也有相似之处，让人不由得联想到亡灵作案。如果不能解释这一点，那么就无法推翻亡灵的罪行这一事实。

给两位女士递过茶杯以后，坐在另一张椅子上的思考的九郎突然插了一句。

“犯人开车将喝到烂醉的被害者载到现场，把他搬下车之后打死，然后再把车子留下徒步离开现场。这种假设有说服力吗？”

虽然寺田的体内并未检测出酒精，车内也没有其他人驾驶过的痕迹。如果没有类似报道的话，这样的说法也能够成立。

“虽然这样的谎言并非无法使用，但有两项与事实相矛盾的要素无疑是一把双刃剑。我们无法确定今后警方会对外公开多少情报，不该使用那些只要警方公布就会被推翻的假设。”

岩永用手撑住脸颊回答道。这是她沉思时候的小动作。

在网络上，有不少将谎言当做现实，而将真相当做谎言的情况。

明明没有检测出酒精，却认为一定有酒精的反应；明明车内没有他人驾驶的痕迹，却认为方向盘上检测出被害者以外的指纹——网上有可能出现类似的情况。

然而若是情报源不可靠，而且属于理所应当的假设。那么，这样的假设能够有多少人支持呢。不仅风险过高，而且很有可能徒劳无功。

“关键在于每一个证据都在指向是钢人七濑。这也是理所应当的，因为犯人本来就是她。”

岩永用手抵着两边的太阳穴，小声地说道。九郎也点头表示赞同。

“但是要打倒钢人七濑的话，就需要钢人七濑以外的犯人。”

听了九郎的话，纱季好像想到了什么主意。

“虚构的犯人也不一定非得是一个人，不是同一犯也可以吧？杀害寺田的犯人与之前连续伤害未遂的犯人并非同一个犯人，这样的假设也可以成立吧？”

对于纱季的提案，九郎也接着补充道。

“杀害寺田刑警的犯人利用钢人七濑的传闻的风波，杀死了被害者之后并装成是钢人七濑的所为，这样吗？”

“但是如此一来，就必须要解释‘犯人为什么要假装成钢人七濑犯下罪行’。即便将杀人归罪到都市传说的怪人身上，警察也不会相信，还需要其他合理的解释。唉，这样就必须要对伤害未遂事件与同一犯的事进行解释？”

岩永捏着挡在右眼前面的刘海。大概是经常这么做的缘故，那头柔顺微卷的头发，只有那一块的头发被压得较扁。

这与实际发生犯罪的理由相违，从感情上也难以理解，就算抓到了犯人问出口供，也会出现很多无法解释的矛盾。

从犯人的角度来说，装成钢人七濑犯罪的理由，可能在模仿亡灵的行为，可能是为了扰乱警方的搜查，也可能是看起来比较帅气。这类莫名其妙的动机也是存在的。实际上，在大多数的情况下，犯罪不会有什么浪漫或是戏剧性的理由和必然性。

但是人们追求故事性的浪漫情节，在现实中也是那样期待的。因此打倒钢人七濑所需的，正是能够回应他们期望的虚构故事。

“寺田刑警的死与钢人七濑几乎没有关系，只不过是跟寺田刑警有私人恩怨的犯人刚好杀死了他，碰巧死亡状况和七濑花凛很相似罢了……这样的解释说得通吗？即使无法确定真正的犯人，但只要提出突发犯罪的理论，就能够将这起命案与钢人七濑分离开来。接下来只要说明犯下伤害未遂的动机就行了,能够假设的范围应该能比较广吧。”

“不，以分割困难的法则来处理固然是比较现实的对策，但想要完全分割开来还是不可能的。相较于事件是必然发生的解释，人们肯定会对‘偶然发生的相似事件’这种解释失望的。”

“但也有因为是偶然发生才显得有趣的情况啊。”

“看怎么用吧。根据时机和场合，可以分为人们希望发生的偶然，发生后会很有趣的偶然，以及发生后没趣的偶然。而在钢人七濑的事件中，因为两起事件的关联，人们并不期待偶然的发生。”

九郎和岩永正不断地分析和推论。

他们的推理可以描绘出正确的画面吗。对于眼前的所有问题，他们能够用手头上的资料虚构出合理的解释，并成功地指出犯人吗？

不，用“正确”这样的字眼本身就很奇怪。犯人也本身并不存在。

实际的事件里，只要基于准确的资料与严谨的推理便可以得出真相。真相只有一个。即使再怎么想隐藏也没用，根据正确的理论就可以让真相大白于天下。

但是岩永在做的是虚构出不存在的犯人和虚假的真相。从现有的资料中，虚构出让人觉得“原来这样也可行啊”的答案。原本不存在的东西，要怎么样通过理论去发掘呢？

为了做到这些，所需要的并非推理。而是更加不同的东西。

这是那个“不准过桥”的问题。既然不能过桥的话，那么从中间走就可以了*。

没错，这根本不是推理，而是脑筋急转弯。

纱季意识到自己正在思考无聊的问题，而用手指戳着眉间时，岩永则用手捧着两颊，眼神可怕。

“进展不顺啊。对于事件中存在的谜团，‘钢人七濑’的存在感和解释太过有力。即使能够合理地解释谜团，过于复杂或无趣的解释也毫无意义。能够简单合理地解释，而且还具有说服力的虚构实在是困难。”

岩永需要解释的谜团，即是为了达到胜利目标所需要解决的问题。

为什么被认为是七濑花凛的亡灵钢人七濑要犯下连续伤害未遂

---

* 日语里的“桥”和“两侧”同音，因此“不准过桥”也可以理解成“不准走两侧”。

事件？

犯下连续伤害未遂事件的人是谁？

真仓坂警署巡查部长，寺田德之助为何会被杀害？

为何寺田毫无抵抗地遭到杀害？

杀害寺田的犯人究竟是谁？

而且，就算岩永解决了上述问题，也并非可以高枕无忧。为了解释和解决事件，针对自己的虚构，还需要解决如下的问题。

指出的犯人不能被警方逮捕。

不仅不能被逮捕，也不能因为自己的指认对于实际存在的人们造成过大的伤害。

此外，还需要有多数人赞同自己的解释。

就算是为了阻止将来有可能发生的钢人七濑的虐杀，也不能陷害无辜的人，将其当成解决事件的牺牲品。纱季作为警察无法坐视不管。而且也会产生其他的问题。

因为自己的推理和犯人都是虚构的，因此一旦警方认真调查的话，谎言立刻会被推翻的可能性很高。这样会使钢人七濑再度复活。因此，必须避免虚构的犯人被逮捕的事态。

这样整理下来的话，岩永所面临的难题简直如同不可翻越的高山。她必须针对警方已经出动，事件广为人知的情况下，虚构出一个不用逮捕犯人，不会给相关人士造成困扰，而且在今晚就能被大多数人所认可的解释。

就算九郎决定未来的能力再怎么有用，对于岩永来说依然是严苛的挑战。

“岩永，如果一个解决方案无法解决的话，那么多准备几个不就好了吗？”

就在这时，坐在椅子上的九郎说道。

“钢人七濑也并非一朝一夕诞生的，在变得足以杀人之前，也进行过反复的尝试。架设用来产生传闻的网站，慢慢编写能够吸引人们的留言和话题。为了防止话题中断，防止讨论者失去兴趣，始作俑者使用了各种手段吧。不然就无法在短时间内诞生出如今的‘想象力的怪物’。”

纱季仿佛是注意到了某些重点，沉默地思考起来。在岩永的心中，仿佛有什么被串了起来。

“解决方案并非只有一种。你刚才不是也说过吗？要把困难分割开来。只要循序渐进，让现实、让几十万的妄想，一点一点接近你所想要的结果就行。在你成功之前，我会反复去挑战可能发生的未来。”

“那样的话，学长就要死好多次呢。啊，你昨天说你有这个打算吧？”

“没错。”

在此之后，岩永又维持着一动不动的姿势许久。她坐在床边上，宛如真的弥勒菩萨一般，陷入沉思。从昨晚直到纱季来到酒店为止，甚至纱季到达酒店以后，岩永也一直在用她小小的脑袋不断分析着情报。试图找出哪些情报能够派上用场，能够给人留下什么印象。哪些情报能把真的变成假的，假的变成真的。哪些能把不确定的变成确定的……

将存在于现实的扭曲的积木组合在一起，要怎么做才能够创造出实际上不存在的过去呢。将虚构加以打造的空虚的工作，比起追求真相的侦探更加残酷，更加荒谬。

九郎的一句话提供了方向，一口气完成吧。

岩永的一只手缓缓地伸向床边放着的黑色盒子。那是九郎带来的巧克力。她从盒子里随手拿起一块巧克力，头部和左眼一动不动，将巧克力放进嘴中。

“嗯，好甜啊。”

纱季旁边的九郎站了起来。

“行得通吗？”

“行得通。我准备了四种解决方案。我要靠这些来把真相变成我想要的样子。”

岩永一边嚼着口中的巧克力，一边点头道。

四种方案。纱季十分头疼的那些问题，岩永竟然可以想出四种解决方案？

况且真的需要那么多方案吗。同时提出多个解决方案，反而容易遭到怀疑吧。毕竟，岩永所提出的方案都是谎言。

岩永突然转向了纱季。她的脸上不带一丝笑意，而是仿佛锁定了猎物的猛禽张开了翅膀一般，露出了犀利的眼神。

“今天晚上，一定可以打倒钢人七濑。”

果然人不可貌相。纱季虽然在椅子上坐着，面对岩永所散发出的威压，自己好像要向后摔倒一般。相对地，九郎却走到岩永的身边，仿佛是犒劳一般地摸了摸她的头。

虽然忍不住想要生气，却又对不争气的自己发火的纱季，鼻子轻轻地哼了一声，靠在了椅背上，摸着比自己学生时期短了许多的头发。她再次认识到，自己已经跟九郎分手两年多了。

现在的时间是晚上七点三十分。

阻止怪物的时限，已经越来越接近了。

“很长时间了吗？”

“什么时间？”

“你和那个女孩交往的时间。”

纱季和九郎在电梯前面，等着电梯到达他们所在的七楼。岩永在说完‘我稍微睡一会，麻烦九点前叫我起床。如果在那以前有人通报钢人七濑出现的话，就直接叫我起床’之后，立刻便陷入了深深的沉睡中。根据九郎所说，岩永从早上便一直集中注意力思考，因此现在像被抽去电池而停止活动的玩具一样也毫不奇怪。

市内的妖怪和魔物们也都接到指令，只要发现钢人七濑出现就向岩永或九郎报告，如果有人被袭击就去协助他们逃跑。如果接到通报的话，九郎就可以第一时间赶去现场，并阻止钢人七濑前往其他地方。拥有不死之身的九郎，可以和钢人七濑持续缠斗一整晚，这样便不会出现其他牺牲者。

即使钢人七濑可能会在战斗的过程中，察觉到对手是不死之身而不耐烦，化作烟雾逃走，但只要利用市内妖怪们的情报网，便可以再次发现她并前往阻止。虽然根据岩永的假设，钢人七濑已经变成了会追杀目标到天涯海角的怪人，但为了不再出现牺牲者，这也是最好的办法了。

于是，纱季的任务就是驾车载着九郎奔赴现场。岩永一开始也是这么打算的，所以今天才叫她过来。因为纱季在交通科工作，对于市区的地理和道路都非常了解，也可以选择最短的路线赶往现场，这应该就是岩永的考虑。

同时，岩永也租了汽车，停在酒店的停车场内。纱季同样也不希望有牺牲者出现，因此没有拒绝任务的理由。虽然对黑夜和妖怪心存恐惧，倘若不能靠自己克服心理障碍的话，这一辈子，也许来生也会继续害怕这些妖魔鬼怪吧。

九郎一边盯着电梯前面显示屏上的楼层数字，一边侧头思考着。仿佛是在苦思冥想该怎么回答纱季刚才的问题。

“遇见她之后，差不多过了两年半左右吧。”

“和我分手之后立刻就……”

“是岩永她在五月主动找我搭讪的，而且我们也没有马上就开始交往。我原本对她完全没有那方面的意思。”

“就算你在我们分手以后马上就和别人交往，我也没有抱怨的资格。但我相信你说的是真话。因为那姑娘完全不是你喜欢的类型。”

“是啊，一点没错。”

九郎仿佛很丢脸一般，用右手摸了摸脸颊。他作为当事人，也偶尔会被人问道为什么要和那种女孩交往，甚至有时候还会被人怀疑。

虽然不清楚交往后发生的事情，但从他们这两天的表现来看，相处得其实蛮不错。岩永陷入沉睡之后，九郎把手提电脑的电源关上，又整理了一番屋子，还为岩永准备了起床后的食物，才跟纱季商量接下去吃点什么东西，离开了房间。在此期间，为了不妨碍岩永的睡眠，九郎的动作和声音一直都非常轻柔，就连关门的动作也十分缓慢。

虽然互相都说着不满和讨厌的话，但两人关系相当不错。对于不知道该怎么跟恋人好好相处，就连喜欢上她的人都已经遇害的纱季来说，不免有些吃醋，甚至让她想说一些坏心眼的话。

“这不是挺好的吗。毕竟追逐着六花小姐的身影,也不是一件好事。”

九郎此时却汗毛竖立一般，露出一脸惊讶的表情。

“为什么会突然提到六花小姐？”

“因为九郎君你喜欢的女性，不就是六花小姐那样的吗？”

伴随着一声提示音，电梯终于到达。电梯门向两侧打开，两人眼前是一片无人的空间。纱季先行步入电梯，九郎慌忙地跟了进去，按下了一楼的按钮。

樱川六花。她就是那位在大学医院长期住院的九郎的堂姐。为何她会在大学医院里长期住院，纱季还尚不清楚。

纱季和六花大概只见过五次。虽然她曾经旁敲侧击地询问过住院的原因，但只知道她是为了住院进行检查。究竟做什么检查需要住院长达三年之久，纱季怎么也想不通。虽然纱季质问过九郎详细情况，但当时九郎的态度十分忌惮，因此也就不了了之了。

九郎在进入大学后，由于距离医院较近，便开始更频繁地去医院探望那位大他三岁的堂姐。对此十分在意的纱季试探过九郎，问他能否把自己介绍给那位堂姐，九郎毫不犹豫地答应了她，但第一次见面的时候，还是让纱季有些毛骨悚然。

初次见面是在樱川六花的病房。六花坐在病床上，淡淡地和纱季打了个招呼。她有着苍白的肌肤和瘦削的体型，浑身上下散发着长期住院病人的氛围。不过，比起身体的问题，她给人的第一印象更像是因为精神的问题住院的。

但是，她的病房却不同于一般的隔离病房，窗户上连铁栏杆都没有，反倒像是一间待遇优渥的单人间。她一定有什么特别的住院理由，而纱季猜测不到。

六花本人则是一位非常美丽的女性。她所展现出来的邪异的美感，让人脑海中不禁联想到雪女、葛叶、清姬这些妖异的名字。

纱季有些毛骨悚然。六花就好像是那种无法在安稳的生活中出现的女性，即使她本人没有恶意，却能在悄无声息之间将周围的人都拖入黑暗之中。这就是纱季对六花的无法对别人描述的第一印象。

因此，即便后来听说她一直重复着自杀未遂的行为，纱季也丝毫不感到奇怪。的确，六花有着那种仿佛半只脚踏入冥界，随时会死去的，甚至还会把跟她有关的人都拖入冥界一般的病态。

初见她的时候，她的黑色短发只留到肩膀处。从上到下地快速地看了一眼纱季开口说道：

“这女孩很不错呢，九郎。”

六花的脸上露出了微笑。明明连一句话都还没说，就判断自己是“不错的女孩”，纱季感到一头雾水。

纱季相信六花对她的评价里，还包含了“虽然比我差一点”的意思。虽然并非轻视纱季，但却充斥着九郎交往的对象是自己可以支配的范围之内的满足感。六花看向纱季的目光也是温柔而沉稳的。

此外，纱季最为后悔的便是得知自己和六花颇为相似这一点。身材消瘦、个头很高、看起来很强势、比九郎年纪要大。虽然没有六花那么美丽的容颜，但毫无疑问，纱季的面孔和身材都和六花这类人非常相似。

纱季因为自己不够可爱，也没有女性那种温润的性格，而担心九郎是否暗地里有所不满。但在见到六花以后，一切疑虑就都消散了。

比自己大三岁的堂姐，从年幼的时期就一起生活。恐怕九郎初次意识到异性，初次喜欢上的人就是六花吧。因此才会喜欢像她的女性。

“你该不会是毫无自觉吧？”

电梯门关上后，纱季对九郎说道。

“可能确实是这样，但我之所以和你交往，是因为……”

“不用找借口了。虽然我刚发现的时候挺讨厌的，但印刻效应每个人多多少少都有一些。况且，你也不像是会拿我和她做比较，更不像是会把她当成恋爱的对象。”

九郎对待六花的态度非常恭敬，就像是在修理损坏的器具，也像是对待自己的师父一般。九郎和她共享着绝对不能告诉纱季的某些秘密，而秘密也是他们能够保持绝对距离的原因。

因此，九郎再去医院的时候，纱季一定也会同行，但去六花病房探望的次数也寥寥可数。在九郎的探视结束前，纱季一般都会在医院里溜达，或是在等待室里一个人坐着。她既不想看见自己的恋人、未婚夫与其他女性共处一室，也不愿知道那些自己无法共享的秘密。

纱季也曾想过让九郎不要那么频繁地探视，但又想到过多的介入九郎的私生活，可能会遭到他的拒绝，产生巨大的自卑感。因此她默许地逃避了。

反正她也时日无多了。等到自己和九郎结婚的时候，她肯定已经撒手人寰。纱季不断地劝自己。没想到在六花去世之前，自己却和九郎分手了。

“你只是一直都被那个人束缚着。如果跟岩永小姐交往能够让你摆脱束缚，虽然对我来说有些不是滋味，但对你来说也是一件好事。”

电梯显示屏上的数字越来越小。从七楼到一楼只是转瞬之间。电梯也没有在中间的楼层停留。

这是女人的直觉。就算六花离开人世，只要九郎的精神还被她束缚着，他就永远无法获得真正的幸福。

仿佛是电梯里的氧气突然变得稀薄一般，九郎把衬衫的领口打开，仰望着天花板。盖在狭窄电梯之上，遮住钢缆的天花板发出冷冰冰的光线。

“纱季小姐，我确实喜欢六花姐，也可能正被她束缚着，但我有时候也希望她能够消失。”

“能够消失……六花小姐不是已经过世了吗？”

九郎的话让纱季感觉自己的人生都受到了冲击。她紧皱眉头发问之后，提示铃响起，电梯到了一楼。九郎铁青着脸开口道：

“六花姐她还没死啊。她是不可能死的。”

接着压低了声音。

“纱季小姐，六花姐可是我的堂姐啊。”

电梯门打开，这次是九郎先走了出去。在一楼等待的其他住客纷纷走入电梯，纱季错开他们追了出去。

六花还没有死。的确，自己从未亲口确认或询问过她的事。只是她给人的印象就是一种油尽灯枯的感觉，因此纱季仅仅听到风言风语就深信她死亡了。

但是，不可能死，这句话就奇怪了。仅仅因为她是九郎的堂姐，也不能成为她不能死的理由吧。

纱季忽然不寒而栗，不禁加快了脚步。难道说……

自己和九郎分手的两年半时间里，为什么就从来没想到呢。与六花相遇时的违和感远远超出九郎他们。

六花也是樱川家族的成员。那么，她是否也和九郎一样，吃下过件和人鱼的肉呢？是否吃下后获得了不死之身呢？又是否拥有与九郎相同的能力呢？

她究竟在医院里检查什么？为什么住院好几年？

九郎的后背仿佛在表明着他拒绝回答的意志，纱季的胃部又开始疼痛起来。两人不发一言地并排走出了酒店。

月亮逐渐升起。在如此皎洁的月光下，即使是没有街灯的路上，也能立刻发现十米开外的钢人七濑吧。

但是，一切还是如此黑暗。世界上存在着太多不确定。

搞砸了！重大失误！

岩永坐在租来的汽车后座的正中央，左手边是合上的手提电脑，右手边放着五根香蕉和一瓶红茶饮料。她一边啃着手中的香蕉，一边暗自懊悔。

时间是晚上十点半。她在约定的九点前被叫醒，冲了个澡清醒下头脑，然后就走进停车场上租来的车子里，打开窗户等待着钢人七濑出现的报告，顺便吃东西补充点营养。一切行程都与自己睡前安排的一样。但是，自己太不小心了！岩永懊恼地想要跺脚。

自己居然帮学长和纱季小姐制造了两人独处的时间，真是太大意了！集中精神了一天的岩永当时已经十分疲倦，为了深夜的决战也需要休息一下头脑，所以适当的睡眠也是必需的。但纱季小姐此时身心都处于脆弱敏感的状态，而九郎刚好又是那种待人温柔的性格，自己竟然大意到让这样一对曾经有过婚约的男女相处，作为女性也太失败了！

回到酒店房间的时候，他们二人之间有种莫名尴尬的气氛，在岩永面前也少言寡语，明显是发生了什么事情。虽然岩永在刚睡醒的时候头脑还尚未清醒，又在忙着洗漱穿衣，也没来得及多想。等在车子里坐稳，又摄入了糖分，大脑重新开始运转以后，才意识到问题的严重性。

纱季当下正不发一言地坐在岩永前方的驾驶室内，一边把手随意地搭在方向盘上，一边百无聊赖地盯着时间，还顺便调整了一下后视镜的位置，一副打发时间的样子。九郎则独自在停车场的出口附近等待，以免那些妖怪过于怕他而不敢去跟岩永报告钢人七濑的消息。他打算等纱季驾车离开停车场时再顺道上车。

然而，在自己睡着的时候，两人之间到底发生了什么？有这一个半小时的时间，已经足够做很多事了。已经能让他们做各种各样的事了！

岩永把香蕉皮丢进塑料袋里，抬起头来正准备质问纱季，不料却被对方抢先了。纱季好像也有什么问题想问她，一直在等她吃完刚才那根香蕉。

“岩永小姐，你见过六花小姐吗？”

“咦？是的，我倒是见过……”

突然出现六花的名字，让岩永内心有些困惑，手中也拿起一根新的香蕉剥起皮来。

“六花小姐之前住的那家医院，我也经常去就诊，所以学长在大约两年前，把她介绍给我认识了。”

“是吗。那，那个人也吃过件和人鱼肉的事情，你也知道吧，”

岩永把香蕉塞进口中。九郎以前说过，他从来没把这件事告诉过纱季。虽然也有可能是九郎在这一个多小时之内告诉她的，但如果是这样的话，纱季也不必用这么兜圈子的问法了。因此她肯定是在套话。

即便如此，纱季在当下说出六花的名字，也足够可疑了。在今晚的重要关头来临之前，隐瞒事实和思考对策已经让岩永身心俱疲。

“我知道呀。因为那些妖怪和幽灵也很怕六花小姐。虽然学长和她本人没有跟我说过，但她之前长期住院的原因恐怕就是在调查自己身体的能力吧。”

拥有不死之身，单单这一点就足够让医学界轰动了。对那些有野心的研究者来说，她更是无法忽视的研究对象。六花究竟是因为什么原因选择了大学医院，是否签下过让院方随意检查身体的契约，全都一概不知。但至少她在医院里住了长达五年以上的时间。

纱季透过后视镜，看着后座上的岩永。

“六花小姐的近况如何？”

“直到一个月以前，她都还住在我家，和我住一块。”

“啊？”

“我刚才不是说她长期住院了嘛。她是在今年年初突然出院的。短时间内找不到住所，所以我就告诉她家中还有很多间空房，不介意的话请来我家住。”

“可是为什么是你家……去九郎家里暂住，这样的选项还有很多吧。”

“就算是堂姐弟，也是异性。而且九郎学长的公寓太小了。更何况你觉得那个人可能会跟九郎学长在同一屋檐下呆上一天吗？”

“话、话虽如此……”

“况且六花小姐既漂亮，行为举止又端庄，同时也是九郎学长的堂姐，所以我父母也大为欢迎。他们关系很好哦。”

岩永的回答让纱季无法想象，纱季愣了好一会儿才张开嘴巴。

据说六花出院的原因是因为大学医院董事长的更换引发的派系变更等，院方轻易下的判断。而且六花的住院情况在医院内也属于黑匣子一般，因此院内有很多人想要摆脱这个麻烦。岩永之前听说的‘九郎的堂姐可能活不久了’的说法，也是在那样的派系和氛围下流传出的谣言。

面对院方的试探，六花也没有表现出一丝留恋，当天就叫来了九郎，收拾好了行李，一个小时之内就离开了病房。行动之迅速，让人不敢相信这是她住过好几年的地方。

院方原本的态度是旁敲侧击地进行劝告，如果对方抵抗的话就不择手段地把她赶出医院。但对于六花如此干脆的态度，院方也无话可说了。岩永也在旁边见证了出院闹剧的全过程，医生和护士们对于六花的出院也都或多或少的表现出了不安的情绪。这么让她走真的好吗，她其实是为医院带来好运的座敷童子或者土地神一般的存在吧。这应该是他们内心的台词，也是够讽刺的。

于是，就在寒冷的一月里，樱川六花出院了。她身穿一件色彩鲜艳的浅蓝色连衣裙，外面套着一件纯白色的外套，都是和季节不相符的清凉的色彩。她跟在提着行李的九郎的身后，安静地离开了医院。

在那之后，那位长期住院的女性在自己家中静悄悄地死去了，这样的传闻便不知不觉地在医院传开了。可能是因为有人目击到了医院相关人士满脸不安地目送六花出院的场景，从而以为是临终治疗的一个阶段，让那位病人在自己家中迎接死亡。而且六花本人也是，虽然有美丽的外表，却好似身染重病一般消瘦，所以那些人会以为她快要死了也再正常不过。

六花原先准备出院后去九郎的家里借住一阵子，但即使是迟钝的九郎也意识到这样不太合适，在不断地劝说之下，终于以岩永愿意提供房间而圆满收场。

“你没有被她讨厌吗？”

“为什么要以我会被讨厌作为前提来发问？”

“因为，你看你……”

纱季在想怎么表达才更加委婉而犯起了难。岩永则很是体谅地先回答了她。

“我跟六花小姐初次见面的时候，六花小姐就对九郎说过‘九郎，我觉得这个女孩子不太好’。”

“被讨厌了呢。”

“九郎学长也回答说‘我也这么认为’。”

“真是尴尬。”

“是啊，大家都很尴尬。甚至六花小姐还在旁边圆场‘虽然不太好，但或许不会太糟’。”

“她竟然会对你那么客气？”

六花显然也是没想到堂弟会即刻对她的话表示赞同，所以开了个玩笑缓解气氛。她虽然是一位不好说话的人，但也没对岩永抱有恶意。

这位拿着手杖，身材小巧的小女孩的出现，完全在六花的意料之外。更无法得知她还是单眼单足，为妖怪提供智慧的巫女的身份。于是才会尽量保留自己的态度吧。

“后来我跟六花小姐和解了。学长不在的时候我们也会见面，生日时候还会围在一起插蜡烛庆祝呢。”

纱季禁不住发出了呻吟。自己和六花的关系如何，岩永从没关心过。别说庆祝，就连话都没怎么说过。岩永和六花手拉着手唱生日歌的场景，纱季根本无法想象。

“那她现在怎么了？她不是上个月还住在你家吗？”

“是的，不过她现在行踪不明。”

后视镜中纱季的短发猛地一颤。

“一个月前，她跟我父亲礼貌地打了招呼，感谢长时间以来的关照，现在已经找到了工作和住所，之后便不知所踪了。虽然我有她的手机号，但是根本打不通。工作地点和新的住所也都是胡编乱造的。”

岩永轻描淡写地说着如此重要的事情，纱季也努力地活用头脑处理着事情的来龙去脉。终于，她突然从座椅上挺直了腰，回头问岩永道：

“九郎君在听说这事后是什么反应。”

“刚开始的第一周什么也没做。他觉得六花小姐是成年人，一定有自己的考虑。两个星期后他就开始一个个地打电话给相关人士，问六花小姐可能会去的地方。而就在一周前，他发了一封邮件给我，就出门找人去了。”

岩永昨天的确给她看过九郎发的邮件，这下纱季终于把来龙去脉全部弄清楚了。岩永把手里的香蕉全部吃下后，拧开了红茶饮料的盖子。

“那么，纱季小姐。你在怀疑什么？你在我睡觉期间和学长聊了什么吗？”

缓缓转过身去的纱季，放在方向盘上的手指仿佛弹钢琴一般地轻轻敲着。动作停止之后，纱季终于用嘶哑的嗓音回答道：

“你早就发现了吧。钢人七濑的背后有六花小姐的存在。九郎君之所以来到真仓坂市，不是被你叫过来，而是在寻找六花小姐的过程中偶然和你来到同一个地方，对吧？”

反正也瞒不下去，而且这样就等于知道九郎和纱季究竟聊了什么内容，反正都了解到了这个地步，已经无需再隐瞒了。

可能是两人偶然间聊到了六花的话题，才使得纱季产生怀疑的。九郎的性格顽固，纱季也不是那种会不停追问的性格，因此两人回到酒店的时候才会气氛尴尬。

结果他们两个人根本没发生什么嘛。这下总算松一口气。

“为什么要瞒着我？”

虽然岩永松了一口气。但纱季却换成了一副质问的口气。不告诉自己关于案件内幕，隐瞒她所熟知人物参与案件的事实，这种行为就好像让她一个人置身事外。这让纱季感到不满。

“因为没有确切的证据。六花小姐住在我家的时候，很难把她和制作综合网站、收集妄想、将钢人七濑实体化的行为联系到一起。就连我自己在接到妖怪的请求之前，甚至连钢人七濑是谁都毫不知情。”

她说的都是实话。岩永虽然知道六花有一台自己的手提电脑，但却并未调查过里面的内容。更别说是推测网页是她做的了。就算她行踪不明，也很难将其与事件挂钩。之所以能将消失的六花和钢人七濑联系起来，是因为岩永在接到妖怪的请求以后，调查的时候发现了“钢人七濑情报综合”的网站首页。

首页上钢人七濑的假想图，正是六花所绘制的。准确来说，那幅画作的笔触是六花特有的。大约在一年半以前，六花不知为何开始很积极地练起画来。虽然也会有人为了打发住院的闲暇时光而画画，但六花使用的是电脑绘图，练习人物或动物的插画创作。

她是不是原本就有绘画的天赋呢。她以前是否进行过绘画的训练呢。在岩永看来，六花的画虽然有些偏向于漫画的画风，但画得已经非常熟练，甚至感觉出院之后就会从事绘画工作。岩永记得她和六花也有过类似的对话。

现在想想，她应该是从那时候起就开始计划要制造出“想象力的怪物”了吧。为了将数十万人的妄想聚集起来，共享怪物的名字和样貌是十分重要的。而作为故事的点缀，假想图是最佳的雄辩。想要让别人对怪物的样貌有一个共同认知的话，绘画无疑是最有力的手段，也是最具有冲击性的手段。只要将怪物的形象绘出，人们在看过之后，想象力就会以相同的姿态浮现在人们的脑海里。

六花以高效率的手段，一步一步地进行着制造怪物的准备。之后她发现了可以作为素材使用的实际发生的事件。

七濑花凛的死亡事故无疑是最合适的素材。被世间一部分人所知道的写真偶像，不仅有着黑暗的丑闻，她的死亡事故也同样具有戏剧性。只要在加上幽灵等要素，想要将其发展成为怪谈或都市传说并非难事。

“将其命名为‘钢人七濑’，创作出附带的故事的人物形象，恐怕也是六花小姐吧。虽然‘七濑花凛的亡灵在真仓坂市出没’这样的传闻可能原本就存在，但将其影响扩散的人，一定是六花小姐。”

制作“钢人七濑情报综合”网站，持续地提供话题，怪物被培育了出来。数十万人的妄想催生了挥舞钢筋、看不见面孔的怪物。六花究竟计划到了什么地步，才能如此顺利地进行制造怪物的行动呢?

而九郎也在寻找六花行踪的时候，听到了钢人七濑的传闻，从而找到了线索。看过综合网站的那张假想图以后，便确定是六花所为，因此才会来到真仓坂市寻找。这是岩永昨晚得知的。

“纱季小姐，你是只会看着理想中的世界生活的那种人。知道事件背后的真相对你来说有什么意义吗。九郎学长他不想再把你牵扯进来，才在深思熟虑以后决定瞒着你的吧。”

与其说是深思熟虑，不如说是心怀内疚吧。纱季也曾因为抉择而苦思冥想过，因此对于两人隐瞒自己事实也就不再追究。

在驾驶席上稍作考虑，纱季终于敲了一下方向盘。

“原来是这样。因为是六花小姐在幕后行动，她拥有跟九郎相同的‘决定未来能力’，所以钢人七濑的成长才会如此迅速吗。”

“应该是这样吧。我想六花小姐是在不断地重复死亡与复活的过程，最终才走上了让钢人七濑的话题在网络上持续受到关注与热议的‘未来’，以及在无数人的想象力中寄宿了一头怪物的‘未来’吧。当然，持续发展的可能性过低的话，她也无法使用能力去决定未来，因此才会制作综合网站并加以利用的吧。”

若是如此的话，六花在岩永的家里也在反复地进行着自杀的行为。虽然对可以复活的她来说，“自杀”的字眼显得不太恰当，但自己结束生命，然后复活的行为，究竟该如何定义呢？说是自杀未遂，但实际上的确死去过，只能用“临死往复”去形容她的行为。

总之，能在借住的房子里偷偷地进行那种行为，还真是有胆量。

岩永喝了一口红茶，拿起第三根香蕉的时候，纱季有些生气地将额头贴在方向盘上。

“但是，她为什么想要创造出‘想象力的怪物’？创造出那种无差别杀人的怪物，究竟会得到什么好处？”

酒店的停车场里十分冷清。只停放了不到十辆汽车，这十五分钟之内也没有汽车出入过。在暑假结束的九月初，小城市周末的酒店差不多都是如此景象。

从窗户外吹进来的风也带着混凝土的气味，多少有些不吉利。

“纱季小姐，‘决定未来能力’其实也并非什么大不了的力量，九郎学长也这么说过。只能选择自己能够选择的未来，最多是能够让自己避开不走运的未来的能力。而且只能够决定自己拥有的才能、可能性和努力范围以内的未来，跟普通人其实也没有什么太大的差异。因为这个世界上所有人都只能够选择那个范围以内的未来。”

唯一不同的就在于拥有“决定未来能力”的人，只要可能性较高，就一定能够让其发生。

“这不是能够轻松地引发奇迹、改变世界的能力。如果能力的使用者原本就有改变世界的力量，那么就能改变世界，如果没有的话就无法改变世界。也不是什么大不了的能力吧？”

拥有不死之身，听起来是很方便的能力。但另一方面，自己永远无法死去也是相当恐怖的事。目送每一位友人和亲人离去，只有自己一个人静静地活下去。这样的未来，光是想一想都会觉得厌倦。

“但她却成功创造出了怪物，不是吗？”

“所以六花小姐是在测试吧。测试决定未来的力量到底能够对未来影响到什么程度。”

不断地堆叠可能性，不断地重复进行选择。即使是二分之一的高概率现象，连续进行十次也会变成发生概率只有一千零二十四分之一的罕见现象。抛掷硬币的话，也能连续一万次都抛出正面。钢人七濑——普通情况下不可能诞生的“想象力的怪物”，就是这种能力的变种。

“创造那种怪物，对自己也没什么好处吧。以恐怖片的原则，怪物的创造者一般都会被怪物所杀吧。”

纱季抱怨了一句，仿佛放弃思考一般瘫在驾驶座靠背上。对于想要和妖怪、魔物之类彻底一刀两断的纱季来说，越考虑越觉得和自己认知的日常规则与物理现象相违背，干脆放弃了思考。

可是，她刚才的话说不定出乎意料地指出了问题的核心。岩永一边吃着香蕉，一边向车窗外看去。

一只白棕色相间的猫突然飞进车内，落在了岩永所在的后座那三根香蕉的旁边。猫的睫毛和胡须都很长，一副通达人情的样子。动作非常迅速，看起来年纪不大。

猫伏下身子和耳朵，做出了一个敬畏的姿势，并说着人类的语言。

“公主殿下！可恶的钢人出现了，请跟我来，请跟我来。”

前座的纱季被突然出现的妖怪吓得浑身一震。岩永并不理会，而是取下了挂在副驾驶席上的贝雷帽，戴在了头上。

“年长的猫能够理解人类的语言，而且行动迅疾如风，但也只是这样的妖怪罢了。没有必要害怕。”

岩永将手上吃了一半的香蕉喂给了猫妖，并把它抱在膝盖上。

“该出发了，纱季小姐。暂时别管六花小姐有什么目的，现在的重点是打倒钢人七濑。如果能够消灭钢人七濑的话，就能够暂时解决问题了。对了，麻烦在出口处接上九郎学长。”

接着把手放在猫妖的头上。

“你来带路。”

“遵命。”

猫妖接受了岩永的命令，用两只前爪抓着香蕉，开口指起路来。纱季一边发动引擎，一边努力不去在意身后发生的非日常性对话，强打精神。

无论六花有什么样的目的，操作自然概率，肆意创造怪物，扰乱世界秩序，这些都是妖怪们的智慧之神所不能允许的事情。

这是为了世间的秩序而战。

这个世界并非是不确定的。就算有着妖怪魔物幽灵的存在，秩序也是必需的。更有着无法随便推翻打破的真理和道义。

而守护这一切就是自己的职责。岩永一直如此相信着，并以此为傲。

第六章

虚构争夺战

像这样不可思议的体验，不管是在警署的管辖区内，还是市内都不曾有过。

纱季按照猫妖的指示驾驶着汽车，注意着前方的同时心中也充满不安。真的能够平安度过这个晚上吗？

接到猫妖汇报的情报之后，途中也遇到了很多幽灵和木灵前来报告钢人七濑的移动方向与现状，指引纱季尽快前往接触地点。前来报告的妖怪魔物多到纱季连数都懒得去数。虽说妖怪幽灵都很有礼貌，也毫无害人之心，但对于把车子开到接近限速的纱季来说，依然是不小的精神负担。

最后，车子开到了城市的南边，在山丘上公园前方的一段很长的台阶前停下。本该晚上九点之后就禁止入内的公园里还有一对情侣留在里面。就是他们遭遇到了钢人七濑。接到岩永指令的妖怪们在情侣被杀害前阻止了钢人七濑的行动。那对情侣虽然顺利地逃走了，但可能会留下严重的心理阴影，也许会在无意识中消去今晚的记忆吧。

况且对他们来说，即使叫了警察，也是一件麻烦事。自己被拿着钢筋的偶像的亡灵袭击，还被妖怪所救，就算跟警察说了也没有用，于是他们放弃了这个打算。

而钢人七濑这边，在情侣逃出去之后，就被妖怪和幽灵缠上了。

她便把这些妖怪幽灵当做目标，挥舞着钢筋攻击它们，因此一直待在原地，没有离开公园。

“接下来就麻烦你了，九郎学长。”

坐在后面的岩永一边打开手提电脑，一边对九郎说道。最初来报信的猫妖，早在汽车停下来的同时便飞出了车窗，随即消失不见了。

纱季也想要对九郎交代些什么。然而在那之前，坐在副驾驶席的九郎已经打开了车门，踏进黑夜中。

“岩永，靠你了。”

九郎没有回头。一边说着一边解开了衬衫上面的两颗纽扣。反手带上了车门。

纱季她们的车子前方是又高又长的台阶，而钢人七濑远远地站在那里。月光很是稀薄，只有台阶中段有盏路灯忽明忽暗地闪烁。明暗相交的光源对面，人形的怪物正以异常的姿势站在那里。

她右手轻松地提着比身高还要长的 H 型钢。红黑色相间的短连衣裙。头顶上的巨大蝴蝶结。在那下面是黑色的、溃烂的面孔。还有那对标志性的，仿佛走一步都会晃起来的巨大的胸部。

赋予“钢人”之名的写真偶像七濑花凛，也是七濑春子的亡灵，是由数十万人的妄想所诞生的“想象力的怪物”。

妖怪们察觉到车子到了，为了吸引钢人七濑过来，都纷纷聚集到了台阶的附近和中间。在九郎走出车子的时候，妖怪们都迅速地散开消失不见了。

“在这个地方的话，跟钢人七濑战斗一整晚也不会有人打扰呢。”

纱季透过挡风玻璃，盯着九郎缓缓走上台阶的背影。那位对纱季来说，最熟悉又最陌生的人。

从高中时期开始，纱季就感觉得到，九郎和其他人多少有些不同。看起来很软弱，别人的请求都会答应，无论走到哪里回首望去都有他在身后守护的安全感，这样的九郎是纱季理想中的男朋友。实际上，九郎也的确是那样的人。

唯一不同的是，九郎不是一个正常的人类。

“就算能够复活，我也不会眼睁睁地看着男友一整晚不断被人杀死的。”

岩永愤然回道。她的声音似乎比钢人七濑手中的钢筋更加坚硬，更加强韧。

“登上‘钢人七濑综合网站’了。之前暂时沉寂下来的留言板，到了深夜又变得活跃起来。寺田刑警的事件，让大家都很渴望情报，也想发表自己的看法。”

没随身带着电脑的纱季打开了手机，连接上了网站。

纱季刚才也问过岩永，把虚构的故事发到网上并不需要等到钢人七濑出现吧，随时都可以在留言板上发言。但岩永摇头反对。

网站的活跃程度有所不同，每天深夜才是最活跃的时段，也正是钢人七濑出现的时间。因为亡灵是在夜间出没的，而且网站上人们的想象力也是钢人七濑行动的动力。在网站用户稀少的时候，即使在留言板上发言，能看到的人也不多，发表评论的人会很少，因此无法引发激烈的讨论。

而为了迅速地传播虚构的故事，趁着激烈讨论的时候逆转人们想象力，在钢人七濑出现的同时打响网络战争才是最好的手段。

“既然六花小姐是网站的管理员，那她岂不是能够随意删除和限制你所有‘亡灵不存在’的留言了吗？你准备怎么对付？”

“六花小姐是不会做那种事的。这是有损管理员和网站公信力的做法。如果删除或限制那些质疑亡灵存在的留言，就会给所有用户一种‘那些留言对网站管理者不利’的印象，会让用户们觉得网站在管制操纵情报。最终会导致用户们认为因为亡灵真的不存在，因此才会删除和限制那些留言。”

后视镜上映出的岩永，手既没有放在键盘上，眼睛也没看着显示屏，而是养精蓄锐，默默等待着最佳时机的到来。

“如果走向了那种趋势，对于想让钢人七濑实体化的她来说是非常不利的。因为我们也能让九郎学长去抓住并决定与她预期相反的未来。所以不管是什么样的留言，她都只能任其发展。相对的，‘不存在’的意见如果在随意讨论后遭到怀疑的话，那么‘真实存在’的意见就会占据绝对上风，钢人七濑也会变得更加强大。”

原来如此，那就不用担心六花在背后搞小动作了。纱季又提出了一个担心的问题。

“你说构筑出了四种解决方案，靠数量取胜的方法真的可取吗？”

“有时候靠数量取胜才能让谎言粉碎真相，并且转变为新的事实。”

岩永一边活动着纤细的手指，一边回答道。

“接下来将要在‘钢人七濑综合网站’上进行的，有可能类似于议会、理事会、评议会对于提出的议题进行公开表决的流程。而我们这次提出的议题是‘钢人七濑的亡灵是否真的存在’。六花小姐主张的是‘亡灵是现实存在的’，而我们则属于主张‘亡灵并不存在’的反对派。当然，结果是多数派获胜。而六花小姐已经打好了多数派的基础，能够证明亡灵存在的资料和根据也都应有尽有。如何推翻这些证据，使得她的议案无法通过。这就要看我的本事了。”

纱季虽然没有完全理解岩永说的话，但还是在能理解的范围内提问道：

“既然她已经打好了多数派的基础，那么想要逆转局势岂不是不可能吗？”

“是的。如果是正常的议会或者理事会，在多数派明显的情况下，想要逆转表决的结果是非常困难的。拥有决策权的那些人都在私下沟通，最后关头发表相反意见需要冒很大风险。大部分议会的议题能否通过，其实都是在结果出现之前就已经决定好了的。但在这个议会里，拥有决策权的是网站的所有用户。好几万个互相没有任何联系的网站用户，他们的观点就是一切。”

这里的决策者，既不是通过选举和推荐选出，也并不需要拥有博学与高学历，互相也不清楚长相和姓名。他们仅仅是一群偶然知道“钢人七濑”的人，而他们的想法决定了“想象力的怪物”的生死。

“毫无责任感的决策者们吗。这其实也蛮恐怖的呢。”

没有自觉或者责任感的话，根本不会深入思考，而是仅凭着好恶决定支持与否。如果没有顽强的信念，基本就会屈从占有优势的多数派意见。而有着坚定信念的人，通常都是少数派。多数派占据优势的议会中，少数派想要夺回主导权的情况基本不会出现。

岩永也十分清楚这一点。

“是啊，毫无责任感的当权者是很恐怖的。但是换句话说，由于议会的决策者毫无责任感，因此法律和正义，甚至是真相都无法左右议会。即使结论是不正义的，即使结论是个天大的谎言，只要能够获得几万名用户中超过半数的支持，就算是我们的胜利。对于提出相对于合理、符合逻辑而且有趣的故事的一方，多数人应该都会毫无责任地选择支持决议。”

岩永的话语中饱含热情，精神也更加集中起来。

“因此，在网络议会里想做什么都可以。隐瞒事实、颠倒黑白、不断地提出矛盾的答案。但只要乍看之下合理，又能带给群众足够惊喜，即使是虚构的也能成为真实的。网站就是这样的平台。”

她的说法虽然极端，不过现实中的议会和集会也有相通之处。无论在什么集团中，决定一件事物并非单纯依靠理论，印象与偏见也往往能够左右决策。真相究竟如何、对未来究竟有无好处都不重要，关键是哪一方的说法更加冠冕堂皇，哪一方与自己利害一致。另外，在答辩中，隐瞒对我方不利的信息，积极地陈述偏颇的意见也是非常普遍的现象。

在这些情况下，最优先考虑的不是真相，而是能否得到双方都想看到的结果。

因此，就衍生出了议会对策、议会战略以及议会战术这样的词语。怎样做能够使得答辩的进程向着有利于我方的方向发展，表决的结果是否看起来较为妥当，都是作战中要重视的。如果议会真的只是基于实际情况，求得最好结论的地方，就根本不需要对策、战略和战术来进行尔虞我诈的战斗了。

没错。这不是什么特别的战斗，而是虚实交织，为了赢得支持者的民主舞台。虽然对于纱季来说，四种解决方案有什么意义尚不明确，但如果是为了战略或者战术考虑的话，就可以理解了。

挡风玻璃的对面，台阶上面的钢人七濑似乎把九郎当成了新的目标。她将手中的钢筋在空中竖劈横扫，那纤细的小腿踏着轻快的脚步跑下楼梯。九郎也跳上台阶，冲着钢人七濑突击过去。

岩永用大拇指轻轻地抚过嘴唇。

“为了获胜，我会不惜一切代价。就让我们尽情地说谎吧。”

台阶的中段，路灯闪烁的平台之上，两个人影交错在一起。

接着，这位单眼单足的少女，缓缓地把手放在键盘上。

“钢人七濑攻略议会，要开始了。”

台阶上面，九郎的手臂已经被钢筋打成了一个扭曲的形状。

“钢人七濑真的存在吗？会不会是某人为了某种目的而捏造出来的谣言中的产物，也许只是一个都市传说啊？”

岩永在键盘上快速输入了以上文字，写入了留言板内。她的留言并没有人马上回复。不过类似的留言有好几条，也都没有反应，因此岩永也并不觉得奇怪。

“纱季小姐，九郎学长那边如果出现什么特别情况，请立刻告诉我。”

精神力集中在显示屏上的岩永开口说道。

“知道了。他目前还没有被杀，正试着拖住钢人七濑。虽然受了点伤，但看起来马上就能恢复。”

纱季一边盯着手机上的网页，一边仿佛忍耐着巨大痛苦似的回答道。

有什么特别情况？无非就是九郎复活的速度赶不上被钢人七濑杀死的速度罢了，毕竟对手能凶暴化到什么程度依然不清楚。说不定就在战斗之中，不仅仅是怪力，钢人七濑还获得了三秒钟移动一百米距离的能力。

“一直到昨天为止，关于钢人七濑的话题，无非都是有人被攻击，有人目击到，或是听说有人被攻击这样的留言。虽然每天都会出现新的目击证词或者传闻，但都是再正常不过的都市传说里会出现的故事。但是今天却发生了重大转变。那就是发生了一名叫寺田的刑警被貌似钢人七濑的人物所杀害的事件。”

因为文章太长，因此岩永改成了好几行句子。在写下留言后依然没有任何反应。

“现场在真仓坂市，案发时间是半夜，据说被害的那位刑警虽然面部被打得血肉模糊，却完全没有抵抗的迹象。警方对外发表的死因也是面部的伤。然而这位寺田刑警身材高大，也持有柔道段位，却轻易地遭到杀害。没错，如果不是被身为亡灵的钢人七濑用钢筋打死的话，这样的现场几乎是不可能出现的。”

终于出现了表示同意的留言。“所以才说那个事件是钢人七濑干的啊？”

“不，那才是犯人的真正目的。也是犯人需要钢人七濑这个角色的理由。犯人为了杀害寺田刑警，捏造了钢人七濑的都市传说，捏造了一个实际上根本就不存在的虚假亡灵。”

那么，这句话能引多少人上钩呢。

“寺田刑警生前是一位很优秀的刑警。为了守护真仓坂市的和平，时常都在注意市区内发生的事件。能够迅速地发现犯罪的预兆，并在发生重大事件之前出手解决。他就是这样一位非常优秀的刑警。”

以上资料都来自纱季的情报网，虽然媒体还未报道过类似的情况，但从傍晚开始，新闻里也播出了警察之间的谈话。谈话中提及寺田是一位优秀的刑警。在警方相关人士死亡的情况下，只要死者不是评价特别恶劣的话，内部人士都不会给予负面评价，所以在网络上有多少公信度也不得而知。然而作为论点提出，再用脑补的方式充实论据，就够用了。

“但犯人却利用了这一点。犯人利用原本网络上只有少数人关注的‘真仓坂市的怪人钢人七濑’的都市传说，连续犯下好几起伤害未遂的事件。犯人伪装成有着钢人七濑特征的模样，每天晚上袭击路人。当然，目的并非是伤人，而是使对方害怕。”

车内不停地响着岩永敲打键盘的声音。

"钢筋是用类似形状的木材或泡沫自制而成，作为特征的胸部则用胸垫或是填充物来加大。而面部只要涂黑的话，夜晚看上去就仿佛是没有面孔一般。何况犯人头上还有巨大的蝴蝶结这样显眼的装饰，因此目击者也很可能不会注意到面部，只因为黑色就认为面部是血肉模糊的样子。"

"真的能那么顺利吗？"

纱季刚说出口，岩永就用手制止住了她。

"可能不会太顺利吧。反正都是谎话。只要让他们觉得行得通就达到目的了。"

"犯人之所以这么做，就是为了等待'被钢人七濑袭击了'的话题在网上和当地流传开来，并等待受害者去派出所报警。警方对于这样的事件一般不会认真对待，而且受到袭击的被害者即便跑去派出所报案，受害申报也很难被受理。但如果市内屡次发生类似的可疑事件，优秀的刑警一定会有所行动的吧？"

事实上，寺田的确行动起来，并和纱季与其他熟人都打了招呼。岩永的这段假设虽是说谎，却并非完全的谎言。

"而寺田刑警也的确采取了行动。原因却不是他相信亡灵的存在。他怀疑有人假装成钢人七濑这种都市传说的怪人，企图谋划些什么。从犯人费了这么大工夫看来，恐怕不是什么恶作剧，而是有计划的犯罪。他便独自开始搜查。"

这也是事实。而且是就连相信钢人七濑存在的人也能够接受的事实。

寺田是不是在搜查钢人七濑的途中，反被她杀害的呢？非关系人的第三方曾做出过类似的推测。这种推测看似仅仅是遵循逻辑的想法，但事实上就是如此。

“而这也是犯人所要的结果。只要寺田刑警开始独自搜查钢人七濑的话，就能抓住他独自行动的时机。况且要调查不被警方视为案件的偶像亡灵的事件，总不可能带着搭档一起行动，也不能公开调查。这么一来，如犯人所愿，制造出寺田刑警秘密行动的时间了。”

对于岩永的推理，网站上的其他用户的评论也在逐渐增多。

太长了、看不下去。也出现了这种毫无理由便加以拒绝的留言，同时也出现了“再听你说说看吧”的催促。

“然后犯人联络了寺田刑警。说自己被钢人七濑袭击的时候，拿到了凶器、蝴蝶结之类的遗留物，自己身在被袭击的现场，接着还说现场留有犯人的足迹，但是还有不少可疑之处，让寺田别告诉任何人，自己一个人过来。如果这么说的话，寺田一定会丝毫不怀疑地赶过去吧。那个地方正是命案现场所在的废弃加油站。”

“这样诱导的话，寺田先生真的会一个人前往加油站呢。”

明知是谎言的纱季还是心情复杂地说出了实话。

“犯人在寺田刑警到来之前，事先在那个废弃的加油站做了手脚。加油站的特征之一，就是那种很高很平的屋顶。现场的加油站虽然已经被废弃，但那个屋顶还保留了下来。犯人从那个屋顶的上方，吊下一个很大的摆锤。接着在天花板上装上钩子，然后挂上绳索，前端绑上重物。那个重物必须要很重，重到可以在摆下来的时候一下子把人类头部击碎的那种程度。重物悬挂的位置，则被设置成与事先调查过的寺田刑警的身高相近的高度。”

阅览留言的用户中，有很多人已经发现了这个装置的用途，但是岩永还在继续解释。

“做好准备之后，犯人将绳索拉过来，将绑上重物的那一头，挂在屋顶的另一个钩子上。只不过这个钩子，可以使用遥控之类的远距离操作方式让其松开。只要钩子松脱的话，重物就会在重力的作用下拉动绳索快速摆动起来。”

纱季忍不住开口说道：

“只是杀死一个人，用得着这么夸张的陷阱吗……”

与纱季相同的意见立刻出现在留言板上，但大家明显都被勾起了兴趣。

“将寺田刑警叫出来的犯人，设法让寺田刑警站到了事先定好的位置上。这不是什么难事。因为犯人的手上有寺田刑警感兴趣的遗留物。只要拿着那些东西在废弃加油站等候，来到现场的寺田刑警就会开车停在附近。这样也能确保寺田刑警把车子停在不影响自己陷阱的地方。”

操纵被害者的行动。钢人七濑的故事只是作为达成目标的道具。岩永推理的论点就在于此。

“接下来，犯人一边给下车的寺田刑警看事先准备的遗留物，一边引导寺田刑警前往留有足迹的地方。当寺田刑警到达犯人设置重物的位置后，便借口现场太暗要去给他开灯而离开，并让刑警在原地等待。只要这么做，寺田刑警便会毫不怀疑地站在原地等待。而这时，犯人就会遥控钩子松脱，使重物落下。”

重物和陷阱。

简洁的留言继续出现在留言板上。

“被绳索悬吊的重物，会在重力和拉力的作用下画出弧线摆动下来，朝着站在摆动弧线轨道上的寺田刑警的头部迅速砸去。一下子就能把他置于死地了吧。加油站的屋顶高度约五米，假设刑警的身高有一百九十公分，悬吊重物的绳索也有将近三米。因此，即使上面绑的是五公斤左右的砖块，摆动时产生的冲击力也足以砸碎人类的头部。”

虽然没有亲自尝试过，但利用这种方法理论上是可行的。

“虽然营业中的加油站即使在深夜也灯火通明，但那里已经被废弃。现场附近也没有居民的住家，也几乎没有车辆经过。屋顶部分也是一片漆黑，即使挂上了重物也很难马上被发现。即使有车灯或手电筒的灯光，注意力也几乎都集中在脚边，根本不会注意到头顶上有什么。寺田刑警可能临死时也没注意到重物的陷阱吧。不，他可能连死亡的时候都无法理解，为什么自己的头部会被击碎吧。”

“对啊，这样就能解释那个谜团了。”

纱季再一次脱口而出。不是惊叹岩永的着眼点，而是没想到她竟然能虚构到如此的完成度。

“以上就是高大又坚韧的优秀刑警，毫无抵抗就被杀害的理由。即使是再优秀的刑警，也无法预测到半空中会有重物撞击而来。就算寺田刑警对犯人抱有警戒，也绝对想象不到这种杀人的方法。”

如此一来就能解释警方苦思冥想而无法解开的杀害状况了。

“杀死寺田刑警之后，犯人把陷阱回收，再消除掉自己的痕迹后，便离开了现场。为了以防万一，犯人可能会将寺田刑警的头部彻底砸烂。之后只要将用来伪装成钢人七濑的服装和道具，以及重物陷阱完全处理掉就天衣无缝了。”

马上就有人评论了。就算能够承认岩永的推理也有无法消解的疑点，那些有疑问的人依然是不相信的态度。无论什么样的议会，只要提出与多数派相悖的观点，就势必会遭到强硬的反驳。

“现场就在国道边吧。什么时候会有车辆经过谁也不知道，还用这种大费周章的陷阱杀人，风险太高了吧？”

“犯人事先一定做过交通流量的调查，知道那段时间很少有车辆经过。为了要测试陷阱能否成功，以及寺田刑警要站立的位置，犯人肯定从好几个月前就开始调查了。就算万一真的有车子经过，只要杀人的瞬间没被目击到，一样不会有问题。犯人会事先站到国道无法看到的位置，即使车子经过，也只能看到寺田刑警一个人，因此杀人的风险就会降低。”

“刑警是从正面被打死的。即使环境再暗，再怎么看不见重物，犯人也不至于设下让重物正面撞击死者的陷阱吧？”

“对于正面撞来的重物，被害者一定会尝试躲避或者用手防御。”

“要准备的话，就该让刑警站在会被击中后脑的位置，不是吗？”

仿佛是喝倒彩一般，反对的留言一条接着一条地接踵而来。然而这些全在岩永的预想之内。

“犯人原先设置的陷阱正是那样，原本就是打算让重物从被害者的后方或者侧后方撞击上去的。但寺田刑警却察觉到有东西从后方接近。即使毫无防备，他依然是个优秀的刑警，或是他的直觉感受到了有危险正在靠近，又或许是注意到了钩子松脱时发出的细微声音。”

“想得很周全嘛。”

听了纱季的话，岩永点了点头。

想要让真相与谎言结合，就得不惜任何思考。

“因此寺田刑警才会朝着重物袭来的方向。他是感觉到了有什么靠近，才反射性地把头转过去。重物摆动的速度太快，而现场又漆黑一片，因此即使看到了什么东西，想要避开或防御也都太迟了。所以寺田刑警才会被凶器直接击中正面而死。”

这样的反射行动，任何人都能够想象出来。只要背后有人说“危险”，应该都会立刻弯下身子，或者躲到旁边。通常情况下，首先会把头转向声音的方向吧。

“就算同意你这个假设好了，那么刑警正面被击中死亡只是巧合了？或者那是犯人可以造成的结果吗？”

这个留言，与其说是反对，不如说是类似议会出席者提出的质朴询问。

“关于这点，我还无法断定。如果是刻意要让凶器从正面打中被害者的话，犯人用遥控器让重物垂落之后，就会设法让寺田刑警看向重物那边。比如用手指向重物的方向，或是向重物的方向突然移动视线，寺田刑警也可能会跟着一起转头看吧。”

“但这种诡计会有风险吧？”

“是的，这种做法很可能会让寺田刑警的头部偏离预计的轨道。如果把这个缺点与能够制造出被害者正面被击中身亡的状况相比，犯人会做怎样的选择，从现有的证据很难做出判断。唯一能说的是，无论过程怎样，结果正是犯人想要的。”

别说是现有的证据了，就连岩永的推理本身就没有证据。只是这种假设，既可以说明被害者不可思议的死亡状况，又富有戏剧性。

这时，留言板上的留言逐渐进入下一个阶段的质问。

“犯案诡计我明白了。但是最重要的部分还没有解释清楚。”

“对啊。为什么犯人要使用那么麻烦的诡计杀人？”

“况且在之前模仿钢人七濑的时候，袭击路人的准备也很费劲啊。”

“要伪装成钢人七濑也相当困难吧？”

“就算对方是强壮有力的刑警，应该也会有其他可行的杀害方法吧。”

“就算刺杀或殴杀难以做到，但毒杀应该不难吧。比起准备钢人七濑的服装和陷阱，获得毒物要更简单吧。”

这是理所当然的疑问。岩永也不认为仅仅解决了犯罪手段就能让众人信服。

看着留言板上不断出现的反对意见，岩永就好似站在议会现场侧耳倾听的答辩者，一副成竹在胸的样子，悠然又恭敬地回答着反对意见。

“犯人之所以如此大费周章，完全是为了在杀害寺田刑警之后，尽量让自己不被列入嫌疑者的名单。既然是身强力壮的刑警半夜里在外面被人从正面打死，那么警方判断的犯人形象就会变得非常偏颇。”

只要不是手持钢筋的幽灵，实际存在的犯人形象就会缩小到极小的范围。

“能够在寺田刑警毫无抵抗的情况下，用强大的力量将其砸死，而且还得是深夜里与刑警一起出现在案发现场也不会奇怪的人物。搜查一定会往这个方向进行。只要没有发现犯人所设置的陷阱，警方都会认为犯人是臂力不输于寺田刑警的男性，而且是寺田刑警所熟悉的人。”

岩永脑袋稍稍前倾，奶油色的贝雷帽也往下滑落。她用手按住了帽子后又重新戴回了头上，继续打着字。

“换言之，犯人是与这些特征相反的人物。比寺田刑警要柔弱许多，臂力也没有那么强，深夜里与刑警待在人烟稀少的地方显得很不自然的人物。如果选择毒杀之类相对简单的方法的话，可能会遭到怀疑的人物。也就是说犯人是女性。”

虽然并非绝对，但毒杀通常被认为是女性惯用的犯罪手段。因为跟男性相比，女性力量要更弱，可实施性更高，而且不必担心会受到对方的抵抗。因此在很多人先入为主的观念里，毒杀通常是女性所为。

“如果犯人是女性的话，通常都会认为女性不会在半夜时分，与并非恋人的男性在人烟稀少的地方见面。也不会认为女性能够趁寺田刑警来不及抵抗的情况下从正面将其打死。警方会认为作为柔道强者的寺田刑警不可能轻易地被女性杀死。那么犯人就可以逃离警方的搜查范围之外。所以犯人才会捏造出钢人七濑这个人物。”

这样就能够解释为何犯人需要“钢人七濑”，以及为何要选择那种特别的杀人手段了。

“但是相对而言，只要搞清杀人诡计和捏造钢人七濑事件的理由，就能够根据这些线索锁定犯人了。犯人是女性，犯人能够获知寺田刑警的身高。犯人在市内发生可疑事件时，可以预料到寺田刑警的动向。犯人即使告诉寺田刑警自己被钢人七濑袭击，现场还留有遗留物，在半夜把寺田刑警叫出来也不会被怀疑。”

留言板上开始有人列举出了符合以上条件的人物，与岩永的解答相同的人物。

“犯人是跟寺田刑警在同一个警署工作的女性警察。既然在同一个警署工作，只要将死者头部的高度与门框或自动贩卖机、海报等物体高度进行对比，要推算出身高并非难事。在同一个警署工作，自然也能得知大家对他的评价。如果是警察的话，在收到可疑人物袭击时，保留相关证据，打电话找可靠的刑警来帮忙，也不会引起被害者的怀疑。从现有的情报，可以推测出的犯人形象，就只有女性警察。”

虽然都是假设，看上去却很真实。

被害者是刑警，如果犯人也同样是警方人士的话，这个假设就有故事性，而且容易被人所相信。

“而犯案动机就只能自己想象了。或许是死者单方面地对犯人有好感，而让她非常困扰。也可能是让被害者抓住了把柄，而被迫保持男女关系因而心生怨恨。又或者是犯人对寺田刑警有好感，却单方面被拒绝而心怀恨意。”

即使是谎言，也不想太过贬低被害者的人格，因此岩永在动机方面并未解释清楚。然而只需要让大众自我想象地脑补就可以了。

“但如果将杀害所需的时间、劳力以及计划的周密程度都考虑进去的话，动机很可能是情感纠葛吧。如果只是利益得失的问题，理应不至于选择如此执着的杀人方法才对。”

网站上有关动机的议论已经沸腾了。对于岩永提出的假设，仍有不少人表示怀疑。

岩永敲打下结论之后，上传到了留言板中。最初的主张就到此为止了。

“钢人七濑并非亡灵。全部都是为了杀害寺田刑警所设的陷阱，只是某个女警捏造出来让世人信服的杀人装置罢了。”

是否因为隔着挡风玻璃，眼前的光景在纱季的眼中，如同电影院的银幕一般。手中的手机也被汗浸湿了。

月光之下，那位毫无个性的青年——樱川九郎，沐浴在钢筋猛烈的洗礼下，依然抓住了钢人七濑的身体，将其按倒在台阶之上。然而那位从众多妄想中所诞生的没有面孔的美少女——钢人七濑，已将歪掉的蝴蝶结调整回原先的位置，腰身摆动着，挥舞钢筋冲向九郎。九郎则被钢筋击中，头部被彻底破坏了。

九郎的身体如电影里表现的一般，自阶梯上滚落而下。钢人七濑的短裙轻轻地飘起，本人则准备往楼梯下冲去，然而却紧急停在了原地。在她对面的九郎已经恢复到往常一样。他再次站起来，快速地跑上台阶，击中了亡灵的腹部和肩膀。

这究竟是攻防战，还是无间地狱的场面？

钢人七濑仿佛向世人宣扬自己存在一般，一副君临天下的姿态。而九郎为了守护世界的秩序阻止着怪物的降临，同时九郎自身也超越了生死的秩序。然后，他每一次被杀，每一次复活，都能使用自己的“决定未来能力”，不停地试着抓住、选择那些“夺回世界秩序”的未来，以及那些“可能夺回世界秩序的”的未来。

在岩永将自己的假说总结之后，“钢人七濑综合网站”的风向大幅度地改变了，这是以前从未有过的。以岩永提出的“重物钟摆假说”为中心展开了积极地讨论，哪处能够成立，哪处又有矛盾。无论是通过逻辑思考问题的人，还是刚开始不接受这种假设的人，或是那些赞同假设，并推测着犯人细节的人，甚至是毫无责任感地猜测犯人动机的人，全都加入了这场激烈的论战中。

然而，最让纱季震惊的是即便无法指出犯人，但还是能通过条件筛选，让犯人的形象越来越清晰，越来越具有说服力。对嫌疑人来说，即便没有被报道出来，但犯人形象已经被推测到如此明确的程度，也与真相无异了。于是，这种假设的信者也在逐渐增多。

对于岩永在留言板上提出的假说所引发的激烈讨论，九郎也没有错失机会。在不断重复的死亡当中，九郎抓住了可以消灭怪物的，已获得大众支持的“重物钟摆假说”的未来。

九郎走出车门的时候，对岩永说过“靠你了”。岩永也对九郎说过“拜托你了”。正因为他们相互信任彼此的力量，才会勇敢地向可怕的怪物挑战吧。如果不是这样，九郎又怎么会不管被钢筋砸碎几次，还义无反顾地冲上前呢？岩永又怎么会在明知道真相的情况下，不断构筑虚构让真相变成谎言呢？

纱季紧闭着嘴唇，压抑着内心的情感。终于，她忍耐不下去了，从驾驶席上探向后座，问出了那个让她一直在意的问题：

“等一下！这个假设里的犯人形象，基本上就是在说我吧！”

“哎呀，被你发现啦？”

岩永停下敲打键盘的动作，一边放松着手指一边抬起头来，满脸正经地回答道。

“怎么可能没发现啊！在同一个警署里，还是寺田喜欢的女警，就连真仓坂署的署长都能一眼看出来是在说谁啊！”

搜查本部里可能也有人为了收集情报在关注着这个网站，或者也有人对纱季抱有怀疑。就连警署内部，也有很多人十分关心寺田的死，要是有谁看过这个网站，很有可能会对纱季投去奇怪的视线。明天自己还有什么脸去上班啊。

“请你忍一忍吧。我总不能找个素不相识的女警来背负嫌疑啊。”

岩永十分平静地劝说道。

“首先，搜查本部不会把网络上的留言当真吧。只要调查一下，就可以马上得知这些都是谎言了。现场的屋顶没有装过挂钩的痕迹，而且根据现场的血迹和司法解剖的结果，死者头部的伤痕也不可能是撞钟类的东西击打出来的。”

“不过在网络上都不是问题。网上的那些人只相信自己想要相信的东西。警署内部说不定真的有人这么想。职场上绝对会传出风言风语的！”

传闻之所以恐怖，是因为其基于证据进行传播和渗透。说不定自己会被私下说成是那种把单纯的寺田玩弄于股掌之间，并至他于死地的邪恶女人。

“所以才请你忍一忍。反正谣言都只是一时的。纱季小姐看起来也不像多么柔弱的样子，所以跟犯人的形象有所出入。大家很快就会忘掉的啦。”

果然她是故意的！纱季恨不得想要一拳捶上去，然而岩永却丝毫不在意，而是专注在显示屏上。

“而且，这个假说也快撑不住了。”

纱季这才慌忙地将目光移回手机上。虽然还有“重物钟摆假设”的支持派，但因缺乏其他证据和补充材料，仅停留在想象阶段，很难再继续发展下去了。而且，原先那些同意岩永假设的人，有可能已经离开了电脑，更有甚者出现了反对倾向。批判派的势力逐步扩大。

况且，无法否认这个假设本身就有弱点存在。

像钟摆陷阱这样的物理诡计，虽然非常具有戏剧性，但现实中基本无法运用。

更何况女性是否真的可以独自爬到加油站的屋顶上面安装如此复杂的装置，尚且还留有疑问。

“钢人七濑”都市传说的传闻既然已经传播到了寺田刑警会展开行动的程度，在市区继续引发伤人未遂事件风险过大。有人也提出了这样的疑问。

被怀疑到如此地步，原本就没有实际证据的虚构假设，渐渐从话题的中心慢慢消退。

“果然重物钟摆的诡计是假的啊。”

“是那些不相信幽灵的顽固家伙，不愿意承认钢人七濑才生编硬造出来的吧。”

“虽然有点意思。但故事就是故事啊。”

评论中出现了这样的趋势。这个变故来得始料未及。无法想象，信任与支持居然会在如此短暂的时间里发生翻天覆地的变化。九郎明明使用了决定未来的能力，还是无法扭转局势。

想到这里，纱季突然意识到了什么。

“岩永小姐。想让钢人七濑实体化的……是六花小姐吧？那个人也跟九郎君一样，拥有决定未来的能力，对吧？”

“是的。如同我之前说的那样。”

岩永不动声色地肯定道。

“这样的话，六花小姐岂不是也能够依靠自身的能力，强行选择自己想要的未来吗？”

“是的，因此现在的风向，才一口气被她拉回去了。原本亡灵派就相对强势，只要能够指出我们假说中的漏洞，自己再死一次的话，她就可以控制局势扭转。而且有些留言可能就是六花小姐自己发布的。”

岩永虽然说过九郎能加强我方优势，但从现在看来，对决条件根本毫无变化。六花同样拥有超越秩序的能力。而且六花已经让很多人相信了钢人七濑亡灵的存在，情况对我方极其不利。

岩永捏着盖住右眼的发梢。

“这个网站本身足以同时让许多人浏览，发表意见，服务器却完全不会发生故障，意见交流也非常踊跃，几乎没有人恶意‘灌水’，的确非常异常。这恐怕也是因为六花小姐使用能力的缘故，选出了让网站维持正常的未来吧。即使不限制我们的留言，这里仍然是六花小姐的主场。”

的确如此。想要在多数派占领优势的议会中逆转决议基本是不可能的。纱季自己也说过。

然而，岩永却没有一丝胆怯。她把手放在键盘上，伸直手指。

“纱季小姐，这个战场，这场议会非常特殊。从始至终就没有真相，有的只是虚构。我和六花小姐都知道钢人七濑是不存在的。以此作为前提，六花小姐想让虚构实体化，而我和学长则想让众人相信‘钢人七濑并不存在’的虚构。”

钢人七濑原本就是虚构的，然而却变成了实际存在的事物。只要再次证明她是虚构的话，实际存在的事物就能再次归于虚构。真是奇妙的因果循环。

岩永的观点仿佛猛禽的鸟喙一般尖锐。

“换言之，这是一场争夺虚构的议会。”

哪一方的虚构是真实的，那一方就能够获胜。在我们的战场上就连胜利本身都是虚构。这不正是现实当中的议会制度民主主义的究极表现形式吗？纱季将手指抵在眉间，胡思乱想着。

岩永露出了尖锐的笑容。

“纱季小姐，胜利的会是我们。现有四种解决方案里，我不过才提出了其中一种。只要有一部分人相信，对我来说就够了。”

纱季终于明白岩永为何要准备“四种解决方案”的理由了。

在拥有价值观多样、考虑方法也互有差异的网络空间里，只用某种假设就想让所有人接受是不可能的。无论是不是真相，都有人无法接受。每个人所希望的“真相”尽皆不同，每个人都有自己不愿承认的“真相”。

那么结合多样的价值观，提出多重的“真相”呢?

虽然不愿接受 A 的真相，那就接受 B 的真相。不愿接受 B 的真相，也许会接受 C 的真相。这样的现象在网络上屡见不鲜。岩永准备的四种假设，虽然真相的类型不同，但四种假设都指向一个共同点——钢人七濑并不存在。

岩永的“重物钟摆假设”虽然没能动摇亡灵派的根基，但至少已经有人对钢人七濑产生怀疑态度。亡灵派的势力也遭到了某种程度的削弱。像这样的削弱，岩永还准备了三次。

在不断地削弱下，亡灵派的势力会越来越薄弱，钢人七濑也将无法维持亡灵的实体。接着只要九郎使用决定未来的能力，就一定能够决出胜负。

因此，岩永不一定非得让某一个主张变成多数派。只要让人们怀疑六花的提议就达到目的了。这也是战略的所在。

多么可怕的女孩啊。有条不紊，胸有成竹，以智慧为利刃，以谋略为毒药。以谎言为武器的答辩者，没想到居然能够如此强大凶恶。

纱季被眼前的女孩惊呆了。而岩永则再次敲打起键盘。

“那么，开始第二个解决方案吧。”

“钢人七濑不是捏造的，是真实存在的亡灵。那么，为什么七濑花凛会变成亡灵并袭击人类呢？”

岩永突然以此为标题留下了评论，纱季从驾驶席上猛然向她转过身去。

“你的立场是钢人七濑不是亡灵吧？但是你居然以承认她的存在作为前提，接下去要怎么说啊？”

“请冷静一点。既然讲道理斗不过讲歪理，那我也用歪理辩论。用这招可以切入话题，然后从内部开始构筑理论。只要幽灵出现的原因能让他们接受，必然也能得知除掉幽灵的方法。只要将原因除去，幽灵也会消失。”

对于岩永的解释，纱季无法完全接受。虽然想说什么，还是放弃了一般坐回了驾驶席。

“钢人七濑综合网站”内，有人发现刚才提出合理假设的人竟然又提出了完全相反的主张，留言板上的用户也表现出困惑、恼怒、愉快，仿佛是人间百态一般。

“杀死寺田刑警的是钢人七濑的亡灵，刑警在独自调查钢人七濑的时候，不幸地遇上了本尊，并且被她用钢筋活活打死。现场状况无法解释，也因为犯人是幽灵的缘故。原本不相信幽灵的刑警被真正的幽灵惊呆了。在此时受到袭击，因此才会毫无抵抗的痕迹。”

对于岩永的这段解释，没有出现什么特别的反对意见。从今天下午开始，这种解释就受到了绝大多数人的支持。虽然细微之处有所差异，但事实上也是如此，六花也不会提出异议。

“那么钢人七濑，也就是七濑花凛的亡灵。她以亡灵的身姿出现的目的是什么？所谓亡灵，即是对现实世界还留有怨恨，为了报复而徘徊于人世的。那么七濑花凛留在这个世间的遗憾究竟是什么呢？只要搞清楚这点，就能让扰乱人世的钢人七濑消除怨恨立地成佛了吧。”

七濑花凛为何会成为幽灵，这个话题也曾在网上引发过讨论。然而却因为她的死亡事故存在不幸和意外的成分，所以大多数人都认为她变成幽灵也不奇怪，因此从未有过深刻的讨论。

寺田刑警的事件被媒体报道后，就有人认为七濑花凛是对于警方草草断定她是事故死亡而心生不满，因此才会化为亡灵杀死警察。网上也一度出现了这样的言论，但还没有人以此为中心进行过议论。

“警方认为七濑花凛事件是极其接近自杀的意外事故。一般情况下，当一堆钢筋迎面砸下来的时候，正常人都会想要避开或者试图防御。”

这些情报曾被媒体报道过。综合网站的其他页面里也整理了相关的情报。

“发生意外的那个雨夜，七濑花凛被弃置工地的钢筋砸下时没有任何反抗。可以认定她的精神已经接近崩溃，处于几乎绝望的状态。那么，就某种意义来说，她是自愿受死的。那她为什么又要变成亡灵呢？为什么要拿着杀死她的钢筋当做凶器到处闹事呢？”

即使是那些相信钢人七濑是亡灵的人，也都同意处在事故现场的七濑花凛，精神已经接近崩溃。

“自杀者会变成幽灵，这算正常现象吧？”

“但一般的幽灵，都不会像钢人七濑这么显眼和凶暴吧？”

“毕竟是美少女配钢筋嘛。”

“胸部也很大呢，摇摇晃晃的。虽然我没看过。”

“因为她是遭世人非难而被逼上绝路，所以才会想要不分青红皂白地报复世人吧。”

即使是自杀，变成幽灵出现也不奇怪。出现了很多类似的评论。

“如果是因为憎恨世人逼死自己，而变成亡灵的话，那么七濑花凛现在不已经成功恢复偶像身份了吗？由于钢人七濑的出现，她再一次成为了街头巷尾谈论的明星。世人会记住她，甚至也不会再谴责她了。我们都因为钢人七濑的出现而欢欣雀跃。她再一次成为了偶像。”

留言板内议论纷纷。岩永究竟会提出什么主张，所有人都在翘首以盼着。

“但她为什么却变得更加凶暴，甚至到了杀人的地步呢？说起来，她原本就是因为被怀疑杀害了亲生父亲，而被逼到无法从事偶像活动的。难得现在恢复了偶像的地位，却又动手杀人的话，很可能会再次沦为人们非难和恐惧的对象。”

要说为什么呢，岩永应该是最清楚不过的了。钢人七濑是“想象力的怪物”，并不存在七濑花凛本身的意志，也不是因怨恨世人才化为的亡灵。她反映出的是众人的妄想，因此她的出现和行动都不符合常理。

而对岩永来说，这一点刚好可以用来虚构对自己有利的故事，作为增加说服力的材料。

“因此七濑花凛不是因为怨恨世人而变成亡灵的，她也不希望恢复偶像的地位。她是有其他的怨恨、其他的真相，想要讨回公道才现身的。但由于世人直到现在都无法理解她的诉求，所以才会变得更加凶暴。”

没有出现任何妨碍岩永的留言。她这次的主张不是直接对钢人七濑的存在加以质疑，也并不违反综合网站的主题，因此观众们反而都做出一副洗耳恭听的样子。不，因为是留言板，所以用拜读更合适吧。

“希望你们想想看。现在已经没有人用杀父嫌疑谴责七濑花凛，也没有人重提旧事，但并不代表她的嫌疑就被否定了。她的杀父嫌疑依然没有被洗清。”

岩永快速地敲打着键盘，文字在显示屏上跳跃，而那些文字又将深深刻入每一个观众的内心。

“如果真的是她杀害了自己的父亲。事到如今，她还会想对世人诉求什么？犯下杀人罪的人，就算遭到非难，被逼到无法做偶像，都是理所当然的吧。也不会因此产生什么冤屈。综上所述，正因为她没有杀人，所以才会愤怒，为了让世人知道真相化作幽灵。”

岩永在诱导其他人对钢人七濑产生同情。让他们产生一种错觉，她并非只是一个怪物，还拥有一颗可以理解人类的心。

“但真的只是因为这样吗？已经不再遭到非难，也就相当于被当成了无辜的人，可以说她的目的已经达到了一半。然而她却变得更加狂暴，甚至出手杀人，这一点无法理解。因此，她的愤怒是因为还有其他诉求。”

“岩永小姐，你发的这些不会只是推论吧？”

“对。在第二个解决方案里，我只是一个写故事的作者而已。在真正的议会里，答辩者也会为了让发言更具有说服力，而尽可能地夸大其词吧。”

“这个嘛，倒是有啦……”

暂时不管夸大其词的对错，至少岩永刚才的观点并非是一味地胡编乱造，而是基于真实情况所创作出来的故事。也许会在最后突然指出真相也说不定。

“回到事件的开端吧。为何一位仅仅小有名气的偶像七濑花凛，会被扣上弑父这么令人厌恶的嫌疑呢？只是碰巧产生的传闻吗？不，不是的。这是有预谋地、人为捏造出来的嫌疑。有人设下陷阱栽赃七濑花凛。因此她才会含冤化作亡灵出现。”

这是没有人重视过的最初的谜团。只要解开了这个谜团，就能够像除灵仪式一般，消除亡灵的存在了。

“七濑花凛希望有人能够告发那个陷害自己，并最终把她逼上绝路的人。我们必须去了解她的意图，解开事件的真相。只有这样才能够让钢人七濑安息。”

为了让亡灵安息，因此倾听她的诉求，满足她的心愿，这是所有人都能够接受的方法。留言板上依然没有反对意见，反而都在催促岩永继续。

“为何七濑花凛的弑父嫌疑会闹得满城风雨？大概可以推测出几个原因。比方说，有权势的事务所为了从七濑花凛手中抢下电影或电视剧的工作，而恶意抹黑她。其他嫉妒七濑花凛人气的偶像则顺势炒热话题等等。这些推测看起来真实度都很高。”

没有出现在其他演艺界的话题里，只是偶然在体育报纸和周刊杂志上同时报道了七濑花凛父亲死亡的消息，虽然没有任何恶意和阴谋，但还是导致了严重的问题出现。这样的可能性也是存在的。如果七濑花凛所在的是大型事务所的话，也许就不会出现这种报道。正是这种不负责任的报道和发言才引发了严重的后果。相似的事情在演艺界屡见不鲜。

某些偶像和艺人也曾经为了节目效果，夸大其词地曝出曾经的恶作剧行为。而这些会被媒体抓住当作犯罪行为进行批判，导致那些偶像和艺人不得已暂停工作。这样的也不在少数。

“对于没有什么背景，仅凭在深夜节目中耍点小聪明出名的七濑花凛，会有非常多的人敌视、嫉妒她吧。我想这种推测也能反映出一部分真相。然而，用杀人嫌疑来贬低一位正在走红的偶像，作为阴谋或中伤也太离谱了吧？”

“杀人嫌疑虽然是不怎么常见的丑闻。但放在七濑花凛的身上反而显得逼真。”

纱季虽然早就知道是岩永编造的事实，也不禁开始浮想联翩。这件事是有点可疑，很像有内幕的样子。

“就算她的父亲最近去世，但比起捏造毫无根据的杀人嫌疑，捏造恋爱关系或者金钱纠纷之类的丑闻，要可信得多吧。就算在无风乱起浪的演艺界，涉嫌杀人还是太过火了吧。因此，那些新闻媒体和相关人士，不过是利用了原本就有的嫌疑。”

在过激的话题下，那些表示怀疑的人也会对当事人造成伤害。

“那么回到最初的疑问，绯闻是谁最先提出的。最早一定是出自某人，随后才扩散给众人所得知的。所以这件事存在着明显的源头。”

岩永接下来的发言是非常危险的。就算不会被人以诽谤罪起诉，在网络上发表谴责过世之人的留言也需要十分谨慎。

“不是别人，人们普遍认为遭到杀害的七濑花凛的父亲本人，就是嫌疑的起源。这位父亲在摔下楼梯而死之前，曾对别人抱怨过对女儿的不满。那位女儿叫七濑春子，正是七濑花凛本人。在他死后，世人还发现他亲笔所写的手记里，清楚地提到过女儿对他的杀意。”

根据报道，七濑花凛的父亲留下了写有“春子开始对我产生杀意了。如果有人看到这篇文章的时候，我一定已经被春子杀死了。一定没错。”的手记。这便是嫌疑的起源。

在嫌疑扩散的时候，警方的搜查和验证也不充分。因此在七濑花凛死后，由于嫌疑人的死亡，她的嫌疑和她父亲的死亡之谜也就不了了之。这也是这起事件的特别之处。

许多人都在怀疑女儿杀死了父亲。作为起源反过来想，为什么父亲会感觉到女儿的杀意呢？

“父亲感觉到了女儿的杀意，事先写下了手记。而手记在他死后被人发现。这世上会有如此顺利的事吗？女儿是正在事业上升期的偶像，做父亲的为什么要留下会对她造成负面影响的亲笔手记呢？”

此时，岩永将再一次为七濑花凛进行无罪辩护。

“如果是七濑花凛把父亲推下楼梯杀害，并伪装成意外死亡的话，那她一定会把对自己不利的手记之类的留言优先处理掉吧？毕竟父亲经常会向别人抱怨自己对女儿的不满，她更应该会保持警戒吧。另外，她也不太可能会在父亲对别人抱怨自己的期间冒险杀人吧。为了不让自己的杀意被察觉，她会很早就开始留意的。”

偶像七濑花凛的其中一个特征就是她聪明的头脑，也有人因为她的聪明而讨厌她。她为了获得事业上的成功，绞尽脑汁，不懈努力，不放过任何一个机会。在穿着暴露的泳衣参加演艺活动的同时，轻松地考进了国立大学，还机关算尽地讨好制片人和导演。就是这样，一边把其他偶像当成笨蛋，一边凭借着自己的聪明获得成功。而且在她获得人气之后，依然有很多人对她保持这种印象。

正因为她是这样一个知性的，充满智慧的女孩，所以在杀掉父亲以后才逃脱了罪名。这样的传闻很有说服力。然而换一个角度思考，头脑这么聪明，却犯下如此明显的失误，的确让人无法理解。

“因此，七濑花凛并没有杀害她的父亲，也没有对父亲抱有杀意。但为什么七濑花凛的父亲却说女儿对自己有杀意呢？”

如果女儿对父亲抱有杀意的话，那么父亲也可能对女儿抱有加害之意。

“因为设下陷阱，陷害七濑花凛的人，正是这位父亲。为了毁掉女儿在事业上的成功，父亲选择看似意外身亡的方式自杀，并且事先准备好诬陷女儿的手记，为了以后能够被人发现。”

没有任何证据，就将罪名转嫁到已故之人身上。这种行为固然不可取，但死去的父亲也并非毫无责任。他留下的手记就是导致七濑花凛死亡的最大原因。如果这位父亲泉下有知，不忍心看到亲生女儿被包装成名叫钢人七濑的怪物的话，为了帮助消灭怪物，就算背上不存在的罪名，也不会被上天惩罚吧。

“他们父女之间的关系如何，我们只能想象。虽然有些报道提到过，那位父亲靠着女儿的收入吃饭，甚至辞去了工作，但辞去工作的理由也未可知。说不定是发现女儿一两个月的工资就抵得上自己辛苦工作一年，感到不快而辞去了工作。也有可能是因为健康原因而不得已辞职，只能让女儿养活自己。又或者是因女儿毫无怨言地供养自己而憋屈郁闷，又被人背地里说是明明还能工作的年纪却要靠女儿吃白饭。这样的想法让他深感压力。”

这位父亲正因为这些理由而对女儿产生了扭曲的恶意。所有人都会往这个方向去想。

“总之，父亲对女儿不满应该是事实。由于健康问题或公司裁员，不得已失去了工作，新的工作也迟迟找不到。但由于能靠着演艺事业蒸蒸日上的女儿养活，所以也得不到旁人的同情，反而会被那些人羡慕。这些条件足以让父亲罹患心病，特别是那种将工作视为人生价值或存在意义的人，无法忍受心中苦闷却无人理解的窘况。”

人类无法轻易地认识到自己的错误。即使错在自己，也会把错误归结给让自己犯错的环境。

“因此父亲便开始憎恨女儿。对于把自己存在的意义和理解自己的人都夺走的那个聪明活泼的女儿，父亲打从心底憎恨她。没出息的父亲与闪闪发亮的偶像女儿之间，已经出现了巨大的鸿沟。但他没有选择奋发向上，反而走上歧途，妄想将女儿也拉到与自己相同的处境。”

岩永通过将理论组合、曲解、想象，为众人展现出一位父亲扭曲的心理。

“自己再怎么努力都无法像女儿那样出色的话，那就把作为偶像的女儿拖下水，让她和自己一样自杀算了。如果有身体健康方面的问题，内心脆弱，感觉死期将至的话，就很可能会为了迎接某种有意义的死亡而下定决心自杀。而能够让他的死变得有意义的装置，正是那篇如同定时炸弹一般的，诬陷女儿的手记。”

原来如此啊。

网站上许多人表示了赞同。岩永对尚未解开的杀人嫌疑做出明确解释的行为，就连那些支持钢人七濑亡灵存在的人，都表示大为欢迎。

有名望的家族中因为名声而被卷入私生活或金钱的纠纷，而处于事件中心的一些人很容易遭到其他人的怨恨。这些传闻也很容易引起巨大的话题。人们对于名人，都会抱有一种仇视、嫉妒的态度。名人因为自身而引起不幸，或是为了获得成功而付出了巨大代价的传闻，许多人都喜闻乐见。

七濑花凛的父亲所布下的陷阱，也恰好与那些经常出现的传闻有相同之处，更加容易理解和接受。

"我是不清楚那位父亲的恶意所希望的结果。但即使心怀怨念，也不至于希望女儿真的死掉吧。或许他只想让女儿无法获得事业上的成功，或许只是想看到女儿感到不快的表情。不管怎样，他相信只要能让手记在自己死后被发现，传到喜欢丑闻的媒体耳中，就能得到自己希望的效果。接着他就故意从楼梯上摔了下去。"

再加把劲。岩永的手指在键盘上飞舞。回归寂静的议会会场中，由文字组成的答辩正在传播开来。

"虽然就结果来说，七濑花凛正如她父亲所希望的那样，遭到了谴责和贬低。但新闻媒体所引起的骚动却远远超出那位父亲的预料，如同雪球一般越滚越大，最终将七濑花凛逼上了绝路。最后她死在了真仓坂市的一处建筑工地里。"

"这么说真的没问题吗？你把七濑花凛的父亲讲得这么差劲，弄不好还会有人去她父亲的坟墓前面做出不敬的行为啊？"

纱季还是担心岩永的说法会对已故之人或死者家属造成不好的影响。

"七濑花凛也埋在同一座坟墓里。应该不会有人去做什么不敬的行为吧。"

岩永也考虑了其他的补救措施，但首要任务还是完成第二个解答。网络对面的那些毫无自觉的出席者们，一定还在等着她接下来的发言。

"七濑花凛肯定爱着自己的父亲吧。如果她真的那么憎恨父亲的话，即使被怀疑抱有杀意，也会不痛不痒地继续生活才对。由于不被所爱的父亲理解，还被父亲留下使自己陷入丑闻的手记，这让她彻底绝望了。绝望到即使眼前钢筋砸下也懒得躲避。”

这也恰好说明了为什么在死亡现场，她没有任何躲避或防御的痕迹。事实和谎言完美结合，形成了一条条理清晰的画卷。

“七濑花凛就这样死去了。死后，她曾一度前往过彼世。但却遇到了先走一步的父亲，并从他口中得知了事情真相。”

“彼世？从父亲口中得知真相……这种理论也太超现实了吧！”

驾驶席上的纱季目瞪口呆地说道。岩永了如指掌地认真作答：

“不是那个世界的话，她要在哪里得知真相啊？她在死之前即使怀疑父亲，也无法确认才对吧。反而会变成自己爱着父亲而无法产生恨意吧。因此，要让七濑花凛化为亡灵的前提，就必须要让她了解整件事都是父亲设下的陷阱才行。明明是心甘情愿被钢筋砸死的，却仍然抱有遗憾化作亡灵，只有这种说法才能消解这个矛盾。”

其实还可以捏造出更多的假设，但作为第二个解决方案，这样就已经足够了。

“虽然死后感到绝望，不再对人世有所留恋，但当她了解到自己是被心怀恶意的父亲所陷害之后，巨大的悔恨导致她无法立地成佛。所以她才会为了让世人理解她的诉求而重返人世。”

岩永拿过后座上的饮料瓶，打开盖子，喝了一口红茶。

“钢人七濑为了让世人了解真相——不仅自己没有弑父，而是自己被父亲所害，因此化作凶暴的亡灵。七濑花凛由于遭到所爱的父亲背叛而化身成魔，沦落成为丑陋的怪物。”

死去的偶像没有任何罪过。亡灵的背后常常伴随着悲剧。大众应该不忍心看到悲剧持续下去。

想要终结悲剧，就必须让幽灵消除留恋，了无遗憾。

“如果你们可怜七濑花凛的话，那就把她当成一个没有杀害任何人，只是爱着父亲的无辜偶像吧。只要我们将真相铭刻心中，想着她楚楚可怜的身姿，并祈祷她能够成佛的话，那么钢人七濑一定就会自黑夜离去。”

为七濑花凛消除留恋的是接受这个故事的所有人。也是现在议会会场里具有决策权的所有议会成员。如果被托付如此有意义的工作，只要不是铁石心肠的话，都会被感动吧。只要是人类，都不免会因为情感的冲动而采取支持的行动。

岩永用这句话作为第二解决方案的结尾。

“以失去面孔，手持毫无美感的 H 型钢，身着令人可怜的迷你裙的姿态现身的七濑花凛。不能让她永远都是在深夜徘徊的悲哀的亡灵。就让我们用祈祷，让本名春子的七濑花凛——安详地返回天国吧！”

岩永口中的可悲丑陋的亡灵钢人七濑，此时正挥舞着巨大的 H 型钢，将九郎击飞出去。九郎重重地摔在了台阶旁的灌木丛中。从侧腹部到胸腔被钢筋击中的他，在草丛中间弹跳翻滚着。

即使声音传不到车内，纱季也仿佛听见了肋骨和背骨折断时沉闷的声音。在受到那样的攻击后，不可能有人能够活下来。

然而，九郎却马上站起身来。他用手指摘下了头发上沾的绿色树叶，掸了掸身上纽扣被撕下、前面敞开的衬衫。钢人七濑也仿佛习惯了一样，并未走下台阶，而是等待着九郎的复活。

光是纱季亲眼所见，九郎就已经死亡复活有十次以上了。他到底抓住了怎样的未来呢？手机上的画面也没有静止，综合网站上的留言如同潮水一般接连不断。岩永所提出的第二种解决方案引起了极大的反响。

岩永巧妙地打入了敌人后方。在承认钢人七濑存在的同时，依然诱导着众人接受了消灭怪人的结论。通过塑造一个被设陷阱陷害，背上冤罪的悲剧偶像——七濑花凛，从而引发其他人的同情，并给出了只有消灭亡灵才能让她灵魂升天的结论。

即使那些支持钢人七濑的亡灵派，也无法轻易地拒绝这个故事。按照社会共通的认知，开始接受这个故事，开始觉得让亡灵升天是最好的结果。钢人七濑依然存在的话比较有趣，别费力气让她升天了——这样唱反调的意见也出现了，但根本无法成为主流。

几十万人期盼亡灵的妄想可以使得钢人七濑诞生，只要让那几十万人再次期盼她升天的话，即使承认钢人七濑的存在，也能够消灭她。虽然说得都是歪理，但岩永依然通过构筑合理的假设阐明了钢人七濑出现的动机，并具有相当说服力和感染力。

如果放在现实中的议会里，就是承认对方提出议案的正当性的同时，通过添加其他条件使得对方提出的内容为我方所用，类似这样的辩论手段。虽然承认其正当性，但以对方的议案作为突破口，不仅可以回避议论的过程，而且可以在对方无法注意的情况下顺带完成我方的目的，这样的实际例子并不是没有。

而且，即便对方发现问题，想强硬地回归当初的议案，也可以用“难得可以圆满解决问题，却来搅局，真会给人添麻烦”这样的话来引发会场同仇敌忾的心理。这样做就能让原本那些支持派转向反对派了。

此外，岩永还在她的第二解决方案里加入了“在彼世从父亲口中得知了真相”这样超出常识的内容，增强了故事性。纱季虽然曾担心这个部分主旨的虚构性太强，可能会产生负面效果，到了最后才终于明白了她的意图。

岩永是故意将真实感劣化的。通过这样的做法，使得她的故事不会过度可信，也保证了现实中不会对相关人士产生实质性的危害。这是她的补救措施。

通过在故事中加入不真实的部分，使得接触这个故事的人可以保持冷静。因而不会做出诸如毁坏死者的坟墓，对死者家属做出谴责等等过激的行为。

虽说是不真实的部分，但却不会破坏故事的完整性。在众人都接受亡灵的故事前提下，即便有点不自然的部分，也不会被在意。只要让人们相信故事中自己想要他们去相信的部分，并引导他们希望钢人七濑的幽灵升天就够了。

即使是七濑花凛和她父亲的熟人，也无法把这个包含超出常识内容的假设当真，更没办法加以起诉。而且，即便七濑花凛父亲的亲属以诽谤罪起诉岩永，在世人眼中，也就等于变相坐实了父亲对女儿怀有杀意与恶意。而且，也会出现“同样属于亲属的七濑花凛的名誉又有谁来保护”的谴责声音。由于可能产生的后果而使他们只得置身事外。岩永同时也呼吁众人不要单方面责怪父亲，因此也不会对其亲属造成不好的影响。

凡事没有绝对，可能还是会有不经思考就做出过激行为的人，或是死者亲属不顾大局进行起诉的情况发生，但岩永已经做了最大限度的考虑。

如果不彻底制止钢人七濑的行动，已经犯下命案的她，一定会在今晚敲碎更多无辜市民的脑袋。说不定还会发生大型连环虐杀事件。为了消灭她不得不做出一些牺牲。

九郎用右手抓住了钢人七濑的头部，用全身的重量将其压倒在台阶上。怪物的胸部宛如布丁一般上下抖动。迷你裙鼓了起来又瘪了下去。虽然纱季在驾驶席上无法看清战况，但从她倒下的架势来看，钢人七濑的喉咙至少要被压下去一半的厚度。

九郎站起身来，离开了钢人七濑。如果是一般情况下，钢人七濑会在三秒以内如同橡胶一样恢复外形。但这次过了五秒，她的胸部依然纹丝不动。终于，在数到八的时候，钢人七濑蓦地动了起来，手脚支撑起身子，头部也摇摇欲坠的样子。很明显，她的活力正在减退。

“咦，是不是变弱了？”

一旦来自人类的妄想之力减弱，钢人七濑的生命力也会被相应削弱。只要大多数人按照第二解决方案那样，希望钢人七濑早日升天的话，维持她身体的活力就会明显减弱。按照这样的趋势，说不定不用等到拿出第四个方案就能够消灭她。纱季如此想着。

“六花小姐应该也没预料到我们会在正面进攻之后，迅速地提出这个不合常理的解决方案吧。毕竟是以亡灵存在为前提的主张，那些亡灵派越有优势，我们受到支持的可能性就会越高。九郎学长才能够更容易地决定我们所希望的未来。”

对着转过头来的纱季，岩永轻轻地拧上饮料瓶盖，一副都在自己计算之内的样子，冷静地说道：

“但是，这样还是无法分出胜负。”

睫毛轻轻地挑动，瞟了一眼挡风玻璃的岩永，再次把注意力集中到眼前的显示屏上。纱季回头看去，只见挡风玻璃的对面，钢人七濑自台阶上弹起，冲着九郎冲了过去。钢筋的表面和蝴蝶结的边缘在月光下闪着妖异的光芒。

钢人自九郎的头顶跃过，从他的背后对着他的肩膀挥下了巨大的凶器。九郎躲闪不及，身体好像被切开的西瓜一样，伴随有红色的液体喷洒而出。钢人七濑的弱化只是暂时的。她挥舞起两米长的钢筋来，丝毫没有一丝吃力。她的力量几乎没有衰减。

纱季看向了手机中综合网站的页面。

“中了亲生父亲的陷阱，这一点上我是能够接受啦。不过还是有点缺乏真实感。”

“虽然我觉得你的假设说得通。但只是挥舞钢筋，也没办法让世人了解真相吧。”

“果然还是因为憎恨所有人类才出现的。”

“感觉只是让世人知晓真相，还是无法平复怨恨呢。甚至还杀害警察。”

“主张自己无罪，却又动手杀人，这很奇怪。”

“钢人七濑这个名字，听着就不会像是轻易升天的样子呢。”

对于岩永第二解决方案不信任的留言接踵而来。虽然有部分人能够接受，但那些反对岩永的假设，反对她提出的消灭条件的人逐渐占据了优势。也有不少人干脆地接受了第二解决方案后，离开网页去做别的事情了吧。想象力依然在强化着钢人七濑的力量。

“六花小姐又再次抓住风向，扳回一城。如果七濑花凛的亡灵，是以更加传统的那种充满怨恨的幽灵形象出现的话，或许第二解决方案就能够落下整件事的帷幕了。但可惜的是‘钢人七濑’之名是巨大的障碍。正常有冤屈诉求的幽灵，是不会以那种名号和模样到处作乱的。”

纱季转头看向后座的岩永。她眼中不仅没有一丝遗憾的神情，反而在冷静地分析败北的原因。虽然作为民主主义的优良传统，议会的走向通常不受情感带动。但用在岩永身上，真的是值得高兴的事吗？

不仅将事实与谎言巧妙结合，还为死者家属作了考虑。岩永绞尽脑汁所虚构的故事，竟然只是被一个具有冲击力的名字击败了。即便受到这种打击，她还是冷静地盯着电脑显示屏，嘴角露出了微笑。

“但六花小姐这次还是没有办法完全否定我的故事。如果网络上的大部分人想要相信，期望看到可能性较高的故事，那么六花小姐也就只好踩着我所铺好的、具有说服力的道路前进了。”

岩永把饮料瓶扔到座椅上，向上拨了拨挡住右眼的刘海，接着把手轻轻地放在键盘上。

“说起来，人们都很期待故事中绝对有利的多数派，被绝对劣势的少数派逆转的局势。难道不是吗？”

岩永的手如此小巧又惹人怜爱。然而此时在纱季的眼中，却无异于猛禽狰狞的利爪一般。

“开始介绍第三解决方案吧。”

“再次重申，七濑花凛在钢筋砸下时，没有任何抵抗的意图，而是正面承受冲击的。无论她当时抱有什么心态，都无法否认她是在自愿情况下死去的。那么，假设是幽灵作祟好了，但幽灵真的会以钢人七濑那样强横的姿态出现吗？如果七濑花凛真的如此强悍，那她就不可能容许自己如此狼狈地死去吧？”

岩永再次带着她虚构的答辩，降临于网络构成的议会会场。

“七濑花凛的死亡状况与她的亡灵，在逻辑上存在矛盾。逻辑相符的假设已经在刚才被否决了。那么，我来提出一个新的假设。钢人七濑并非鬼怪，而是活人有意捏造出来的假冒亡灵。而杀害寺田刑警的凶手也是活生生的人类。由于钢人七濑并非七濑花凛，因此才会与她的死亡状况矛盾。”

这次的方案和第一解决方案相同，都是否定亡灵存在的假设。所不同的是，这次虚构的故事回到七濑花凛死亡的现场，从根本上对亡灵的存在进行否定。

“我想要再一次验证事件的起因，也就是七濑花凛的死亡。她的死亡果然还存有疑点。也有人认为，那样的死法并不像她的风格。”

“对了，好像因为某些缘故，引发过一阵讨论吧？”

随着岩永的留言，有人马上给出了回应。有些人则认为岩永已经连续说了这么多，也该感到腻了。然而时间才刚进入深夜，明天还是周日，因此留在网站中的用户还有很多。更何况九郎在死去的同时，也能够选出让网站用户热情不减的未来。

“她当时被逼得走投无路。失去了好不容易才在演艺界闯下的地位，不仅再难获得以往的人气，更是被扣上了弑父的嫌疑。如果她父亲留下的手记是整个事件的开端，那她至今为止的人生就完全失去了意义，这足以构成自杀的动机。然而，对她的自杀表示怀疑的人，不是别人，正是她的亲生姐姐。”

“我看过那篇报道。”

“我是听采访说的。”

“她好像不认为七濑花凛会因为这点小事儿自暴自弃，也不觉得妹妹会选择这么狼狈的死法。”

“这个网站里也整理过相关的报道。”

有了众人积极的支持，话题的展开也变得容易了许多。虽然媒体还没有公开姓名，但确实提到了姐姐对妹妹的死抱有怀疑。同时对于警方的搜查也持怀疑态度。对于姐姐来说，为何妹妹七濑花凛的死无法接受呢?

“当亲人自杀的时候，家属有时会无法接受、表示怀疑。如果自杀原因出自家属本人身上的话，他们往往会为了不被旁人谴责而推卸责任。比如会说‘之前完全看不出他会自杀’、‘肯定还有其他原因’、‘肯定是其他人害的’之类的话。她姐姐之所以会对此表示怀疑，很可能就是类似的情况。”

“姐姐不是得到了妹妹全部的遗产吗？所以也容易受到周围人的指责吧。”

“难道是为了遗产才逼着妹妹自杀的吗？七濑花凛赚了不少钱吧？”

“虽然写真集的版权都在事务所的手上，但是歌曲的版税也不是一笔小数目。”

“不少吧。足够改变人生了。”

“但如果姐姐是为了遗产的话，应该不会对妹妹的自杀表示怀疑了吧。她可能会说出‘如果找我谈心的话或许就不至于自杀了’这样的话，然后再装个样子哭一下吧。”

“确实啊。这样反而会让警方起疑而被调查。”

“正是如此。无论是出于自我防卫心理还是其他理由，姐姐说的话都会引起警方或别人的疑心。只是为了推卸责任需要说到这种地步吗？”

实际上说也好，不说也罢都没有关系。

不过只有在“不会说”的场合下，故事才能得以发展。网站上聚集的人们也如此期待着。

“姐姐早就怀疑了。那个七濑花凛，本名七濑春子——自己的妹妹真的死了吗？被钢筋砸死的会不会是别人呢？”

无须赘述。七濑花凛的尸体被人发现时，面部已经被钢筋砸得血肉模糊。因此钢人七濑也是以没有面孔的怪物姿态出现的。

在故事里，当无法辨认面部的尸体出现时，通常都会被怀疑替换成了其他人。特别是在推理小说之中，五百年前就有了类似的说法。可以说是铁则中的铁则了。

网上顿时炸开了锅。众人一定不会想到，岩永竟然会质疑死者身份。

不管那些其他的留言，岩永继续敲字。

“当然，警方也会慎重地确认尸体的身份。比如说服装、指纹、血型以及体征。然而这些到底有多少可信度呢？服装只要换过来就可以了。警方应该也没有事先登记过她的指纹，只是将尸体的指纹与酒店行李和私人物品上的指纹比对。其实只要将私人物品和沾有他人指纹的物品互相替换就能搞定。血型相同的人数不胜数，体征也是一样，死者身上并没有什么特别的手术疤痕或胎记，牙齿则是与面部一起被击碎，齿形更无从查起。因此无法排除与他人交换身份的可能性。”

“但是她的胸部是很明显的特征啊。七濑花凛本人的胸部很大的。”

“虽然胸围差距很大的情况下，可以辨认出是其他人。但警方会如此严谨地调查尸体的胸围尺寸吗？就算跟写真集的照片有所不同，也能解释为写真是经过修图处理的，或者是在躲避期间受到压力而缩水，可以有很多解释。既然指纹一致，警方就不会再去怀疑尸体身份了吧。”

“警方也可以把尸体的 DNA 拿取比对吧？”

“只要没有死者被替换了身份的确凿证据，警方就不会去调查 DNA。更何况警方要怎么取得作为对照的 DNA 呢？难道靠七濑花凛掉落在酒店房间里的那些带发根的头发吗。要事先把头发换成其他人的也非难事。就算是七濑花凛的脐带被保存下来，依然可以被替换掉。所以，即使比对结果一致也无法成为决定性的证据。”

“话虽如此，可也太费功夫了吧。”

“但是，交换替身在理论上是可行的。简单地说，只要让尸体毁容，又不让警方怀疑使用替身的话，就成功了。”

“但是，在现实中交换替身这种事情，根本办不到吧？”

此起彼伏的质疑声，究竟是浏览网络的用户对此产生了兴趣，还是六花的战略呢。不管是什么原因，岩永对于质问如此反击。

“与实际上能否办到无关。重要的是七濑花凛的姐姐是否怀疑死者交换了替身。”

在纱季眼中，这是有损她所属的警察组织名誉的事情。但现实中，的确发生过弄错尸体身份的事件。而且还不是面部无法辨认，甚至尸体上都没有损伤，就连家人都错认为是本人，直到火葬以后才发现是其他人。曾经也发生过这样的事。

如果是杀人事件的话，警方当然理应重视，但如果是事故或自杀的情况下，警方就不会做 DNA 甚至是指纹检测。

在七濑花凛的事件里，警方以防万一做了指纹检测，但因为死者身上带着学生证和手机，下榻的酒店也很快便已找到，因此没有怀疑死者的身份。所以，如果尸体身份遭人调换过，警方也有可能根本无法察觉。虽然只是假设，但有可能发生。

然而，现实中尸体并没有被替换身份。岩永从工地的幽灵那里清楚地得知了七濑花凛死亡时的来龙去脉。

但是，并不知道真相的人们，就会忍不住心生怀疑。即使假设并不实际，也有人会没理由地相信。

纱季一边听着身后传来的敲打键盘声，一边盯着手机上的网页，不停地跟随着岩永议会的战术脚步。

“七濑花凛的姐姐认为妹妹的死法很不像她。那个能够说服学校、有言必行、即将成为当红偶像的聪明妹妹，不可能会这么轻易地寻死。她会这么想也是理所当然的。不，应该说越是有恶意的人，就越会用恶意去揣度其他人。”

岩永继续着如同天马行空一般的主张。虽然这个假设可能会对七濑花凛姐姐的名誉造成极大损害，但纱季还是控制住了质问的冲动。这个女孩一定有她自己的考虑。

“好，让我们回到之前的话题。那本七濑花凛父亲所留下的手记。我刚才提到过当事人的意图。即使我刚才的说法并不属实，但手记的存在是不可否认的。那么，那份手记是如何传到新闻媒体手中的呢？既然她的父亲不曾把心情记录在博客上，那么亲笔写下的私人笔记为什么会刚好被世人看到呢？”

纱季也跟着思考起来。

如果同意岩永的第二解决方案的话，那么在父亲死后，一定托付给了某人让其交给媒体。即使不同意她的方案，也需要有某人发现手记交给媒体。无论是哪一种情况，都需要“某人”的存在。

“是某人将手机交给了新闻媒体。至于某人的身份，只能是七濑花凛的姐姐。”

新闻媒体会保护情报来源的隐私，就连警方都无法得知。泄露情报提供者的信息，会关系到以后的信用问题，因此即使是警方询问也不会公开。关于七濑花凛的死，警方在近乎放弃他杀可能性的情况下，更不会去找媒体调查情报的来源。

若是跟随岩永的思考，只能得出“某人”是姐姐的结论吧。

“七濑花凛的姐姐会喜欢她的妹妹吗？妹妹不仅才貌兼备，还以此取得了耀眼的成功。另一方面姐姐却没什么能拿出手的成就。被星探挖角的也只有妹妹，别人可能会拿她和妹妹比较，并把她视作‘不如妹妹的姐姐’。”

这一切都是岩永的猜测，但这种情况也是有可能发生的。若是姐姐比较优秀还好，妹妹更优秀的话，姐姐可能会因为妹妹的存在而感到自卑。

“他们姐妹之间的关系并不好吧。在七濑花凛背上弑父嫌疑的时候，姐姐没有做出任何袒护妹妹的发言。她逃避了所有采访。七濑花凛死的时候也不在她身边，而是和朋友出门旅游。甚至从未对逼死妹妹的新闻媒体做过任何谴责的言论。如果姐妹关系好的话，是不可能发生的。”

媒体可能会隐瞒对自己不利的发言，或是故意不去采访，但岩永的推测来说也比较符合常理。警方的相关资料也让纱季有种七濑初实对于妹妹太过冷淡的印象。

“发现父亲手记的是姐姐，为了给妹妹一点小小的报复，她将手记交给了新闻媒体。或许是父亲临死托告并拜托姐姐交给媒体的也说不定。出于对妹妹的嫉妒，促使姐姐做出了行动。”

岩永又一次从议会的答辩者，一跃而成故事的作者，并带领浏览网站的用户一步步地走入故事当中。

“或许是这个决定带来的后果超出了姐姐的预料之外吧。妹妹的死，以及她死前所表现出的自杀意愿，都完全超出了姐姐的想象。因此姐姐才会怀疑，妹妹可能是故意诈死，伺机进行报复。”

从七濑花凛的立场上看，是谁让自己蒙受不白之冤已然非常明显。虽然对于七濑花凛来说也许只是一厢情愿，但手记这种私人的东西被公开，首先怀疑的一定是家人。

当然，如果岩永所说的一切属实的话。

“考虑到现实层面的问题，跟其他人交换身份是非常困难的。七濑花凛既没有时间去找一个体格与自己相似的人，把衣服或指纹调包也不容易。但也不是做不到的事。比如姐姐就认为妹妹七濑花凛，能够做出这种事来。即使原本没打算把妹妹逼上绝路，但妹妹去世的主要责任还在自己。这样的罪恶感可能会加剧她的妄想。”

纱季将焦点从手机上转移到挡风玻璃对面。

月光随着云朵的到来而变得阴暗朦胧，长长的混凝土阶梯突然变得漆黑一片。即使在黑暗中，钢人七濑的衣服依然泛着比血还要鲜艳的赤色光。

钢人同H型钢一起转着圈，将防御姿态的九郎的手臂连同头部一起打飞。在云朵离开月亮，月光重新飘洒下来的时候，九郎已经拽着钢人七濑的头发，膝盖狠狠地顶在她的脸上了。

互为不死之身，因此两人之间的战斗没有犹豫、毫无保留，完全是野蛮地互相攻击。

“实际上，七濑花凛可能只是单纯敬爱着自己的父亲和姐姐吧。只不过比别人更聪明、意志力更强、更渴望成功罢了。可是她发现辛苦赢得的成果被夺走，还被家人陷害，一定会陷入极其消沉的心理状态，甚至连倒下的钢筋也不会去躲避。因此，她的死就等于自杀。”

即使隔着玻璃，钢人七濑那种异于常人的身手和姿态，让纱季无法相信那东西曾是七濑花凛。钢人七濑并非遵从七濑花凛遗愿的亡灵，无论她多么残暴狡猾，都无法反映七濑花凛本人的性格。

真实的七濑花凛是一位在雨夜的工地里孤独地抽着烟，连奋力躲开钢筋的勇气都没有的，仅有二十岁的可怜女孩。

“但在姐姐的眼里，她却不觉得妹妹是那种值得佩服的人。她只会认为妹妹发现自己被冤枉之后，一定会不计代价地找自己报仇。抓住与自己相似的女孩，让她穿上自己的衣服把她的指纹印在自己的私人物品上，将她弄昏以后再弄倒钢筋砸烂她的脸——她认为妹妹为了脱罪可以做出这种事情。”

钢筋仿佛切开黑夜。钢人七濑从台阶上走下。

“但世人却认为她的妹妹已经死了。她就算向周围诉说妹妹可能还活着，也不会有人愿意当真。已故之人是不会被提防的最强的复仇者。活在已经死去的妹妹的阴影下，导致她无法正常地生活。”

九郎挡住钢人七濑的身体，将她往回推去。就在岩永用微小的事实强行编写故事的时候，九郎已经数次与死神擦肩而过了。

此时，岩永的理论终于触碰到了该被打倒的敌人。

“所以才需要用到‘钢人七濑’的谎言。”

纱季看不透岩永接下来要怎么解说。就算是为了虚构故事，但有必要把七濑花凛的姐姐塑造得如此充满恶意吗？

岩永一边继续编写留言，一边在心里向着七濑花凛的姐姐——七濑初实道歉。就算姐妹关系再差、就算对于妹妹的死抱有怀疑，也不该在公共场合议论爆料。就算把手记交给新闻媒体的人真的是姐姐，也不是现在该追究的问题。

补救措施以后再说吧。更何况这只是第三解决方案，并非最终方案。若是中途放弃的话，则会被认为全部是谎言。即便成为谎言，诽谤罪依然是成立的，而且也可能有人会去骚扰七濑初实的生活吧。

第三解决方案还有后续。必须交代“钢人七濑”的必要性，指出杀害寺田刑警的真凶。因此还要继续谴责七濑初实。

“认为已故之人依然存活，害怕遭到报复的七濑花凛的姐姐，心中是很难冷静的吧。无论警方列举出多少证明七濑花凛已死的证据，在她眼中都可能是伪造的。脸部无法辨认的尸体是妹妹交换的替身，七濑花凛还活着。怎么做才能停止一厢情愿的胡思乱想呢？”

数条留言都对岩永的论点表示了理解。虽然也有反对的声音，但更多的人都在期待着假设的后续。

岩永正如同众人所期待的，继续着论述。

“假设有个人把那位姐姐当做亲人，并想帮助她卸下内心的重担。那个人苦思冥想打算证明七濑花凛已经死亡，所提出的设想正是‘钢人七濑’。那个人物要让七濑花凛的亡灵降临世间。于是便伪装成钢人七濑的样子，每天晚上出来袭击别人。用这种方法捏造出一个亡灵，并将谣言散播开来。”

哦哦！

综合网站的其中一位用户，已经早早地理解了岩永的主张，留下了一句简短的支持。

在汽车方向盘前坐着的纱季，仿佛也听见了网络对面传来的感叹声。

“这就是所谓的逆转思维吗。并不是死了才化作亡灵，而是通过亡灵的现身证明此人已死？”

岩永倒没有给自己的理论起好名字。不过，说是逆转也没错呀。

“七濑花凛的亡灵现身，也就意味着七濑花凛已经死亡了。只有死后才能变成亡灵，满怀对世人的恨意出现在夜晚袭击人类。七濑花凛的姐姐也这么想吧。一般来说，亲人变成亡灵是不可能安心的吧，但对于七濑花凛的姐姐而言，妹妹变身亡灵反而能够让她获得内心的平静。”

对那些打从心底不相信幽灵存在的人来说，岩永的理论无法成立。但或多或少地相信幽灵存在的人，都会认为幽灵与原来那个人的死是有关联的。

根据距今为止的风向来看，聚集在现今网站里的用户，都或多或少相信幽灵。因此，纱季说的逆转思维也具有一定的说服力。

反对意见也不失时机地出现了。

“现在下结论还太早了点。就算没有死，也可能会有灵体出现。没错，就是生灵！七濑花凛的姐姐也考虑到这种可能性了吧。”

生灵，顾名思义就是因尘世之人的怨恨而出现的。也有人相信生灵的存在，这也在岩永的预料之内。

“正因如此，为了给予众人亡灵的印象，犯人才会将钢人七濑的外貌设定为手持钢筋、脸部血肉模糊、穿着七濑花凛的舞台服。以这样的姿态出现，自然就会让人以为被钢筋砸死的七濑花凛化作亡灵了吧。”

不失时机地进行反击，也让网站的用户们觉得岩永的主张是经过充分考虑的。所谓战略，就是要算无遗策。

“此外，具有冲击性的名字和相貌，也能够让亡灵出现的话题加速扩散。看到人类就要袭击，也是为了让亡灵事件变得更具有话题性。如果亡灵的谣言能够自然而然地传到姐姐的耳中，可信度会更高。比起朋友或熟人的告知，网络的八卦新闻更新，听到咖啡店的隔壁桌在讨论。以这样的方式传播，才不会有人为捏造的感觉。”

于是最初的假想也能得到解释。

“钢人七濑之所以会展现出与七濑花凛之死逻辑相违背的姿态和行动，都是因为有人为了让七濑花凛的姐姐相信七濑花凛已经死亡，从而捏造出来的虚假亡灵。因此，钢人七濑并不代表七濑花凛本人的意志，所以两者相差巨大也是理所当然的。”

好像是这样吧？真的是这样吗？网站上接连出现了相似的留言。

虽然众人认可了岩永的解释，但还没有完全地相信，因此表达了困惑。

“那么杀害刑警的事件又是怎么回事？”

“对啊，我都忘了。如果钢人七濑是捏造的，杀人事件又是怎么回事？”

“该不会想说钢人七濑与杀害刑警事件无关吧？”

如果说两者没有关系的话，故事会比较好编，但是诸位议会的出席者一定会失望透顶吧。

岩永在键盘上飞快地打出结论。

“当然有关。杀害寺田刑警的犯人就是捏造出钢人七濑的人物。犯人为了让传闻持续扩散，热度不消，至少以每周一次以上的频率造访真仓坂市，并打扮成钢人七濑的样子袭击路人。昨晚犯人也这么做了。”

到目前为止都和第一解决方案相同。不同的是接下去的发展。

“但却意外地遭遇了独自搜查钢人七濑的寺田刑警。正常人在深更半夜碰到穿着奇特的连衣裙、手持钢筋、没有面孔的怪人，都会受到惊吓逃跑。犯人如此思考着，熟练地扮演着亡灵的身份。但却完全没有料到居然还有刑警认真地调查，甚至想要逮捕自己。”

岩永加入了偶然的成分，而不是像第一解决方案的有预谋的杀人。

“犯人肯定被轻易地抓住了吧。本以为可以吓跑的人不但不跑，反而气势汹汹地逼近自己。突如其来的变故让犯人陷入混乱，动作也僵住了。寺田刑警对于呆呆站着的犯人，也不会一上来就做出将其按在地上的粗暴行为，最多也就是抓住手臂的程度。就算犯人想逃跑，也会被强壮的刑警抓住手臂而无计可施。但这一次却轮到寺田刑警呆住了。”

还有一个谜团需要解答。为什么寺田刑警会毫无抵抗地被杀害呢？

“因为刑警仔细一看，犯人其实是个男性。可能是在激烈反抗的时候，原本用来伪装成钢人七濑巨大胸部所塞进去的填充物不小心掉了下来。头戴女性的假发、绑着巨大的蝴蝶结、为了让面孔看起来像被毁容而全部涂黑、身穿花边连衣裙的可疑人物，居然是个男人。即便是刑警，也会一时目瞪口呆吧。”

虽然之前有所怀疑，不过现在犯人的性别就很清楚了。前面响起了活动关节的声音，岩永快速地抬头看了一眼，只见纱季转过头看向自己。

“既然犯人是为了七濑花凛的姐姐而展开行动的，那么双方是恋爱关系，或者犯人对姐姐抱有好感，这样比较说得通吧？”

“毕竟女性为了他人而假扮成亡灵，每晚到处挥舞钢筋袭击人——这样的傻事是不会有人相信的。”

岩永直截了当地说道。接着又把视线移回电脑显示屏，继续打起字来。

“而这时，犯人在情急之下用手上的钢筋殴打了寺田刑警。当然，那不是真正的钢筋，只是看起来像是钢筋的仿造品。为了能用单手拿起，可能使用了泡沫等材料，但为了挥舞起来的时候比较有压迫感，应该也有相当的重量；而且易于携带，因此可能会使用两块易于组装的木材，使用时组装在一起便有足够的长度了。”

虽然用塑料的也说得通，但是为了给予观众有一定杀伤能力的印象，因此木质是最合适的。

“即使是木质品，但只要具有一定程度的重量和长度，便足以打破人类的头部。根据打中部位的不同，可能一下就能把人打昏甚至直接打死。而犯人的一击则刚好打晕了刑警。因此被害人才会在没有留下抵抗痕迹的情况下被打倒。”

虽然杀人是突发事件，但那之后的行动则是必然。

“犯人非常慌张。刑警生死不明，如果让他活下去，钢人七濑是假亡灵的事情就会暴露。为了安抚七濑花凛姐姐而设计的谎言也会产生破绽。于是犯人决定杀害寺田刑警。而且为了让钢人七濑的传闻为更多人所知，故意伪装成亡灵杀人的现场。”

这也就说明了为何犯人要伪装成钢人七濑所犯下的罪行。

“犯人拿起手边的重物，多次击打倒在地上的寺田刑警的面部，直到血肉模糊，无法辨认为止。同时也确认了刑警的死亡。重物可能是现场附近的石块，也可能是犯人用来放置钢人七濑‘道具服’的金属箱子。犯人在伪造完杀人现场后，便清除掉自己的痕迹，开车离开。”

岩永为了避免解释文章过长，刻意将解答分割开来。在第一段发表的时候，自己已经开始编写第二段。出现质问的时候，还能够在下一段里混入补充说明，使自己的解释更有说服力。

“牵强附会”、“看腻了”、“再多说点”、“接下来会怎样”、“犯人为了方便移动应该会开车，后备箱里肯定有能用来砸碎被害者面部的工具吧”。

虽然有人表示怀疑，但众人都在期待着后续内容的揭晓。

"那么犯人到底是谁呢？虽然无法指名道姓，但能够通过一些条件进行筛选。犯人是七濑花凛姐姐身边的某个人，是对他抱有好感或保护欲望的人，是可以在深夜以钢人七濑的形象来到陌生城市里的人。而且还是男性。"

"犯人是不是她姐姐的男朋友啊？"

"虽然不是不可能，但我觉得可能性很低。虽然是一周一次左右的频率，但恋人在深夜里有可疑行动的话，姐姐一定会发现的吧。这样很危险，况且害怕妹妹复仇的姐姐，晚上一定也想要恋人陪在自己身边。如果在此时不见了的话，一定会产生怀疑。犯人在时间上相对自由，为了姐姐可以不择手段不厌其烦，是有点偏执倾向的单身人士。"

虽然对岩永来说，犯人是恋人也可行，但七濑初实现在有男朋友，不能让其背负莫须有的罪名。反正这个方案最后还是要抛弃，能够避免的麻烦事还是尽量避免。如果把犯人设计成对初实怀有扭曲爱意的男性的话，对任何人都没有损害，而且还能把被这种男性纠缠上的初实塑造成被害者的形象。

"如果是这样的话，那么七濑花凛的姐姐或许正处在危险中。若犯人只是单方面对她有好感，只采取幕后行动倒还好。但现在犯人杀了人，如果他开始为自己的付出谋求回报，那就有可能强迫姐姐与他交往。"

岩永把第三解决方案的结论发表在留言板中。

"犯人为了安抚七濑花凛的姐姐，让她相信她妹妹已死，捏造出了'钢人七濑'这个根本不存在的亡灵。结果导致寺田刑警被杀害，说不定还会加害七濑花凛的姐姐。钢人七濑并非鬼怪。现在应该赶紧调查这个偏执犯的身份，并确保相关者的人身安全。”

纱季突然有些口渴，便拿出之前买的茶饮料，用左手拧开了盖子。右手依然握着手机，紧紧盯着岩永发表完结论后综合网站上的动向。

能列举出如此多的谎言，还能将谜团解体到如此地步，不简单啊。

在“钢人七濑不存在”的结论被发表后，众人开始了激烈的讨论。作为主角的钢人七濑从刚才起在二十米开外的台阶上，杀死了纱季的前男友三十多次。即使没有这么多，也至少超过了二十次。但现在的纱季眼中，钢人七濑不再是可怕的怪物，而是能够利用合理的假设消灭的存在。

岩永不仅属于妖怪魔物的世界，自己也同样是怪异的存在。岩永明明知道杀人案是钢人七濑所犯下的事件，却还要证明并非是钢人七濑所犯下的事件。起初让纱季很是矛盾，但事实证明她是错的。

她记得自己在哪本书里读到过。想要说谎就必须要了解真相。如果不了解真相，那么更不知道谎言是什么。正因为了解真相，才能够不会疑惑、不被欺骗，说出没有矛盾的谎言。这么说来，除她以外，没有人能说出那种弥天大谎。

听见后座也传来了打开饮料瓶的声音，看来岩永也正在稍事休息。纱季扭过身体，向身后的岩永发出问候：

“还好吗？”

“我会把握好节奏的。”

岩永一口喝下红茶，视线移回到了显示屏上。虽然是稍作休息，但不能放松警惕，要随时保持临战的态势。贝雷帽下的柔顺头发，仿佛一根根都集中起来一般，精神也随之紧张起来。

持续地构筑虚构的解答是非常困难的。更何况综合网站的风向极其不稳定，要在众多的用户面前，在有限的时间内提出没有破绽的解决方案，无异于拷问。

“第三解决方案有效果了。虽然有很多人只是认为解答有趣，但支持者在逐渐变多。”

“可是，钢人七濑却一点都没有变弱，不是吗？”

岩永头顶的奶油色贝雷帽纹丝不动，她的瞳孔也一直停在显示屏上没有动过，却冷静地断定道。

纱季将手放在仪表板上，转过身子。车子外面，九郎将钢人七濑扛起来，使出投掷重击把她的头狠狠地戳到了台阶上。钢人七濑的头部陷进体内，就连头顶的蝴蝶结也沉入了身体内侧。然而下一秒钟，她就重新站了起来。

她的身体究竟是什么结构。脖子可以伸缩还原，头部甚至是蝴蝶结，都能不用手触碰便恢复原状。

“就算是怪物，也该有个限度吧！”

在第二解决方案之后，钢人七濑的复活还需要一段时间。然而在第三解答之后，甚至连复活时间都不需要了。六花抓住议论的风向，扳回局势也未免太快了点。

“反对意见，来了。”

岩永将手中的瓶子随手扔在座椅上，不动声色地说道。纱季也打开了手机，看向了综合网站。

“刚才的解答中，有一个致命缺陷。你说犯人是为了让七濑花凛的姐姐平静下来，所以才会捏造出钢人七濑，但这样有些奇怪。”

提出这个意见的人究竟是谁呢？是集中在网站里的数万名用户之一，还是使钢人七濑实体化的始作俑者、运营网站的六花本人呢？

“如果是为了让姐姐平静下来，那么钢人七濑的设定就该再温和一些才行。姐姐害怕着妹妹的报复。然而钢人七濑恰巧是那种挥舞着钢筋、袭击人类的属性的话，即使活生生的妹妹不会来报仇，妹妹的亡灵难道就不会来袭击了吗？而且现在还犯下了杀人罪，姐姐的恐惧应该已经到了最大程度。她的精神压力只怕会更加严重吧。”

大意了。连纱季都忽略了这个漏洞。

但也算不上严重的漏洞。以这种程度的反驳，第三解答依然具有其价值。

“因此犯人的动机无法成立。动机一旦崩溃，就会连锁地导致整个解答都无法成立。”

对这一主张抱有支持态度的、持反对态度的、保留态度的，所有用户在一时间内议论纷纷。

“说得对，这个解答不成立。”

“会吗？犯人也许会做出矛盾的行为哦。他不是一个自以为是、有些偏执的人吗？”

“他以为只要捏造出亡灵就万事大吉了，不小心做出了具有反效果的设定吗？”

“虽然的确有可能，但如果这种解释可行的话，那就什么都有可能了。”

“话说，如果犯人做出了不合逻辑的行动，那就根本无法进行推理了啊。”

无论构筑解答的时候花费了多少辛苦和时间，崩塌下来就只在一瞬间。第三解答因为一个小小的漏洞而崩坏了。无论是现实还是人心中，都充满矛盾、不合逻辑，但所有人都能够接受。只是分为能够接受的矛盾和不能接受的矛盾罢了。

即使存在矛盾，只要解答能够被认可、想要认可，那么人们就可以接受。岩永的第三解答从某种程度来说已经达到了这样的要求。如果没有那条反对的陈述，说不定就能靠第三解答消灭钢人七濑。

实际上，只要有人发表了阐明矛盾的反对意见，那么允许矛盾存在本身都将受到质疑。与岩永将谜团分解的手段相同，反对意见也将解答分解开来，并逐个暴露其弱点，使其失去魅力。

“真厉害啊，六花小姐。居然能够独自提出异议，独自死去后独自复活，还顺便用能力决定风向。”

岩永将刘海分开，用无名指轻轻地抚过右眼的眼皮，轻笑着说。

“但我们这边可不是单打独斗。九郎学长和我是不会让你肆意妄为的。”

纱季因为岩永内心的强大而感慨。绞尽脑汁所想出来的解答，即使如同玻璃高塔一般仿佛随时会崩塌，也丝毫不动声色。这种情况对岩永来说，想必也是意料之内的。

“是啊。就算第三解答遭到舍弃，也并不是所有人都会随波逐流。肯定有一小部分的人转向不相信亡灵存在的一方了。”

岩永的战略是通过四重解答来逐渐削弱亡灵派的势力，逐渐晃动、弱化钢人七濑的地位。那么现在可以说战略进展顺利。

这些都是纱季为了替岩永打气才说的话。然而岩永却保持着浅笑，用怪癖的话语回应道。

“我可没打算去依靠那些不过百分之几的掉队者啦。或许有人会满足于我之前的解答，但那些人其实并不在我的计算之内。”

“咦？”

“六花小姐大概也是同样的想法，所以才一直在选择掉队者较少的未来吧。她认为我的目的是逐渐削弱她的实力——但我的陷阱就是从这里开始的。”

这是怎么回事？纱季有些混乱。

“但你刚才不是也说过‘只要有部分的人相信，对你来说就足够了’吗？”

“我的意思不是‘有人相信’。那句话的意思是‘能够让人相信’。”

岩永的抬起了头，和纱季对视了一下。

“你没有发现吗？我每一个新的解答，都会套用一些之前的解答。像是寺田刑警在独自搜查钢人七濑事件，或是七濑花凛的父亲充满恨意留下了手记。虽然大的方向遭到舍弃，其中的要素却被人接受了。

像刚才被舍弃的第三解答，虽然犯人的形象不被人认可，但对于七濑花凛的姐姐将手记交给新闻媒体这一点，却没有人提出过质疑。”

纱季连忙把手机拿到眼前，一点点翻找着。没错，每一个新的解答都将之前的解答作为垫脚石。而那些作为垫脚石的要素，在经过踩踏之后则更加坚实。

“对六花小姐来说，只要‘钢人七濑是捏造的、可以被消灭的’这个结论，不被大众所认可就够了。因此她不必从根本上摧毁我的解答。此外，正因为我的‘钢人七濑不是亡灵’的结论是彻底的谎言，因此最为脆弱。对她来说只要击垮结论部分就能够达到她的目的。而且对她来说，直接打击弱点的方法又快又简单，还能减少掉队者的数量。”

反对意见过长、过于复杂的话会使理解需要缓冲时间，六花则会担心在此期间有人转到岩永一方。用直接而简短的反对意见使解答崩溃的话，不仅很有戏剧性，而且会增强人们的印象。想要夺回支持者的六花，当然会选择直接简单的方式进行反对。

“即使结论部分以外的解答被人相信，对六花小姐也没有影响。如果连那些具有一定的说服力，无法断定是谎言的部分都要全部击垮的话，就会导致网站的风向停滞，让人们觉得无聊。同时在场的人也会觉得‘明明不用做到那种地步’，反而会开始注意前面的解答。”

那么，也就是说六花没有选择的余地吗？听岩永的说法，好像所有的发展都在她掌控之中一般。

“准备完毕，接下来只要使出最后一击——”

岩永仿佛钢琴家轻触琴键一般，把手缓缓放在键盘上。

“虚构中产生虚构，并反转为真实，钢人七濑将会消失无踪。”

这会是怎样的感觉呢？

即使事件已经发展到了这个程度，即使已经历经三次解答。但在纱季眼中，无论是六花的钢人七濑，或是岩永的四重解答，全部都犹如谎言一般。眼前狂暴的钢人七濑也只不过是暂时形成的，转瞬即逝的幻想。可以随时将她化作乌有的开关，就握在岩永的手中。

“开始来说第四解答吧。”

“即便如此，钢人七濑仍然是虚构的。前面三种解答只不过是用来引出真相的敲门砖。事件的背后有犯人活跃的身影。也就是捏造出钢人七濑的亡灵，并杀害寺田刑警的真正凶手。”

岩永留下这段留言后。网上如约地出现了‘等你好久了’的反应，以及‘赶快放弃吧’的喝倒彩声音。不管是谁的意见，用户的热情都空前高涨。如果此刻停下的话，简直是有违众人的期待。

六花也察觉到了吧。事到如今，再想限制、拒绝岩永留言，反而会被其他人怀疑。不管岩永想做什么，六花现在都只能任由其行事。

“犯人不是别人，就是本名七濑春子的七濑花凛。她没有死。死在那个工地的人是七濑花凛找来的替身。没有面孔的尸体就意味死者身份被替换了——这是原则。七濑花凛现在还活着。”

岩永一上来就交代了结论。其中用到了第三解答中出现的身份替换的诡计。案件初步调查期间的疑点，也是可能性最低的假说。终于在最后的战斗中复活了。

网站上的反应也异常激烈。

“刚刚不是否定了吗？”

“不，替身诡计本身还没有验证过。”

“如果七濑花凛还活着的话，那钢人七濑就不存在吧？”

“也可能是生灵那种东西。”

“如果还活着就不会以那种模样现身了。”

“比起这个，先弄清楚替身诡计是否可行吧？”

第四解答正是岩永之前给出“困难”评级的调包诡计。被网民攻击也是理所当然。

“背负了弑父嫌疑的七濑花凛没了工作，逃到真仓坂市躲避风头。头脑很好的她，很快就察觉到自己是被家人陷害了。竟然连家人都无法信任，只得孤独地潜伏着。”

调包诡计是不可行的。实际上，七濑花凛已经死在了工地的钢筋下面。然而在岩永的解答中却复活了。

“但无论有多么绝望，她始终没有自杀。只要过一阵子谣言就会消散，自己就能回归原来的生活。虽然暂时还不能继续偶像工作，但人生还没有终结。大不了从头再来，反正自己还年轻。她一定是如此劝告自己的吧。就在此时，她碰巧遇见了一位跟自己很像的女性。”

身份替换是限制很多的诡计。尤其是在偶然性的情况下，如果岩永不能让观众信服，很快就会被认为是理论上存在的可能性而彻底失去说服力。

“即使两人的相貌不同，但她们的头发长度、体型与年龄却极为相似，特别要注意的是她没有家属，又或是来真仓坂市自杀的，患有心理疾病的女孩。很不幸，七濑花凛刚好遇上了她。如果没有遇上那位女性的话，或许七濑花凛就能静静地等待着谣言过去，即使离开演艺界的繁华世界，也能够作为普通人幸福地生活下去。然而，她在绝望的底端充满戏剧性地遇上了能将人生重新来过的机会。”

这种偶然也绝非不能出现。本来没有犯罪计划，却被偶然的突发状况推了一把，因此产生了实施以前从未想过的犯罪念头。如果是这样的话，也说得通。

“七濑花凛失去了一切。即使从头再来也无法消除自己的过去。别说是从零开始，甚至以负数为起点都有可能。自己也永远无法摆脱弑父的嫌疑，永远被烙印下‘从神坛上跌落的偶像’的耻辱。如果‘七濑花凛’死去，以别人的身份重新来过的话，至少可以把‘负数’消除。这样的诱惑驱使她步入犯罪深渊。”

驱使犯罪是减分项，但这一点可以无视。人类是期待故事产生戏剧性发展的生物。促成发展的说明只要有一条具有可信度，整体也会被认可。

“与七濑花凛十分相似的女性，我们就叫她 A 小姐吧。七濑花凛用花言巧语欺骗 A 小姐住进了自己酒店的房间里，让她接触了自己的私人物品，使 A 小姐的指纹留在上面。还事先处理了房间里的本人指纹，只在房间里留下 A 小姐的指纹。最后互相交换衣服，并约好深夜在工地现场见面。”

坐在驾驶席的纱季沉默不语。她开始担心会不会有警察正在阅览网站的留言板。而岩永也在加快第四解答的速度。

“A 小姐的具体情况我们无从而知。可能是因为心事而想要自杀的时候受到七濑花凛的劝阻，所以对她产生了依赖感，也可能是接受了七濑花凛金钱上的援助而对她言听计从。七濑花凛可能会拜托 A 小姐当替身帮她吸引新闻媒体的注意力，并提出了高额报酬使得对方答应互换衣服。雨夜在工地见面可以解释为躲避媒体视线，只要七濑花凛提出有事协商，A 小姐就会毫无怀疑地同意吧。”

有事协商的话用手机就足够了，就算有东西要给对方，也不必直接见面。而这里只要能够向众人说明犯人与被害人出现在现场的理由就够了。

“穿上了七濑花凛衣服的 A 小姐被叫去了工地。此时七濑花凛现身并殴打了她的头部使她晕倒，接着将自己的身份证、手机等放在 A 小姐的身上，让她仰面朝天地躺下。接着推倒钢筋砸到了 A 小姐的脸上。”

面孔无法辨认的死者就这么出现了。

“死者面部完全被钢筋砸烂。无法靠相貌来确认身份。而钢筋对头部造成的破坏也刚好可以掩盖掉死者被打昏时留下的伤痕。另外，这个状况也能够解释那个谜团——为何七濑花凛没有躲避，正面被倒下的钢筋砸死？因为那具尸体不是七濑花凛本人，而是被她找来当做替身，被她打昏后再用钢筋砸死的替死鬼，因此才会出现这样的现场状况。”

这段假设与事实没有任何相符之处。

而且现在与真相无关。只是岩永在为调包诡计的解答进行补充说明。

“在现场的伪装工作全部完成，七濑花凛才谨慎地离去。当时正值深夜，而且又是暴雨天气，正好可以消除足迹，目击者也不会有吧。接着使用 A 小姐的身份，去到与 A 小姐毫不相关的地方，便可以不用在意过去，让自己从头来过。为了改变自己在世人眼中的印象，可能需要剪短头发或改变装束，但也都在化妆能够改变的范围以内。不被人察觉是很简单的。”

摇身一变成另一个人，然后用那个人的身份从头来过。这真的容易吗？虽然听上去像是很容易，但关键还是在于有没有挑战的胆量。

网站上的质问和疑惑声再度响起前，岩永又飞快地打起字。对那些集中在议会会场的决策者们继续说道：

“因为没有实际的证据。你们才会觉得只是空谈吧。如果七濑花凛真的死了，而且没有交换替身的话，那这个案子中就会出现一个难以解释的证据。没错，就是烟草。”

媒体也报道过于烟草相关的事实。作为构成整个事件的其中一个不可或缺的部分，媒体上关于烟草的报道非常详细，几乎赶得上警方的资料了。

“警方认为七濑花凛是为了避人耳目地偷偷抽烟，所以才会在雨夜进入工地。她尚未成年，酒店内又禁烟，因此只有那个地方才能偷偷抽烟。现场留有烟蒂，遗体身上有烟盒与打火机，而在她住的酒店房间里也找到了烟盒。看似没什么问题，但事实并非如此——”

什么事实并非如此啊。人类经常会做出一些无法解释的行动。并不是所有事都能够解释清楚。

另一方面，人们又往往无法接受不能解释的事情。因此使用合理的谎言强加解释，就会觉得顺理成章。

“说到底，七濑花凛有抽烟习惯的论断本身就有问题。她尚未成年，而且在高中期间就作为偶像出道。她很清楚抽烟会严重影响偶像形象才对。即使原本就有抽烟的习惯，也应该立刻戒掉。头脑很好，野心勃勃的她不会连这种程度的决断都下不了吧。”

在她出道之前，因为抽烟的原因丢掉了工作的偶像也不在少数。网民们心中也很清楚。正因有过实例，应该能够被认可。

即便有过先例，今后依然还是会出现抽烟的偶像。即使以此为理由对于岩永的假设提出质疑也没有用。既然以前那些铤而走险的偶像或多或少地都付出了代价，那么引以为戒的效果还是有的。

“那么，有没有可能是因为她背负了杀人嫌疑，在躲避风头的时候因为压力过大而惹上抽烟习惯，又或者之前就有抽烟的习惯，在戒烟之后因为压力而再次抽烟呢。如果是这样的话就说不通了。躲避媒体，在意世人眼光的她，怎么会在非常时期做出可能会被媒体和大众谴责的事呢？就算已经准备好与演艺界彻底断绝关系，但为了能重新来过，她也希望事情早点平息，谣言早点消失才是。如果突然被人发现吸烟的话，就又给了新闻媒体兴风作浪的机会。因此即使是自暴自弃，她也不会采取如此高风险的行为。”

对于无法判断的事做出判断，这便是岩永的手段。她将无法实现的诡计通过虚构的解答实现了。

“那么，为什么会有香烟遗留在现场呢？因为香烟必须要出现在那里才合理。为什么自己不会去碰的香烟必须出现在现场？‘七濑花凛’为什么必须抽烟呢？这是为了让尸体调包诡计能够成立所必须采取的行动。”

从现场的一根不起眼的香烟开始展开论述。其实七濑花凛只是抽了烟而已。然而岩永却以这点敲开谎言的大门，让诡计得以成立。

“香烟可以作为‘七濑花凛’三更半夜独自进入工地的理由，但也只是次要的作用。进入工地的理由，用类似的‘想要自杀才前往工地’便能够交代清楚，而加入香烟这个不属于七濑花凛的要素，绝对是风险很高的事。但她还是在现场扔下了香烟，因为……代替她而死的A小姐有抽烟的习惯。”

借由假设不停堆叠的解答，与真相没有丝毫关系。但是，岩永的解答却让人觉得很真实，让人想要去相信。

“七濑花凛所担心的是当警方解剖尸体的时候，检查肺部就会发现死者有吸烟的习惯。而没有什么能证明七濑花凛生前有曾吸烟习惯，肺部的抽烟痕迹便会成为疑点。为了消除这个疑点，七濑花凛需要进行伪装，让人认为自己原先就有抽烟习惯。同时也可以作为深夜独自进入工地的理由，现场有香烟的疑点就这样被隐藏下来了。”

岩永继续重复最初的结论。

“今年一月三十日在真仓坂市的工地被发现的尸体，不是七濑花凛本人。这是利用面部无法辨认的尸体所实行的身份替换诡计，七濑花凛还活着。因此，名为钢人七濑的亡灵不可能存在。”

纱季视线的对面，台阶上的钢人七濑正摇摇晃晃地站起来。

“钢人七濑变弱了！很明显在变弱！”

钢人七濑正用手中的钢筋作为支撑，吃力地直起身子。对在警察学校中认真学习过格斗术的纱季来说，九郎的动作简直如同外行人一般。他与钢人七濑扭打在一块，很快便再次将她压倒在台阶上，并把她的头部往背部方向猛地折断。

自己非常了解的男性，竟然做出如此残忍的行为。这本该是不忍直视的场面，但对于纱季来说，仿佛已经习惯了一般。九郎在她的眼中已经不是那个曾经的男友。纱季所了解的九郎，是绝对不会那样战斗的。

随着九郎战况的白热化，综合网站里的留言也越来越激烈。岩永的面部无法辨认尸体的假设，在她的第三解答中曾经出现过，她在证明不成立之后，却在这次的解答里让其成立了。留言板中也骚乱了起来。

身份替换是很难让人信服的诡计，但同时人们也在期待着难以相信的事情能够实现。这便是岩永的着手点。

“不可能”、“有可能”、“香烟要怎么办”、“其实抽烟也无所谓的”、“要这么说的话做什么都行了”、“没有证据证明 A 的存在”、“不是有尸体吗”、“所以说那是七濑花凛本人的尸体”、“不对，那是交换过身份的无脸尸体啊”——

解释“亡灵存在”非常简单。与此相同，“调包诡计”的解释也很简单。从无脸尸体出现的那一刻起，替换身份的调包诡计就是最标准的解释。这种诡计也很具有冲击力，让人想要去相信。

“那钢人七濑要怎么解释？”

人们正期望着新的发展。

“如果七濑花凛还活着的话，那到底是谁捏造了钢人七濑啊？”

“那当然是七濑花凛本人吧？”

“目的呢？”

“为了让世人以为自己已经死了吧？”

“如果有亡灵出现，就代表七濑花凛死了。这样的话，活着的七濑花凛享受新的人生时，就不必担心被人识破自己与七濑花凛长得像了吧。”

即使岩永不再介入，众人也在积极地参与解谜的过程。这是很正常的发展结果。岩永在之前提出的三个解答中，已经做好了充分的铺垫。前三个解答中的要素，全部改变形式、改变人物、散播到了人们的潜意识。只要稍作思考，就能够得出岩永想要的结果。

“就算她想要人们认为自己已死，但钢人七濑登场的时间也太晚了吧？”

“钢人七濑的传闻是什么时候开始的？”

“今年六月份左右。这个综合网站开设是在七月中旬左右。”

“二月的时候，七濑花凛引起过一阵骚动，整个月里都在谈论这件事。但后来就没有人提过了。”

“市面上还有她的写真照吧，可能是怕暴露吧。所以七濑花凛不可能去散播钢人七濑的传闻。”

“等一下，我们可以这么想。七濑花凛直到五月份都过得很安全，但就在那会周围却开始出现‘那个人长得很像七濑花凛’之类的传闻。”

“有可能哦。整形要花钱的，而且也有极限。她身材这么好肯定很显眼，要是运气不好遇上偶像爱好者，的确可能会变成传闻。”

“是啊，就算七濑花凛为了躲避传闻搬家，但考虑到可能还会发生同样的事情——”

“对对对！所以为了让‘七濑花凛’彻底死去，才捏造了‘钢人七濑’这个人物啊！”

纱季终于弄清楚了。岩永连续地发表数个解答的真正意义，正是为了让网站中的用户们也萌生出主动解开谜团的欲望。在理论、想象和妄想的驱使下，众人开始想要为都市传说做出合理的解释，并且乐于做出合理的解释。

在此之前，网站中绝大部分的人还在相信着钢人七濑亡灵的存在，并为她的实体化持续提供着想象力的能源。但在岩永提出解答后，这里就变成了抱着疑问的想象力所集中的场所。集中在这里的人们，开始在“钢人七濑并不存在”的意识下做出假设。

“那么是七濑花凛本人扮成钢人七濑的样子到处袭击路人吗？”

“至少有过两三次吧。为了让谣言迅速扩散，才会特地拿着钢筋、穿着连衣裙、戴着蝴蝶结出现，而且把胸部当成特征。”

“为了不让人误以为是生灵，才会创作出手持钢筋且面部血肉模糊的角色吗。然后把名字也起得很有冲击性——‘钢人七濑’。”

这里出现的假设，把第三解答中的要素引用过来依然能够成立。

为了让姐姐接受妹妹已死的事实，所捏造出来的亡灵，在第四解答中，同样适用于依然活着的七濑花凛。

多重解答需要庞大的理论作为基础，即使单个的理论具有一定说服力，重合起来后反而会变得不确定，从而陷入不利的局面。但没想到，多重解答还能有这样的使用方法。

纱季将视线投向了九郎。他在立足不稳的台阶上多次死去，却一步也没有后退过。就算岩永的战略再怎么深思熟虑，能达到现在的效果也离不开九郎的能力。准确地说，九郎的能力才决定了现在所取得的成果。网站里的用户们能够如此积极地参与解答，也离不开九郎的决定未来能力。

“赢了！”

“还没结束。”

纱季松了一口气，发出胜利的感叹，岩永立刻做出否定回答。她依然没有放松警惕。纱季抬头望向后视镜，左右反转地映射在其中的女孩，正用锐利的眼神盯着显示屏。

“我还没有使出最后一击。”

“咦？”

岩永在提出第四解答前所说的‘最后一击’，竟然不是指调包诡计吗？

岩永轻声低语道：

“六花小姐，我不会让你抓住你想要的未来。因为这个世界上，存在着任何人都不能破坏的秩序。”

接着，敲打键盘的声音再次响起。

纱季也将注意力集中到综合网站上。

“正是如此。七濑花凛为了让自己彻底死去，而捏造出了钢人七濑。她的目的是让所有人只要提到七濑花凛，脑中首先出现的就是钢人七濑的形象。产生这种企图的原因，也许是因为开始新生活后，交往的恋人指出自己很像七濑花凛吧。为了避免将来被人发现自己用了无脸尸体实施了调包诡计，才使出了大胆的手段。”

交杂着猜测和肯定的微妙假设，但却隐藏了让人不由得相信的骗术。岩永的留言还在继续。

“七濑花凛每晚都出现在真仓坂市，扮演着钢人七濑。由本人来饰演本人的亡灵，看上去才具有说服力吧，于是谣言便迅速传播开来。这个名字便开始在网上引发讨论。此外，七濑花凛为了让大众相信亡灵的真实存在，为了让谣言传播得更有效率，她还做了某件事情。”

究竟做了什么呢？纱季结合着手头上的情报想要进行分析，但在此之前答案已经出现在留言板上。

“没错，那就是开设了‘钢人七濑综合网站’。”

纱季差点忍不住低呼起来。岩永接下来的留言更令她感到震惊。

“七濑花凛，我知道是你开设了网站，并且亲自管理着，想必现在也在观看我的留言吧。我一直都在设法告发你的罪行。”

“这、这样的谎言——”

岩永前面的驾驶席上的纱季发出了低沉的惊呼，猛地转过身子向身后看去。

“设立网站和管理的人不是六花小姐吗……”

“我一开始就说过要全力说谎啦。”

在这个议会会场中，真相并不重要。完全靠着数十万人的想象决定事情的走向，而且也并非全是谎言。这个“钢人七濑综合网站”，毫无疑问就是为了让人相信钢人七濑的亡灵，以最高效率地传播谣言为目的设立的。

虚实结合的最后一击。这就是岩永的最终目的。

“这个综合网站意图扩散钢人七濑的谣言，甚至太过于热心了。很多难度很高的相关情报都能轻松地收集到，也是理所当然的。因为设立并管理着这个网站的人，就是身为犯人的你。”

留言板一度陷入了混乱与狂热。网站的管理者被指认为犯人——七濑花凛，因此网站现在被推到了事件的最前线上，气氛高涨也是理所当然的。这同样在岩永的预料之内。

“我提出的每一个解答你都想要反驳。因为我的解答会消除钢人七濑亡灵的存在。而亡灵是假货的结论又与你的目的正好相反，因此你会感到为难。对于希望谣言扩散的你来说，‘让亡灵升天’也会让你困扰。所以你才会不断执拗地反驳我的解答，甚至还想限制我的发言。”

六花根本不可能限制岩永的留言。这也是她的谎言。这是岩永为了增加解答的说服力所做出的合理虚构。

“现在就来说明一下你杀害寺田刑警的经过吧。昨晚，你人在真仓坂市。你可能是为了扩散钢人七濑的谣言，打扮成钢人七濑的样子准备袭击路人。不，由于最近刚发生骚动，你是为了引发下一次的骚动而来踩点，所以才会在深夜来到真仓坂市。因为你身份的原因，恐怕很难拿到驾驶证，你是骑着自行车或者电动自行车代步的。然后，你在事件现场的废弃加油站休息的时候，或是刚好经过的时候，遭遇到了正在搜寻钢人七濑的寺田刑警。”

同样也是偶然论，机会主义的假设，但是能够说得通。七濑花凛作为犯人，作为网站的开设者，为了传播谣言而利用网站用户，现如今被告发了。见证这样的场面正是网站的用户们所期盼的展开吧。就像是在故事的最高潮，发现自己也是登场人物的其中一员，能够见证最精彩的部分——谁能够拒绝这样戏剧性的情节呢?

没人能够拒绝吧。

没法拒绝的话，就只能承认假设中的偶然。更何况承认假设中的偶然也没有任何风险，众人一定都乐于支持岩永的解答。

“寺田刑警驾驶汽车在市内巡逻的时候，正好发现了你。深夜里，独自一人骑着自行车的女性。怀疑钢人七濑是人类假扮的刑警觉得你很可疑，于是叫住了你。虽然当时你可能只穿着普通的服装，但还是没能逃过刑警的眼睛，也就是你引以为傲的胸部。你的胸部让刑警直觉地想到钢人七濑的特征，就例行对你进行了盘问。”

“寺田先生并不喜欢胸部傲人的女性呢。”

“九郎学长也是这样呢。因为我身躯娇小——”

“九郎君才不会根据胸部或体型判断女性呢。”

对于岩永的自言自语，纱季不由自主地回答道。这段毫无结果的对话只是一个小插曲。岩永继续在陷入狂热的留言板上冷静地输入着告发书。

“你根本没想到会被刑警盘问。对方是开车来的，不仅没法逃脱而还会遭到怀疑。于是你只好配合刑警的询问。头脑很好的你，应该能想出一个深夜里独自徘徊的借口吧。比如，虽然你住在隔壁的城市，但最喜欢的零食只有在这里的便利店才能买到，于是来到了这边的理由。你可能还不清楚，眼前的警察正在搜查钢人七濑的事件。即使是头脑很好的你，也不会想到竟然会有人调查亡灵这种对于刑警来说毫无危害的东西吧。”

说不定六花也在不停选择着未来。为了寻求钢人七濑继续存在的未来，很可能在不间断地自杀。

但是一切都太晚了。在六花可以触摸的范围内，那样的未来并不存在。

“寺田刑警并未过多触犯你的隐私，仅仅就职务的范围内对你进行了盘问。你为了早点脱身，也会主动配合刑警的询问吧。但是接下来的发展更加出乎你的意料。虽然你通过化妆或更换发型改变了形象。但对方是优秀的刑警，又在调查钢人七濑的事件，在调查过程中或许看过你的照片，并记下了你的相貌与特征。毕竟记住人的长相是刑警的工作之一。即使相貌上有差异，但还是骗不过刑警的眼睛。寺田刑警很快就发现，你正是七濑花凛。”

七濑花凛难道不能做整形手术吗？面部大规模的整形手术难以在短时间内完成，而且价格不菲——岩永也曾犹豫过要不要把这段说明加入进去，但是为了保持节奏，只能忍痛割爱。

“当时刑警肯定愣住了吧。已经死亡的七濑花凛竟然会出现在自己眼前。虽然不是钢人七濑的姿态，但眼前的人毫无疑问就是七濑花凛。难道是幽灵吗？七濑花凛毫无疑问已经死了。正因为是刑警，对于以死亡结案的事件里出现的无脸尸体，更不会联想到调包诡计吧。自己难道真的遇见幽灵了吗——这样胡思乱想着。即使是柔道高手、身体强壮的刑警，也会因为一时的慌乱而毫无防备。”

为什么身体强壮的刑警会毫无抵抗地被杀害——这是命案里躲不开的谜团。即使七濑花凛就是犯人，岩永也必须解释清楚原因。

“而你也没有放过这个机会。通过寺田刑警的反应，你发现自己是七濑花凛的事情已经暴露，便拿起手边的重物猛烈敲打刑警的头部。自行车里*有手电筒、雨伞、既结实又重的手提包，或许自行车上也装有护身用的棒状物体。总之，你很幸运地打死了他，或许是打昏了他。”

这里是第三解答的变种。正因为已经解答过一次相似状况，因此读者很容易就能再现事件发生的过程。

“你当下就决定要把此事伪装成钢人七濑的所作所为。这样就能让杀人的话题和七濑花凛亡灵的谣言一起扩散开来，就能达到你的目的。身体强壮的刑警在没有其他外伤，没有反抗痕迹的情况下，面部被砸得血肉模糊，便不会有人怀疑到女性身上，更何况你还是已经死去的人。对你来说再好不过了。你用附近的砖头、大块岩石或身上携带的重物砸烂刑警的面部，并处理掉自己的痕迹之后，就

* **指电动自行车的后备箱。**

从现场逃离了。”

凶手？手法？动机？岩永将整个钢人七濑的事件分成了四次不同的解答——漫长的虚构推理。

“这就是你犯罪的全貌。如果到了现在你还要否认的话也没关系。但可以的话，我希望你能够证明自己不是七濑花凛。我再次重申，犯人就是你，七濑花凛。”

纱季不由自主地吐露出了心声。

“这个谎言太过分了。但是，亏你能够把谎言构筑到这个地步。”

全部都被卷进去了。不仅是留下评论的人，还有抱着好奇心理的看客，甚至所有浏览过这个网站的人，全部被卷入了故事中。在这个综合网站最终成为了事件中心的时候，那些在网上的留言板中说着不负责任的假设，把现实事件当成儿戏的人，都会发现自己已经成为了事件的相关者。

这太具有吸引力了。每个人都会相信自己见证了故事的最高潮。每个人也都会接受钢人七濑是人为捏造的前提。

巧妙而充满戏剧性。反驳前三种解答是犯人的意图，设立网站也是犯人的阴谋——用“七濑花凛还活着”的事实，简单明了地消除了“钢人七濑”的存在。

如果刚开始就直接提出第四解答的话，根本没人会相信吧。岩永正是通过提出前三个解答，将基本的设定深深地烙印在每个人的心中。也就打好了第四解答的基础。

六花要怎么对抗岩永的战略呢？对于每个解答都不理不睬，放任其发展吗？

如果放任不管的话，九郎就会抓住并决定其中一个支持者较多的未来。六花能做的也只有将那样的未来击溃。

但如果将那些解答否定驳回的话，如同现实发展的那样，岩永会将那些遭到舍弃的解答来构筑更加强大的解答。同样也会把六花逼上绝路。

六花能够做的就只有在岩永提出四个解答之前，为钢人七濑编出一个更加具有魅力的故事。不过也并非一件简单的事情。

亡灵的故事不能过于复杂，过于详细，也不能太长。否则就不会让人产生恐惧，也没有进行想象的空间，会被当成捏造的假象。被人们支持的未来更加难以实现，以六花的能力根本无法抓住那样的未来。

纱季仿佛忘记了眨眼，紧紧盯着手机画面中的网页，也不忘将余光投向后座上的岩永。

“要是六花小姐亲自来留言说‘我不是七濑花凛’该怎么办——”

“你觉得有人信吗？现在绝大多数的人都认为管理员就是七濑花凛，他们也因为这种有趣的解答而满心欢喜。无论她承不承认，局势都无法改变了。”

正是如此。网站上的留言也都在煽动着管理者出面承认。其中也有对第四解答提出质疑的冷场发言，但大势已定。

“九郎学长已经决定了未来。而六花小姐已经无法选出逆转局势的未来。这个网站已经无力再操控钢人七濑的命运。”

岩永抬起头来看向前方。虽然只有一只眼睛，焦距还是准确地定位到了挡风玻璃的对面。纱季也转过头，看向台阶上的钢人七濑和九郎。

钢人七濑倒地后，滚落下了十几层台阶。连钢筋都脱手而出，滑落到台阶下面的地面上。钢人七濑的手脚不停地抽搐着，拼命地想要站起来。然而却仿佛被碾压至濒死的蚂蚁一般，又仿佛坏掉的人偶一般，就连那令人毛骨悚然的存在感也消失殆尽。九郎在台阶上俯视着濒死怪物。

“就算六花小姐能够证明网站的管理者不是七濑花凛，今后又能把钢人七濑复活到什么程度呢。能够编出一个超越我的虚构故事吗。被网站上绝大多数人支持的故事中，再也诞生不出什么手持钢筋挥舞的偶像亡灵了。”

钢人七濑的都市传说，正因为是有这样一个具有冲击性的形象，今后可能还会偶尔出现在茶余饭后中。但同时，网站的阅览者们也会提起作为替代的都市传说。

七濑花凛实际上还活着，死去的人是其他人。

到时候，网站本身说不定也会因为曾经的四重解答而变为传说吧。我亲眼见证了七濑花凛捏造了钢人七濑，而且被人拆穿并告发了——以这种话题为谈资的人也会增加吧。可能已经在网络的世界里被口口相传，在黎明到来前化作新的都市传说。

这也是岩永的目的吧。在新的都市传说中不存在钢人七濑。作为“想象力的怪物”，钢人七濑力量的来源——妄想会因为新的都市传说而受到阻碍。新的都市传说将成为消灭钢人七濑的剧毒。

在岩永的四个解答中，对于现实事件的相关人士都有不同程度的中伤、诽谤。对于他们的名誉都造成了一定的损害。七濑花凛的父亲、姐姐、包括七濑花凛本人。

如果处理不当的话，说不定会对姐姐七濑初实的生活造成影响，但终归不至于影响到周围的亲朋好友和警方。相反，要是放任钢人七濑不管的话，反而会让姐姐遭受更大的谴责。甚至会出现“让妹妹的灵魂变成这样是不是因为姐姐的供奉不足”的说法。

对于早就升天的七濑花凛来说，与其被人控制变成杀人的怪物，作为“可能还活着的偶像”成为传说无疑是更好的结果。虽然根据岩永的设定，活着的偶像犯下了杀人罪，但是比起钢人七濑的无差别杀人要好得多吧。

首先，岩永虚构出的“犯人告发剧”的解答过于戏剧化，即使能够接受，也不会当成是自己现实中发生的事情，而是在其他的现实中——比如新闻里、故事中发生的事情。

如果是这样的话，对于现实中的七濑花凛的相关人士，就不要死缠烂打地追问了吧。所有剧情都已在网络上完结了。若还在现实中去追求故事后续的话，就会糟蹋难得的好故事了。岩永虽将相关人士塑造成了恶人，却在最大程度上考虑了现实中会造成的影响。

“那么，出席本次议会的各位决策者，投票表决的时候到了。”

岩永双手合十，仿佛诚心祈祷着什么。

“不需要其他的工作。仅仅凭着在座各位的良心，在脑海里给出你所希望的答案即可。名为钢人七濑的亡灵，到底是存在呢？还是不存在呢？无论是哪一方被选上，都会自动划入表决程序。”

即使岩永什么都不做，留言也在持续增加。也有人开始发表意见，自己支持的是哪一边。

九郎无视倒在地上挣扎的钢人七濑，走到了台阶最下方，抬起了掉在那里的钢筋，双手吃力地抱着缓缓地再次走上台阶，伫立在手脚不停扭曲抽搐着想要站起来的钢人七濑旁边。她的脸上漆黑一片，看不见表情。

岩永闭上眼睛，轻声默念。

“世上存在真实的怪物，亦有虚假的怪物。就让虚构回归虚构。从谎言中诞生的怪物，因为谎言而毁灭。”

九郎挥起钢筋，笔直地插入了钢人七濑傲人的双峰之间。借由数十万想象力所诞生的，设定为偶像亡灵的怪物，瞬间伸直了四肢，在抖动几下后又无力地瘫软下来。

一动不动。明明是如此狂暴，无论倒下多少次都能再次站起来的怪物，如今却被钢筋插在胸口，一动不动。

“表决结果是‘钢人七濑是虚构’的观点占了多数。樱川六花的阴谋被否决。”

岩永分开了合十的双手，摘下头上的贝雷帽，对着显示屏微微行礼。

虚构争夺议会——闭幕了。

纱季亲眼见证了争夺虚构的战争。见证了虚构变为真实，而真实变为虚构的过程。岩永将饮料瓶盖拧开，用红茶滋润着干渴的喉咙。

综合网站上的那些曾经的亡灵派还在继续着讨论。

“喂，怎么回事，管理员也不出来。”

“刚才那些是真的还是假的？”

“不知道，知道才有鬼了。”

“如果是真的话，岂不是看到了不得了的事情。”

纱季也有同样的感觉。

九郎脚下的钢人七濑如同漏了气的纸气球一般，开始慢慢萎缩，逐渐变得稀薄，越来越小，直至消失得无影无踪。与以前在纱季的面前消失有所不同，这次是仿佛生命力耗尽似的，一点点剥落，一点点随风消失。钢筋也如同被腐蚀一般，慢慢地散落在了风里。

一定还有人相信钢人七濑的存在吧，其中没有看过综合网站的人也有很多。但网站对于钢人七濑来说是核心，也是心脏部分。钢人七濑是在网站的传播下诞生的，心脏都已经消失，本体自然也就无法保持。

“哎呀，真是稀客。”

岩永再一次把饮料瓶扔到座椅上，一边苦笑一边说着。贝雷帽也挂在了副驾驶席的靠背上。

“收到了一封邮件呢。”

听到岩永的话，纱季看向她手中拿着的手提电脑的显示屏。

“是六花小姐。因为是九郎学长的电脑，所以她知道邮箱的地址。”

虽然岩永说得轻描淡写，但到目前为止一直没有露过面的对手，居然直接发送邮件过来，这对于纱季来说实在缺乏真实感。

发信端是手机吧。邮件名是简简单单的“六花”两个字，正文也不过短短一行。

"九郎、琴子小姐，这次是你们赢了。再会。"

看来六花也发现了是他们二人在妨碍她吧。

说的也是。毕竟能够阻止拥有决定未来能力的人，就只有拥有与之相同能力的人。而能够奇计尽出，用虚构来取代真相的人也只有眼前的女孩。

岩永将电脑放回膝盖上，柔顺的头发下面，精致的脸庞上露出了疲惫的神情。

"六花小姐也真是的，明明跟她说过好几次，让她不要直接称呼我的名字了。"

你就不在意邮件的内容吗——纱季这么想着。

"你不喜欢吗？'琴子'这个名字。"

"这个名字不好说，对方也不太好念。被这么称呼就不太对劲。所以我也让九郎学长用姓氏来称呼我。"

纱季之前就因为九郎用姓氏称呼岩永而感到奇怪，原来是这样啊。

"话说回来，六花小姐在邮件里写了'这次'呢。"

"她是打算打造一个新的'想象力的怪物'吧。区区一个实验失败，可不会让她气馁的。她就是这样的人。"

还会再发生这种事吗？就算不在自己居住的真仓坂市，变成了日本的其他某处，但要是发生了其他什么让警方束手无策的事件，想想都不寒而栗。

"虽然刚才被你含糊带过，但六花小姐到底为什么要做这种事？"

猫妖来报告钢人七濑的情报之前，两人正聊到这个话题。于是纱季再次提起了原先的疑问。

岩永再次戴上贝雷帽，顺手拿起靠在一旁的手杖，打开了车门。

“人类的想象之中潜藏着无数的可能。能够创造出妖怪、亡灵、魔物，甚至是无意识的怪物。既然如此，无论是什么东西，就连神明或许也能创造出来吧。”

呼吸仿佛都停止了。这么夸张的事怎么可能发生。而且根本算不上是回答。就算创造神明，又想要做什么呢?

纱季还想要继续追问的时候，岩永已经走出了车子，手杖与地面接触，发出了清脆的声响。仔细看看，九郎除了破损的衬衫和牛仔裤很显眼之外，其他的都跟他走出车子的时候没有变化。

在走下公园的台阶之前，岩永一手握着吃剩的两根香蕉，一手向九郎挥动。时间刚过午夜零点。与无敌的钢人怪物持续战斗了一个多小时，在生死线上往返无数次的九郎，此时却好像泡完温泉一般地悠闲地走着。即便是沉稳的岩永，也只能目瞪口呆地看着眼前的九郎。

就算是装出一副痛苦的样子也好，毕竟是在自己的恋人面前，要是能跑过来紧紧抱住自己就更好了——岩永胡思乱想着。

虽然原本就是个缺乏雄心壮志的学长，但是连情绪都与正常的人类有所不同。这让岩永无可奈何。

岩永拄着手杖，在车前来回踱步，焦躁不安地等待着慢悠悠走来的九郎。终于，在距离车子五米左右的地方，九郎来到了岩永的面前。

“辛苦你了。就算是不死之身，连续复活那么多次肯定会消耗能量过度吧。补充一下营养吧，请拿去吃。”

虽然心中有诸多不满，岩永还是将左手的香蕉递给了九郎。

九郎露出了苦笑。

“需要补充营养的是你。你创造出了那么多可能性和未来，这要消耗掉多少能量，我自己最清楚。我只不过是将你创造的未来抓住而已。”

虽然头脑劳动所消耗的能量的确不少，但岩永在酒店休息之前，就已经制定好获胜的战略了。虽然刚才自己把战略重新部署调整也花费了不少精力，但也并没有过度地使用脑力。尽管疲劳也是有的。

“别这么说嘛，吃一根吧。看你像个人类一样补充营养，纱季小姐也会安心的。只要学长之后也给我吃香蕉就好。”

“拜托，拜托不要在这种时候开下流的玩笑。”

就在这时，两人的周围陆陆续续出现了或黑或白、或猫或犬、或人或物的轮廓，以二人为中心集中过来。

“哎呀，真令人高兴！”

“可恶的钢人终于消失了！”

“真是开心！”

“真是开心！”

“哎呀，真开心！”

妖怪们与两人保持着一定的距离，仿佛是喜悦似的摇晃着身体。潜伏于真仓坂市的妖怪和幽灵，魔物之类，原先只是远远地注视着。在决出胜负之后便全部靠了过来，仿佛是在替他们庆祝一般，数量大概有一百只以上。

“万岁！”

“万岁！”

“公主殿下万岁！”

妖怪们低沉的庆祝声响起。岩永在此之前也曾接受过妖怪们的请求，并解决了好几次他们之间的纠纷，但这么多妖怪出来庆祝还是头一次。钢人七濑的暴虐，对于那些悄悄地、谨慎地生活着的妖怪是最大的麻烦。

岩永也对着妖怪们挥手回应。无论对方是什么样的形象，对于自己的感谢之意是货真价实、不含一丝恶意的。

“我们早点回去吧。”

在良好的氛围中，九郎不适时地叹了口气，拍了拍岩永的肩膀，指向车子。

“纱季小姐好像快要昏过去了。”

对妖怪魔物仍抱有恐惧心理的纱季，正浑身精神紧绷地抓着方向盘，伏下身子。

第七章

守护秩序之人

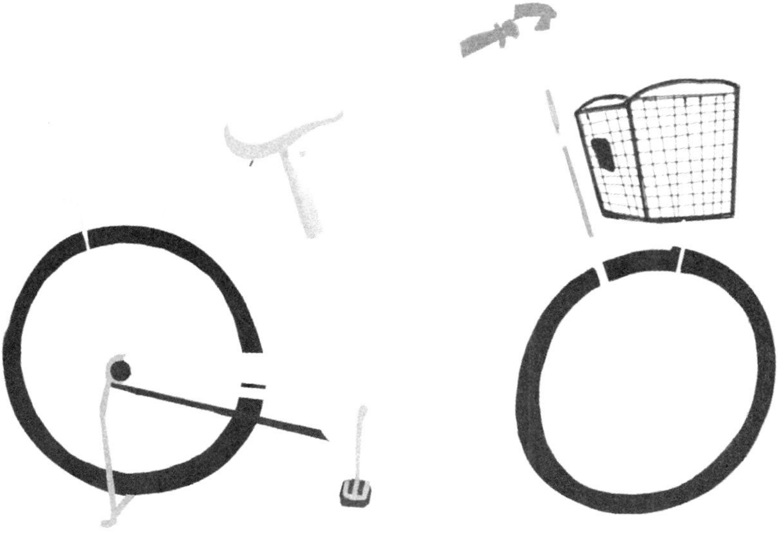

昨晚简直太糟糕了。再也不想经历一次那样的夜晚了。

钢人七濑攻略战获胜后，九郎开着租来的车子，把纱季送回了她的公寓。然而纱季却一晚上未合眼，早上也没吃早餐直接去警署上班了。

实在不该因为钢人七濑被消灭而大意。在那之后妖怪们成群出现为九郎和岩永祝福，犹如百鬼夜行一般的场面，正如当初的不安，过于超越常识的事物增加了自己对于日常生活的不信任感。

九郎在离开纱季的公寓前，曾对市内的大小妖怪们下过命令，让他们以后不要接近纱季。在听说了以后，自己也没有因此睡得安稳。有关于钢人七濑的一切终于可以放下，但是过去的伤好像变得更深了。

接着，午休前组长特意走到纱季工作的地方，小声地劝说道。

“你不用在意网上的谣言。搜查本部不会把那些当真的。”

纱季装作一副完全不知道网上谣言的样子，组长便说了一句“你不知道就算啦”便不好意思地离开了。果然，昨晚“钢人七濑综合网站”里的记述，如今在警署内和搜查本部都引发了话题。

昨晚岩永的第一解答中，凶手被塑造成了一位类似纱季的女警。虽说“第一解答”最先被舍弃，然而寺田的死已经给纱季很大的打击，还被当成犯人看待。纱季会不会因此而患上心病，会不会特别在意警署内对她的看法。作为组长，关心手下的精神健康是至关重要的。而且纱季今天的脸色比昨天还要差，所以组长也无法坐视不管。

说到寺田，昨晚在开车送纱季回家的途中，九郎向纱季道了歉。在那之前，九郎听说纱季已经知道了关于六花的事。

“抱歉，纱季小姐。如果我能早点阻止六花姐的话，说不定就能在寺田刑警丧命之前把事情摆平了。”

可能是这样没错。然而九郎的道歉也不像是道歉，听起来反而有种居高临下的态度。纱季如此想着，看向漆黑一片的窗外。

“这不能怪你，你和岩永小姐不是都没能预料到事情会发展成那样吗。你那种决定未来的能力，并没有强大到足够拯救一切的地步。”

如果是道歉的话，那也该六花来道歉。但对于只不过是三年前打了次招呼就再没见过面的人，纱季丝毫提不起想要问罪的欲望。

“闹出人命也只能说是没办法了。”

就算为了寺田，自己也该表现得更加愤怒点，但作为直接凶手的钢人七濑已经被消灭，纱季有了一种“全部都结束了”的感觉。

自那之后，纱季便没有再和九郎说过话。她在公寓楼下下了车。虽然岩永在后座，但在车子出发前，她就已经系上了安全带沉沉地睡去。以一人之力的虚构与智慧操纵了无数人的想象力，精神消耗殆尽也不奇怪。

岩永本来就娇小，能够储存的能量自然也就不高。她是那种仿佛连纱季也能够抱在腰间带走的女孩。

然而，面对这样的女孩，纱季却在心里暗暗发誓，今后绝不能与她为敌。

总算是勉强撑过了上午，纱季一边在警署的餐厅小口地吃着清汤乌冬面，一边打开手机。本想尝试着登入“钢人七濑综合网站”，却发现网站已经被删除了。不过昨晚岩永的留言内容已经在相关网站和其他的留言板里成了众人讨论的话题，有的人还把事先的截图贴了出来。更多的人知道了这件事。

因为综合网站已经消失，因此，“七濑花凛是否真的活着并管理网站”、“太过于巧合了，不可信”、“但是很可疑吧”这样的议论已经占据了各个留言板，但终究都是相互猜测否认的对话罢了。

话虽如此，依然相信钢人七濑的存在，并把她挂在嘴上的人已经没了。所有人的兴趣都转移到了七濑花凛是否活着与验证岩永解答的可行性。六花在败北之后注销了网站，九郎也决定了那样的未来，因此怪物是不会复活了。

搜查本部也已经得到网络上的情报了吧。他们对于岩永的解答会做怎样的处理，只是一介巡警的纱季自然无法得知。不过根据傍晚时分听到的传闻，搜查本部好像开始重新调查七濑花凛的死亡是否为实，并开始调查综合网站开设者的身份。

无论再怎么调查，也没办法证明那具被认为是七濑花凛的遗体是其他人吧。想要证明综合网站和七濑花凛毫无关系更是难上加难。搜查员们会发现自己只是在做无用功，而网上的那些情报并不属实，今年一月份死在工地的那具遗骸毫无疑问就是七濑花凛本人。最后只能得出这样的结论。

七濑花凛怀着自杀的心态被钢筋砸死，虽属事实，但她和家人之间究竟发生过什么，而她又为什么想要寻死。事到如今，真相也已经无从得知了。岩永做出的推理可能有一部分接近事实，也可能完全与事实相反。或许，事实会更加令人毛骨悚然。但这些都不重要了。

此外，杀害寺田刑警的犯人被消灭了。这个事件是警察所无法解决的。九郎和六花可能都无法抓住依靠警方解决事件的未来。警方也只能脚踏实地逐步搜证，但也无法得到什么线索，搜查本部也只会以解散告终吧。届时，搜查员可能会偶然间想起曾在网上掀起一时波澜的七濑花凛的生存假设，苦笑着摇摇头吧。

纱季叹了口气，默默地做完了一天的工作，并将继续工作着。仿佛是为了不断确认，只有这个工作的虚实不会发生逆转，只有这个工作才是不变的日常。

晚上八点，纱季在前几天与岩永约好的家庭餐厅见到了九郎。昨晚在岩永睡着的时候，两人交换了手机号码。

“岩永小姐呢？”

“还在睡觉呢。”

面对面坐下点过餐后，纱季询问了岩永的动向。九郎则懒散地靠在椅背上。

“她昨天一整天都集中精神，过度使用脑力，我猜就会是这个结果。她明早就会若无其事地爬起来的。”

纱季本以为岩永一定会跟着过来，顿时有些扫兴。

“你的恋人一整天没有睁开眼诶，麻烦你表现得稍微担心一些啊。”

“我会的。如果有必要的话。”

九郎拿着湿毛巾擦拭着手，笑着，仿佛是小孩子般的笑脸。纱季却一言不发，也拿起手边的湿毛巾。

可能是周日晚上的原因，餐厅有八成的位置都坐满了客人。差不多都是家庭和情侣。本以为市内刚发生过刑警被残忍杀害的事件，一般人会尽量减少外出。然而在明亮又热闹的餐厅里，看不出一点点事件产生的影响。即使同一个城市里有人被杀，生活依然在继续。日常的不变性也就在于此吧。

就算精神不振地坐在餐厅里的自己，也只不过像是没有什么烦恼的事务所职员，陪同未经历过世间磨炼的年轻恋人一起吃着晚餐。这样的胡思乱想让纱季有些不安。不，现在的九郎和我像是可靠的姐姐与没有认真开始找工作的大学生的弟弟才对。

如果有同僚或者搜查本部的人见到他们两个人，也一定会怀疑两人关系很近。寺田刚死不久就和过去的男友单独见面，可能又会引发一段恶劣的谣言吧。

“是关于六花姐的事吧。”

把湿毛巾整齐地卷好，九郎先开口说道。

“对。那个人的目的到底是什么？”

岩永的解释里故意避开了核心的部分，估计再怎么质问也会如此，因此纱季找到了九郎。对方的目的不明，而且还有在某处诞生新怪物的可能，想起这些就会让纱季寝食难安。

九郎似乎是察觉到了纱季的内心感受，没有支支吾吾，而是叹了一口气后凝视着纱季的眼睛，缓缓说道：

“对于自己的体质和能力，我已经放弃去改变了。目前来看我似乎还能正常地成长，自然地老去，即便不会遇到意外或受伤而死亡，但说不定和普通人类的寿命差不多，能够正常地老死。我还时常抱有着这样的幻想。只要不死就无法使用决定未来能力，而且在正常的生活里也不太会遇到死亡的险境。所以我应该有办法正常地生活下去。”

四次。他用了四次“正常”这个词。九郎一直都对自己持有的特异性和能力耿耿于怀，因此才会始终挂念“正常”的生活。出于对正常的渴望才使得他不算引人注目，不发一言，更不会大惊小怪，逐渐变成这种性格吧。

“六花姐跟我不一样。她在积极地使用着那种能力，设法让自己变成一个普通的人类。”

“积极地使用——”

积极地寻找着所有的可能性，想要抓住选出自己没有不死之身的未来。但决定未来能力不是奇迹的力量。只能够决定自己能够决定的未来。只能够决定发生概率较大的未来。

此外，想让异于人类的身体变回普通人类，需要的是个人的力量。人类的科学技术和知识可以做到吗？

对了。六花在大学医院里长期住院。在那里依靠医学的力量，不断地尝试着是否可以恢复人类之身。但历经数年挑战的结果，她明白了依靠常识之内的方法是不可能成功的，也决定不了自己想要的未来。因此她放弃了那条道路。然后不知道经历了什么——

昨晚，岩永这么说过。人类的想象或许连神明都能创造出来。

“六花小姐想要创造出拥有能够将自己身体变回普通人的‘想象力的怪物’。拥有那种神明力量的怪物可能存在吗？”

虽然纱季口中这么说着，可自己完全无法相信。九郎盯着纱季的脸庞继续说道：

“六花姐恐怕会不择手段。我完全不知道她在想什么，为了成为普通的人，她会做出一点都不普通的事情。或许那个人在吃下件和人鱼的肉之前，心中原本就住着一头怪物了。我有时候不禁会这么想。”

也许正因为身心都是怪物，六花才如此迫切地想要变回人类。也许在完全失去能力以后，她才能够开始了解人类的价值吧。

“但是，你不是喜欢六花小姐吗？”

“这也是没办法的事。”

纱季也并非是讨厌九郎才分的手。人生中总要面临各种各样无可奈何的事情。

纱季听见了周围餐桌上的谈笑声。“下周去游乐园吧”、“终于找到工作啦”、“帮我再拿点番茄沙拉”。伴随着再普通不过的日常对话，她和九郎关于妖怪和神明的非日常话题与周围格格不入。

“你们今后打算怎么办？六花小姐还想继续创造新的怪物吧？”

“岩永是不会放任不管的。无论是人类或妖怪，无论出于什么目的，以不自然的方式创造出妄想的怪物都是有违秩序的行为。”

要是能够允许某人自由地创造出能够满足任何人心愿的神明，这个世界会变成什么样啊。混沌究竟是什么颜色，散发出怎样的气息，也许很快就可以得知了。

纱季心里也很清楚。

“可以说就是为了这个，她才会献出自己的右眼和左腿的。”

九郎直截了当地说出这句话的时候，店员刚好送餐来了。在简单地确认菜品之后，店员便离去了。纱季继续说道：

“你和那个女孩都不会允许吧。”

“我并不是那种人。”

即使口中不说出来，只要是自己相信的事，就绝不会退让半步。九郎的这种性格，纱季依然喜欢着。

不要再胡思乱想了。纱季提醒着自己。

九郎拿起了汤勺。他点的是蟹肉炒饭和海鲜沙拉，纱季则是烤鸡肉套餐。与寺田约好的烤鸡肉再也无法实现。从今往后吃鸡肉的时候，自己势必会想起那个坚实的背脊，一定会为他的死哀悼吧。

“你把我的手机号码删除了？”

“是的，在接到你的电话之后立刻就删掉了。因为岩永会啰嗦的。”

“即使不会啰嗦也不行，她很在意这种事情的。”

以纱季原本的性格，让她站在岩永的立场上会很厌烦吧。

“但我们也不可能重归于好了吧？纱季小姐。”

“是啊，就算是很久不见，感觉还是无法接受呢。”

纱季现在还喜欢着九郎。大学毕业将近的时候，也曾努力劝过自己不要和他分手，但最终还是无法接受。正因为知道九郎身体的秘密，因此仅仅是拥抱都会起鸡皮疙瘩。也曾努力地亲吻过九郎，却立刻因为恶心而呕吐。

这些事一定深深地伤了九郎的心。交往数年的恋人与自己接吻后竟然呕吐，如果是心理脆弱的男生，估计连上吊的心都有了。

即使脑内想要去接受九郎特异的体质，身体和内心也在拼命地抗拒着。接下来连牛肉和鱼肉都吃不下去，只能下定决心分手。这样下去也只会继续互相伤害，远距离的恋爱更是天方夜谭。

“虽然跟你保持现在的距离还可以，但如果要接触的话，还是会本能地抗拒。抱歉。”

“不会。毕竟瞒着你的我也有错。”

在两人交往前的高中时期，即便告诉了纱季，也会被当成是玩笑吧。即使认真坦白了，又能怎么样呢?

已经是过去式了。就算得出答案也不会影响现在的关系。

纱季收起了筷子，用一副长辈的语气说道。

“你要好好珍惜岩永小姐啊。”

“我有啊。那家伙原本对于自身的危险就很迟钝。或许她不知恐惧为何物的程度比我更甚。为了帮助妖怪们仲裁而受伤，已经不止一次两次了。”

出乎纱季的预料，九郎用严肃的语气回答着。的确如此，她竟然敢用那弱小的身躯撞向钢人七濑。真的是不知恐惧为何物。

“老实说，我原本是不想把她牵扯到有关六花姐的事里的。我本想在那之前设法搞定的。”

九郎把汤勺插入炒饭，叹了口气。他露出一副后悔的表情。

“在经过这次的事件以后，六花姐肯定会察觉到阻挡她达成目的的最大阻碍就是岩永吧。那么下一次，六花姐有可能会专门针对她下手。”

纱季手中的筷子仿佛变沉了许多。她完全没想到事情会发展到这个地步。

对于障碍只能够清除。比起躲开或者错开，清除是最有效的手段。集合数十万人的妄想，让钢人七濑成长到能够犯下杀人事件的程度。敢于做出如此疯狂举动的六花，为了达到目的，即使杀死岩永也不会有任何犹豫。

“所以你才会瞒着岩永小姐，独自一人寻找六花小姐吗？”

找她商量的话，以岩永的性格一定会马上干预吧。要是六花把她当成阻碍，那么很可能会对她不利。为了避免这种事情的发生，九郎才会瞒着岩永，打算独自阻止六花。

对于纱季的问题，九郎并未回答，而是盯着眼前的炒饭缓缓说道：

“我不会让她死的。她是那种应该获得幸福的人。”

就在这个瞬间，纱季明白了。自己终于能够下定决心，与这一切告别了。

以后大概再也不会跟他见面了。

二人吃完点的食物就离开了家庭餐厅，九郎把电动自行车送给了纱季。当初岩永是为了方便在市内移动买的，如今已经派不上用场了，带回去又过于费事，因此才决定送给纱季。将价值不菲的东西随意送人，未免太大度了。纱季本来这么想，不过从岩永的家境来看，这辆电动自行车可能也算不上什么。

虽然自己并不打算买，但如果有人送就另说了。纱季顺理成章地收下了自行车。有了这个的话，那条斜坡也能轻松地骑上去了吧。

望着走向酒店方向的九郎的背影，纱季目送了片刻。跨上自行车之后，果断地掏出了手机，删掉了他的电话号码。

夜晚很恐怖。比以前还要恐怖。静静的街道上，没有任何变化的便利店的招牌背后，说不定就藏着妖怪。自从经历昨晚的事，自己就一直在提心吊胆。

但是相对地，与恐惧对抗的意识也比以前更强了。因为有自己前男友和他的现任女友，正在为守护秩序而战斗。而且那位小女孩，没有异于常人的能力，而是凭着谋略、智慧和事物之理进行战斗。她为混沌带来了秩序，用谎言构筑了真实。然后，自己的前男友也许下过不会让她死去的誓言。

这个世界不会荒唐到令人害怕。正因为有守护秩序之人的存在。只要如此相信就好。

纱季深吸一口气，缓缓地踩上脚踏板。

周一早上，岩永发出抱怨的哼唧声。

又失误了！自己居然会一再失误！

整整睡了一天半的时间，给九郎和纱季提供了充足的见面聊天的时间。对于岩永来说，简直是痛彻心扉的特大失误。

早上九点半刚过，九郎在酒店的前台办理退房手续的时候，岩永正窝在大厅的沙发里抱着头，独自烦恼。自己是早上六点睡醒的。盯着设置好的无线电时钟里显示的时间，还在惊讶着自己仅仅睡了四个小时就神清气爽，在寻找手杖的过程中无意发现了时钟上的日期，原来已经过去了一天多。哪里是四小时，明明睡了二十八个小时。

岩永立刻拨打手机联系上九郎，他便立刻来到了房间里。九郎没有任何隐瞒地承认了他和纱季见面的事实。按照九郎的说法，消灭了钢人七濑后，岩永提到要把自行车送给纱季，因此他就早早地约她见了面。

就算是合理的解释，九郎又是如何知道对方的联系方式呢？九郎又没有隐瞒地和盘托出。坦白了前天晚上回程的时候在车上交换了电话号码的事实。

“号码已经删了。以后我也不会再跟纱季小姐见面了。”

虽然九郎这么说。但问题不在此。眼前的这个男人为什么就不了解少女的心思呢？

即使再争论下去也没有结果。岩永穿好了衣服，开始整理行李。在吃过早餐后离开了房间。真仓坂市的任务已经完成了。要是再待一天的话，说不定又会碰见纱季。

“你还在生气吗？”

“我没在生气。我只是在反省。”

办好手续的九郎回到了岩永的身边。不管再怎么说，睡上半天总该起床了。为了不再犯下同样的失误，今后必须要把加强体力与精力当做首要课题。

九郎拎着自己和岩永的行李。二人随身携带的都只有一只手提小包，因此行李并不多。其中最重的大概就数九郎的手提电脑了吧。原本就没有长期滞留的计划，就只准备了当天往返所需的行李。

岩永戴上贝雷帽，握住手杖上小猫配饰的部分站起身来。九郎问道：

“要叫出租车吗？”

“车站也不远，用走的吧。”

酒店外面的天空阴沉沉的。天气预报说下午的降水概率达到了百分之八十。就算是上午也有百分之六十六。

“好像快下雨了呢。难道我又得找个长椅陪着你打盹了吗？”

“就算再怎么贪睡，我也没办法在睡了二十八个小时之后再打盹啦！”

时机依然是那么不凑巧。事件已经搞定没了烦恼，结果却在自己最清醒的时候要下雨了。

穿过人行道的岩永迈开了轻快的步伐。步幅相对较大的九郎则双手摇摇晃晃地拎着行李，走在岩永身边。

“学长，虽然六花小姐不会立刻开始下一次的行动，但是以防万一，我已经下令让全国各地的妖怪，只要有线索就通知我们。为了避免跟这次一样麻烦的攻略战再次上演，最好能够直接跟她本人见面交涉，说服她停手。”

九郎在六花发来邮件之后回复了她，然而并没得到任何回信。

“还有，如果获得了什么新的情报，请不要瞒着我一个人行动哦。”

“我会妥善处理的。”

"我不是说了吗——"

就是因为九郎这种暧昧不明的态度，才让自己放不下心。特别是在她跟前女友单独会面之后，岩永甚至都想要去翻九郎的手机里的通话记录。

九郎仿佛对岩永表现出的愤懑毫无兴趣，突然用认真的语气问道：

"岩永，既然你知道久延昆古，那也知道石长姬吧。"

以前，岩永曾经对九郎说过《古事记》中记载的久延昆古，并将其比喻成自己。石长姬同样也是日本神话中的名字。

"怎么可能不知道嘛。"

虽然用汉字是写作"石长姬"，但读音和自己的姓氏一样，怎么可能会不知道。

石长姬是木花开耶姬的姐姐，姐妹一起嫁给了身为天孙的迩迩芸神，然而迩迩芸神却将石长姬退还了回去，只迎娶了木花开耶姬一人。

石长姬就如同其名字中的"岩"字一般，能够赋予人类如岩石般永恒的生命，在时间的长河中，不管经历多少岁月都不会改变。但由于退还了石长姬，所以从迩迩芸神的这一代开始，每一代天孙的生命，都变得仿佛如木花一般脆弱，使他们的寿命有了限度。

九郎继续说着。

"这样你该懂了吧。能跟我这种不死之身待在一起的，并不是生命短暂的木花开耶姬，一定得是石长姬才行。"

如果换作其他人来听的话，说不定是一句让人心动的告白。岩永却流露出了不开心的表情，用手杖推了推九郎右手上提着的行李。

“不要以为自己说了句漂亮话，你知道为什么石长姬会被退还的吗？”

“那种小事就不必在意了。”

“才不是小事。石长姬就是因为长得太丑才会被退婚的啊。”

因此，九郎刚才的话对于女生来说就是一句完全错误的告白。不，也可能是九郎故意这么说的。如果不是故意说的倒还好，可是面前的这个男人并不是用一般手段能够对付的。既迟钝又不机灵，还是不懂少女心的榆木疙瘩。虽然有时候是装出来的。

九郎一边躲开岩永的手杖，一边用极为普通，甚至让人有些不可思议的语气回答道：

“可是正因为你比花还要美丽，我又怎么会把你退还呢？”

天上飘着厚厚的灰云。马上就要下雨了。为什么在这样的阴雨天里，为什么用这么平淡的口气？太卑鄙了。尤其是毫无算计地说出这种话，反而让人生气。但又没法生气。

岩永没来由地把手杖指向空中，彷徨片刻后又拄在地上。她压着贝雷帽快步走了起来。

“总之，只凭外表判断他人并不是一件好事。明明是人鱼和件的混合体，请别讲得自己好像很了不起一样——”

九郎的长相按照某种基准来说的确是非常丑陋的。这样的九郎就该抱有不胜惶恐，感恩戴德的态度跟岩永交往吧。当然，这是那些称岩永为“公主殿下”的妖怪魔物们的想法。

雨中夹杂着泥土的气息。因为正要离开这个真仓坂市，所以这场